窮裝
上
青端——著
Gene——繪

你对象怎么样？

脾气不太好，不过很好哄，

很乖，但很娇气。

目錄
contents

第一章

臨嵐市的夏天一直很悶熱，從五月開始就不斷升溫，到七月時空氣悶熱又潮溼，多數人懶洋洋的，不想動彈。

臨嵐三中的致遠樓一樓是高一，午休時分，比起樓上，高一顯然活躍得多。

尤其是高一三班。

因為三班前幾天來了個轉學生。

沉溺在枯燥學習生涯中的學生們總是對新來的傢伙很感興趣。

童淮約打籃球被放了鴿子，上樓教訓完人，手插在口袋裡慢悠悠地下樓。

樓梯口站著幾個女生，正嘰嘰喳喳地說話，討論轉學生的話題裡，又提到了他。

童淮腳下頓時一停。

「三班那個轉學生太強了吧，一來就將我們班的崔建擠到了第二名。」

「段考而已嘛，期末考才是見真章。」

「不是吧，這次段考這麼難，我全科低空飛過，今天回家都不敢呼吸了，夾著尾巴做人。」

「啊，對了，我送作業去辦公室時看到了成績單，陳老師桌上放著他們班童淮的成績單。就那個童淮，你們知道嗎？」

「三班那個？聽說學校裡的混混老大看到他也要繞道走，怎麼了？」

「他不是一直是吊車尾嗎，英文考好高啊，我還以為看錯了。」

其他女生紛紛露出「哇」的表情。

沒等她們繼續「哇」下去，童淮從樓梯口探出頭來：「看清楚我幾分了嗎？」

突然有聲音在背後響起，幾個女生顫抖了下，一臉見鬼地轉過頭，看到他，臉紛紛紅了。

童淮天生捲髮，和眼珠顏色一樣偏淺，看起來單純無害。以前訓導主任以為他染髮又燙髮，懷疑了很長一段時間，偏偏他又長著張乖巧帥氣的臉。

提到他的女生被他看著，支支吾吾道：「沒，沒看清楚……滿高的。」

童淮心滿意足，眼睛一彎，笑瞇瞇道：「超常發揮。」

屁的超常發揮。

童淮小時候在國外住過一段時間，英文口語和聽寫都不錯，只是每次考試都蒙頭大睡，懶得寫。

這次會好好考是因為他爸的威脅。

那幾個女生看到他笑，臉更紅了，妳看我我看妳，勾肩搭背地一溜煙跑了。

童淮走到教室門口，還沒進門，想起早上教室冷氣壞了。他怕熱，整個人都會沒精神，準備翹課找個有冷氣的地方，伸手在口袋裡摸索了下，找到手機，剛點開微信，背被拍了下。

一轉頭，戴著黑框眼鏡的小班長站在他背後：「童淮你跑去哪裡了？陳老師找你。」

陳梧，英文老師。

童淮半死不活的神經活躍起來，眼睛亮亮的，想著老師是要把他叫去表揚一下？畢竟他全科裡除了國文，分數都常年在四十分上下游走，這次英文算是一飛衝天。

童淮心裡樂滋滋的，把手機放進口袋，沒注意到小班長的臉色怪異。

辦公室有冷氣，午休時老師們都坐在辦公室裡不想動彈，高一的老師大部分都在裡面，午睡的、改考卷的、坐著發呆感受人生的、和其他老師談論班上學生成績的，全部都在。

童淮一進辦公室就有了笑臉，走到中間那位男老師的辦公桌前，叫了聲：「陳老師，找我有事？」

陳梧抬起頭，臉色卻和童淮想的天差地別，臉色緊繃：「不會喊報告？」

童淮不怎麼在意，「哦」了聲：「報告。」

陳梧沒回答，從旁邊抽出張考卷和成績單，往桌上一拍，指尖在上面點了點，示意童淮看。

成績單上是本次段考的成績，童淮的其他科分數和以往一樣，整整齊齊，除了英文，居然考了一百分。

這次段考很難，他們班考了一百分的人不多。

童淮十幾年來成績都很差，此刻飄飄然，只能勉強維持矜持。

陳梧眼裡流露出厭煩：「童淮，你要作弊也不控制一下，一下子升上三位數！你看看你這分數，不覺得這分數刺眼嗎？」

他沒壓低音量，辦公室裡老師本來就多，長著耳朵的都聽到了，聞聲都瞥來目光，童淮頓時被十幾雙眼睛盯住了。

童淮的笑意一點點僵硬在嘴角，反應過來後解釋：「我沒作弊……」

「還狡辯。」

陳梧「哼」了聲，往後一靠，目光冷漠：「你以為老師那麼好糊弄？成績差也沒什麼，老老實實地考試，分數都是自己考來的。作弊有什麼意義？你拿到一個不屬於自己的分數就開心了？欺騙老師、欺騙家長，更欺騙自己！」

「老師，您說我作弊，有證據嗎？」童淮忍氣道。

旁邊看熱鬧的其他老師聞言點頭，覺得陳梧不厚道，教育學生也不找個沒人的地方，要當著這麼多人的面：「老陳，沒證據就這麼說這孩子不好吧。」

「證據？證據就是這堆成績單。」陳梧又從旁邊抽來幾張成績單點了點，「你們看看他以前的成績，成績不好沒什麼，人品敗壞就沒救了。」

童淮從小被捧著長大，是少爺脾氣，從未被人這麼說過，何況旁邊還有十幾雙眼睛盯著。

陳梧看他不順眼很久了，估計是借機發洩。

陳梧發洩夠了，又擺出一副說教臉：「看看人家薛庭，都是十六、七歲，怎麼差距就這麼大？你媽沒教過你做人要誠實……」

童淮的笑意消失，盯著他一字一頓道：「去你媽的。」

陳梧教學多年，第一次被學生這樣反擊，瞪大了眼睛，愣在原地。

看熱鬧的其他老師也全部呆住。

童淮懶得再說話，在周圍的竊竊私語和陳梧的怒吼裡轉身就走，走到門口，還能聽見陳梧怒不可遏地和其他老師抱怨：「看看，這就是班級裡的壞螺絲，拉低班級平均分數，不聽管教沒有規矩，居然還敢罵老師！」

童淮徑直走出去，關門後一抬頭，一道陰影籠罩下來，面前站著一個人。正是陳梧口中的榜樣。

高高瘦瘦的少年，校服敞開，同樣的藍白相間運動服，他穿著就格外有型，比其他同齡男生好看，臉色懶散，像是沒睡醒。

薛庭單手插在褲袋裡，垂眸淡淡掃了眼童淮。

也不知他聽到了多少。

童淮藏不住話，忍不住道：「喂。」

男生的視線重新回到他臉上。

「你聽到了？」童淮和這位轉學生沒說過話，剛剛被陳梧那樣比對一番，心中不爽。

薛庭嘴角噙著笑，似是嘲諷，語氣卻又很真誠：「挺酷。」

話畢，與他錯肩而過，進了辦公室。

什麼態度。

童淮站在原地，半晌磨了磨牙，心裡罵了句「靠」。

午休當然沒有休息，童淮被訓導主任帶去了辦公室，壓著他跟陳梧道歉。

童淮的家長忙，來不了，除了家長也沒人管得著童淮，他冷眼看著陳梧，不願低頭：「他先給我道歉，我就給他道歉。」

章主任頭疼：「再怎麼樣，罵老師就是不對！」

童淮將手插在口袋裡，無所謂地偏開頭：「那老師就可以在一群人面前隨意汙衊學生？」

陳梧要面子，當然不可能給童淮道歉。

童淮也打死不肯開口。

高一剛開學，童敬遠就給學校捐了一大筆錢，雖然嘴上說不用給童淮特殊待遇，但不看僧面看佛面，學校也不能真的對童淮怎麼樣，說教幾個小時，罰他寫三千字檢討，就把他放走了。

回到教室時，下午第二節課已經快上完了，向來不苟言笑的數學老師正在誇薛庭，全年級只有他一個人把最後一道大題的第二、第三小題做出來了。

學校是個沒有祕密的地方，學生們指望著八卦消暑，幾小時過去，『童淮作弊』、『童淮當場罵老師』的八卦已經傳遍了，所有人都朝他擠眉弄眼，不在意有沒有作弊，因為都被後面那條八卦蓋過去了。

敢當眾罵老師，強。

童淮覷見薛庭，心裡煩死了。被說教的這幾個小時，章主任一直用新的心頭肉薛庭當正面範例。

下節課是化學，老師提前讓小老師去拿答案卡來分發，小老師是個女生，鼓起勇氣找薛庭，問他能不能幫她分發，順便認識班上同學。

薛庭抬眼後點了點頭，順手寫完手邊答案卡的最後一題，站了起來。

教室裡冷氣還沒修好，薛庭起身時帶起一陣熱風，掃過來些許清爽好聞的味道。

小老師舌頭打結，趕緊跑了。

薛庭誰也不認識，但他有種從容不迫的淡定氣場，緩慢地看著名字，其他人笑嘻嘻地舉手自報家門，等著他認識自己。

認不認識也無所謂，反正期末將至，快分班了。

童淮被一群來慰問的人圍住，坐在最後一排看著薛庭走過來，下意識挺直身體。

下一刻，薛庭把另一個人的答案卡發給了他。

童淮不可置信：「你眼殘嗎？我叫什麼你不知道？」

「……」薛庭的目光在他的小捲毛上掃了眼，又看了看答案卡上龍飛鳳舞急需親子鑑定的名字，艱難地辨認了一下：「童准？」

童淮臉沉了下來：「可能不太准，差一點。」

薛庭把答案卡遞給他：「那下次寫準點。」

旁邊一群人頓時大笑出聲。

今天一天發生的倒楣事雖然不是因為薛庭，但他的確像一瓢汽油澆在童淮心中怒火上，火燒得更猛烈了。

晚自習快下課時，他接到童敬遠的電話，因今天辱罵老師的事將他教訓了一頓，順便提到薛庭：「老師說你們班有個成績很好很乖巧的轉學生，你多向人家學習。」

童淮的怒火徹底燒起來了，他掀起眼皮掃了眼斜前排男生的背影。

心想，這梁子我們算是結下了。

童敬遠工作忙，時常飛去外地，不然就是在公司加班到深夜，抽不出時間來教訓童淮，只在當晚又打電話過來。

童淮委屈了一天，此時脾氣來了，按下手機擴音放在桌上，邊吃陳阿姨做的宵夜邊玩PSP，對爸爸說的任何話都置之不理。

童敬遠隱約聽到遊戲機的聲音，知道他肯定沒在聽自己說話，想了想，問起具體情況。

童淮喝了碗冰鎮綠豆百合湯，心情稍微平復，紆尊降貴拿起手機：「他說我英文作弊。」頓了頓，一字一句地補充，「當著一大群人，沒有證據。」

自己的孩子會不會作弊，童敬遠心裡清楚，而且童淮的英文不錯，也沒必要作弊。

「是挺委屈，」童敬遠皺了皺眉，也不太開心，「然後你就罵老師了？」

童淮磨蹭了片刻，他沒有把話埋在心裡的習慣，聲音沉了下去：「他說『你媽沒教過你要誠信嗎？』。」

童淮三歲就失去了媽媽，已經上學一年了，班上的老師們都聽說過。

那邊童敬遠沉默了一下，聲線像兒子一樣冷了下來，「嗯」了聲：「罵得對。」

有人支持，童淮立刻翹起尾巴。

童敬遠之前忙著工作，學校打電話過來時也沒說清楚是怎麼回事，想到這小鬼一貫的性格，他就先入為主以為是童淮的錯，此時誠心給兒子道了歉，隨即說：「不過時機場合不對。」

「我罵人還得翻黃曆選黃道吉日？」

「……」童敬遠噎了下，失笑道，「行，不挑日期。」

還是個孩子呢，孩子有些時候就該隨著心性肆無忌憚，畢竟長大後就不能那樣了。

不過這只是父子間的私話，對外人肯定不能這麼說。

童敬遠好好安慰了下兒子，隨即話鋒一轉：「寶寶，還記得我們的約定嗎？」

童淮剛剛還心情燦爛，聽到這句話，手抖了抖，直接掛斷電話。

童敬遠不吃這套，被掛了電話就傳微信：『**記得哦，上個月答應爸爸的，這學期不能進步兩百名，暑假就得去柴叔叔那裡打工，體驗民間疾苦。**』

老爹：『**還有十幾天期末考，寶，爸爸看好你（微笑）。**』

童淮假裝沒看到，嘀咕著「我斷網了」，把手機放進口袋，向準備離開的陳阿姨打了招呼，上樓洗澡。

洗完澡，童淮先玩了一下遊戲，又看了部電影，最後愁眉苦臉地看了十分鐘書，被書上的公式催生出了睡意。

他昏昏欲睡，倒在床上睡著了。

這晚童淮反覆作一個夢，夢到陳梧彈著他的成績單，對他冷笑，童敬遠和薛庭站在一起，拍拍薛庭的肩，朝他揮手：「再見，當年抱錯了，這才是我家孩子。」

我靠。

童淮嚇得從床上滾了下來，腦袋「砰」地撞到床頭櫃上，痛得大喊一聲，摀著腦袋瞬間清醒。

他揉著腦袋，盯著天花板，拿起手機給童敬遠傳訊息：『**爸。**』

童敬遠早就起床，收到訊息，驚喜又詫異地問他怎麼這麼早起床。

童淮懷著沉重的心情打字：『**你能答應我一件事嗎？**』

老爹：『進步兩百名，沒得改。』

不捲很直：『你回來後我們先去做個親子鑑定吧。』

老爹：『……』

鬧鐘還沒響，現在才六點，高一早自習是七點，童淮一般會賴床到六點四十分，慢吞吞地吃完早餐再叫車去學校，準時到教室。

他被惡夢嚇得沒了睡意，換好衣服下樓，陳阿姨正在做早餐，聞聲詫異地探出頭：「小淮，今天怎麼這麼早？」

童淮從冰箱裡拿出牛奶：「……為了我爸。」

難得這麼早起床，吃完飯童淮去坐公車。

他四歲時被爺爺奶奶接去養到十一歲，將他捧在手心裡，十分寶貝。童敬遠將他接回來幾年，才後知後覺兒子出了問題，不動聲色地跟他唱反調，想要改掉他嬌生慣養的惡習，比如因為家裡有司機而賴床。

童淮才不在意，童敬遠不幫他安排司機，他就叫車。今天有興致，就坐公車。

剛醒來時比較有精神，上車後又有了點睡意。童淮坐在最後一排，蜷縮著兩條腿，打了個哈欠，閉著眼昏昏欲睡。

坐公車半個小時才能到學校，他閉上了眼睛，聽到某個熟悉的站牌名時才睜開眼，一睜眼就見旁邊坐著一個人。

薛庭。

薛庭也閉著眼，耳朵裡塞著耳機，白色的耳機線在校服裡隱隱約約顯露出來。

清晨的陽光不熱烈，淺淺斜入車窗，時暗時明，男生呼吸和緩，側臉的光影不斷變換，在明暗交界裡刻畫出明顯的輪廓線條。

童淮一看到他，後腦的包又開始隱隱作痛，不太樂意地說：「你怎麼坐在這裡？」

薛庭閉著眼，似乎沒聽到。

童淮戳了戳他的手臂：「唉，你換個地方。」

被碰到後薛庭才皺了皺眉，觸電似的拿開手臂，不耐煩地睜眼，指了指前面。

坐公車上學的學生很多，早就沒有空位了。

他一抬手，童淮注意到他校服袖口蹭了點髒汙，早晨天氣也挺熱，他長袖沒有拉高，露出的一截手腕上隱隱有血痕。

怎麼回事？

童淮愣了下，轉頭就蠻不講理地嘟囔：「反正你不准坐在這裡。」

邊說邊忍不住往他手上看。

「……」薛庭挑了挑眉，收回那隻手，開口道：「董淮……」

什麼？

童淮沉下臉，瞪圓了眼睛：「停下！」

昨天只叫對姓，今天只叫對名。

這位新來的學霸到底是腦袋有問題，還是看不起他所以故意的？

不對，能考全年級第一，腦袋應該沒問題。

因為聽說他作弊還罵老師？

童淮一大早就開始生悶氣，瞪了眼薛庭，心裡琢磨要怎麼教訓他。

學校傳言說他認識「社會哥」，學校混混老大也要繞道走其實半真半假。

混混老大是他兒時玩伴，前陣子打賭輸給他，見了他得叫爸爸，自然會繞道走。

童淮自從升上高中就立志要當混混老大，但又懶得打架，上學期期末翹課去網咖，認識了幾個「道上的兄弟」，還創了個微信群，經常轉帳連絡感情，幾個人都叫他「童哥」。

童哥看了眼將耳機塞回去，閉上眼繼續假寐的薛某人，拿出手機偷偷打開微信，在群裡提問。

不捲很直：『你們一般怎麼教訓得罪自己的人？』

等了五分鐘，沒回應。

童淮無聊地轉了轉手機，發了三個兩百元的紅包。

下一秒，紅包被領完，群裡其他人出現了。

雞哥：『哪個不長眼的敢惹我們童哥？』

蝦米米：『剛起床，童哥今天這麼早起床啊？』

古惑仔：『拖進小巷，給他點顏色看看。』

童淮打了個問號：『**什麼顏色？**』

雞哥：『……』

蝦米米：『……』

古惑仔：『……』

靈魂提問。

什麼顏色……這還真沒想過，簡直不在收保護費打架鬥毆生涯裡的知識範圍裡。

雞哥糾結片刻，無言地回覆：『**管他什麼顏色，揍一頓，把他打得媽都不認識就知道尊敬您了。**』

童淮又偷偷瞥了眼薛庭。

大概是嫌童淮打擾了他，他側過身，支著手肘撐著下頷，從童淮的角度去看，只能看到對方優越的側臉線條，還有雙眸閉闔時的長睫毛。

身上還有書卷氣，看著就不耐打。

他咂了咂嘴，指尖點了點螢幕，發了一句『算了』，公車剛好到站。

到教室時已經不早了，六點五十，大部分座位上已經有人了。薛庭和童淮一前一後進教室時，收穫了兩輪驚呼。

給薛庭的：「媽呀今天什麼日子，薛哥您這麼晚才到？」

給童淮的：「太陽從西邊出來啦，童淮你竟然來這麼早？」

童淮：「……」

就你們有嘴會說話，少說一句能死？

今天的早自習是班導許星洲的國文。

許星洲年紀不大，戴著一副金絲眼鏡，長相帥氣斯文，上課幽默，在學生和老師間都很受歡迎。

有次物理老師生病請假，請許星洲代課，同學們剛翻出國文課本，許星洲撐著講臺掃了眼下方的學生們，拿起粉筆轉身在黑板上寫板書——『探究功與物體速度變化的關係』。

然後給學生們講了堂精彩的物理課。

那節課後，就連國文課上老打瞌睡的童淮，也會尊稱許星洲一聲「許哥」。

早自習鐘聲剛響起，許星洲就被臨時叫去開會。

他瞥了眼這群看似安分乖巧的學生，叮囑他們背誦文言文後，匆匆離開。

老師一走，班裡立刻騷動起來。

不過有老師會不時路過檢查，他們不敢隨意說話，微信群裡就熱鬧了。

童淮手機「嗡嗡」振動，他拿出來一看，是「高一三班終於有了群組」，群裡沒有老師，訊息飛快彈出。

昨天童淮沒精神，大家默契地沒追問，現在都在問他作弊和罵老師是怎麼回事。

其他班將童淮傳得神乎其神，都有點怕他，但童淮跟班上同學關係不錯。

見他們沒因為八卦就認定事實，童淮心想和薛庭那個陰陽怪氣的就是不一樣，敲字：『**你們信我沒作弊？**』

林談雅：『**嗯嗯。**』

學藝股長一傳訊息，班長呂子然立刻跟上。

呂子然：『嗯，別擔心。』

接著是人稱老狗的趙苟。

趙苟：『你又不是白痴。』

趙苟：『再說了，陳梧的個性我們都清楚。』

童淮的心情像「六月天，娃娃臉」——說變就變，頓時又好了，笑嘻嘻地和大家聊天。

呂子然：『@薛庭，剛剛將薛庭同學拉進了群組，大家歡迎。』

陳源：『哦哦哦你好！』

趙苟傳了一張寫著「新來的，自己歡迎一下自己」的貼圖。隨即所有人都開始傳這張貼圖。

被歡迎的薛庭靠著後桌，掃了眼手機，眼皮都沒動一下。

童淮坐在他斜後方，看清他的表情，心裡有點不爽。從薛庭轉學來的那天開始他就不太喜歡薛庭。

童淮在某些地方比別人敏感，總覺得薛庭在裝正經，明明眼神很冷漠，卻還要笑，一點都不真誠。

就比如現在，看到大家開著玩笑歡迎他，卻一眼掃過，懶得搭理。

表面溫和，實則疏離。

他咬了咬牙，對薛庭愈加不爽，點進他的微信看了眼。

薛庭昵稱是簡簡單單的名字縮寫「XT」，頭貼是一片無垠星空。

正看著，手機上「高一三班」的群組跳出訊息。

許星洲：『期末考的文言文和古詩詞定了範圍，大家想不想要我劃重點？』

事關暑假生死，童淮毫不遲疑地回覆。

童淮：『眞的嗎！』

趙荀：『想!!』

陳源：『這也能劃嗎??許哥牛逼!!!（流淚）』

一群人十分激動，嚎叫著「許哥我愛你」，幾秒就洗了十幾條訊息。

抽屜裡的手機不斷振動，薛庭有點煩，掏出手機準備關振動，低頭看清群裡的訊息，眉毛一挑，扯了下嘴角。

果然，下一秒，許星洲悠哉地傳了幾張截圖。

許星洲：『就知道你們這群小兔崽子沒好好自習，圖上這幾個做好準備，我回來要考你們文言文背誦。』

眾人心知中計，抱頭鼠竄。

釣魚執法，有點厲害。

「高一三班終於有了群組」裡哭成一片，童淮手抖著翻開課本，深切感受到了大人世界的陰險狡猾。

薛庭回頭瞥了眼童淮，轉學來這已經一週了，第一次覺得這個班滿有趣的。

臨嵐市的教育制度還沒改革，依舊是高二才分文理組，高一學科多，每科講完要花差不多一週時間。

第三節課是地理，童淮跟地理老師互看不順眼，呼朋引伴準備翹課去網咖。

地理小老師提前去辦公室拿了答案卡，在班門口撞到他們，眼疾手快地一把逮住童淮：「要跑去哪？下節是老李的課，來幫忙發答案卡。」

童淮瞄了眼那疊答案卡，想起昨天下午的事，心裡有了想法，跟兄弟們揮揮手表示來日再戰，接過答案卡翻了翻，看到了他和薛庭的。

他把其他答案卡發完了，故意踮著小碎步，拎著最後兩張卡走到薛庭桌前，咳嗽兩聲，把自己的答案卡按到薛庭桌上。

薛庭正在刷題，見狀摘下耳機，掃了眼答案卡，掀起眼皮看他：「不是我的。」

童淮揚起下巴，明知故問：「為什麼？」

他點了點答案卡一側的姓名欄，準備讓這人看清自己的名字。

薛庭指了下填空題，語氣很微妙：「因為我知道世界上沒有八大洲七大洋。」

童淮：「……」

靠過來看熱鬧的趙苟：「哈哈哈靠，你是創世神嗎童淮！」

因為趙苟的大嗓門，全班都知道童淮創造了八大洲七大洋，笑倒了一片。

童淮站在原地，瞪著薛庭懶散回笑的臉，臉都綠了。

正好上課鐘聲響起，地理老師拿著保溫杯在三班門口咳了聲。

地理老師是學年主任，兇得要命，全班沒人不怕，童淮頭皮一麻，忘了把答案卡換回來，兩三步蹦回自己座位。

地理老師走上講臺，徐徐掃了眼全班：「我剛剛聽到有人說八大洲七大洋，哪個鬼才說的？」

三班感情好，講究不出賣兄弟，全部安靜縮著脖子。

「不說我也知道。」

地理老師瞪了眼童淮，好在心情似乎不錯，沒有繼續當眾處刑：「這次題目比較難，全年級地理學科只有一個滿分，我們班平均分數年級第一，期末考試繼續保持。接下來講考卷。」

童淮拿著薛庭的答案卡，無聊發呆。

他閒不住，手邊有紙和筆就忍不住瞎寫瞎畫，一下子畫個史迪奇，一下子看著地理老師禿著的禿頭畫個光頭，講完選擇題，無聊地對一下答案，發現薛庭全對。

他忍不住微微睜大眼，心裡嘀咕幾句，老實了，準備看看這人接下來是不是也全對。

地理老師還不太習慣童淮老實，覷到最後一排，以為他對著答案卡發呆，講完填空的第二題，點他起來：「童淮，填空第三題的答案是什麼？」

童淮站起來，掃了眼答案卡上漂亮的字跡：「角速度和恆定線速度都大。」

地理老師摸摸自己的禿頭，狐疑地看他一眼：「嗯，對，坐下吧。」

童淮第一次被點起來還能坐下，忍不住看了眼薛庭的背影。看著懶洋洋的，坐姿卻意外的端正。

隨即他又忍不住想到他手腕上的血痕。

怎麼回事？家暴？還是被搶劫？

地理老師檢討很快，一節課就檢討完一張考卷，薛庭從頭到尾沒一個錯誤。

檢討完了，老師才宣布，全年級地理唯一考滿分的就是薛庭。

學期末轉來的轉學生很難融入班級，偏偏薛庭仗著成績和臉，已經折服了大半同學。

就是說來奇怪，他人看著也不冷漠，卻有種奇特的氣場，莫名懾人，沒幾個人敢和他搭話。

下了課，童淮拿著除了塗鴉外沒有改動的人質過去換回答案卡。

薛庭看了眼全是塗鴉的答案卡，略感糟心：「你是多動症？」

童淮剛因他的答案卡才答對題，心虛地抽回自己的答案卡，灰溜溜地回座位。

一落座，他才發現自己的答案卡也沒好多少。

不過不是瞎畫，而是薛庭在答案卡上用紅筆劃出的錯題更正。紅通通的一篇最後，薛庭寫了串大大的省略號，表達了自己對這張通篇錯誤、拿分全靠猜的考卷的傻眼。

童淮感覺得到薛庭也不怎麼喜歡他。

幹。

就算不在意成績，在看不對眼的人面前丟臉，童淮還是有點小小的惱羞成怒。

下午英文課時，童淮發現陳梧臉色陰沉沉的，有點避著他。

學年主任和童敬遠肯定教訓過了陳梧，也不知道他是心虛還是惱怒。

童淮倒是不在意，他不記仇，天大的煩惱在心裡轉兩圈就出去了，不會為難自己。童敬遠說他沒心沒肺，又覺得不錯，小孩子這心態穩定，煩惱少。

反正陳梧再惹他，他就等畢業後將他套上麻袋揍一頓。

十幾天說多不多，期末考前一週，學校開了家長會，發下分組志願。

三中重視文組，選文組的比較多，得知許星洲還是下學期三班的班導，不少想選文組的同學禁不住有點動搖，班裡問分組志願的人到處跑，詢問彼此的想法。

童敬遠的工作一個接一個，沒能趕來，在電話裡歉疚地說了好久。童淮習以為常，拿了分組志願表，直接填了理組。

文組地史公要背的東西多，還要深入理解，不說理解，光是一籮筐需要背的東西就夠讓他敬而遠之了。

童敬遠雖然很寵家裡的孩子，但向來說一不二，童淮不想暑假打工，期末前試著小小地努力一把，耐著性子翻了翻書，可惜書太多，沒看完。

高一學科多，考了好幾天才結束。

剛巧童敬遠也回來了，考完親自來接兒子，主要是防止這小傢伙考完就跑不見了。

童淮從車上的小冰櫃裡掏出罐牛奶，童敬遠看了眼兒子：「天天喝牛奶，還是這麼矮。」

童淮納悶：「你還是不是我爸了，有這樣說自己兒子的嗎？」

童淮其實也不矮，但班裡男生普遍偏高，他到現在也才一七六，對此非常介意，每天兩罐奶，睡前一定去量身高。

童敬遠笑著揉了揉他的小捲毛，想了想，提起一個人：「對了，你們班那個薛庭……」

「停！」

童淮一點都不想再聽到薛庭的消息，一想到就頭痛：「都放假了就別提這個了吧，敬愛的爸爸，我想吃臨江街的鮑汁燜鳳爪。」

童敬遠欲言又止，然後笑了笑：「行，出成績前再讓你多開心開心。」

「……」

這話說得，童淮心想，你可真是我親爹。

高一年級的學科多，學生也多，三個年級的考卷堆成山。

老師們披星戴月，吐著血加班加點，也折騰了快一週才改完考卷，然後統計分數和排名。

班導許星洲把總成績和各學科成績、各題得分表以及總排名發到群組裡，奄奄一息：『**老師先走一步。**』

部分同學飛快看完成績，憂鬱地表示老師等等我，我也來了。

童淮被童敬遠抓到客廳，父子坐在沙發上捧著平板一起看成績。

點開總排名表，年級第一先入視線，不出意外，是薛庭。

真是個變態。

童淮心裡嘀咕了聲，直接跳到最後，緊張地從下往上滑。

上次他排名在倒數一百內，上升兩百名的話，只要能在倒數三百內，暑假就不用去打工了。

倒數二百名裡沒有他。

倒數二百五十名裡也沒他。

滑到上面，童淮終於看到自己，覷到排名，眼前立刻一黑。

姓名：童淮

倒數排名：299

第二章

俞問是第一個知道童淮要去打工的人。

作為從小一起長大的朋友，為了表示同情，他專程叫車跨過半個市區，跑到童淮面前，抱著童淮的史迪奇玩偶拍桌狂笑了三分鐘，直到童淮僵硬著臉舉起拖鞋準備塞到他嘴裡。

俞問趕緊摀嘴抹淚：「不是，真去啊？」

為了改掉童淮那些嬌生慣養的壞毛病，上了高中，童敬遠就在許多層面致力於讓兒子當個普通家庭的孩子。

他下的決定連童淮爺爺奶奶都沒辦法更改，說要讓童淮暑假去打工，那就是認真的，不是讓童淮去敷衍了事的，肯定不輕鬆。

俞問思考著出壞點子：「不然跟你爺爺奶奶告狀？或者耍賴賣乖？或者我們今天就拿護照出國旅游，等開學再回來？」

童淮把史迪奇搶回來，白眼他：「我是那種人？」

俞問「哦」了聲：「柴叔叔那個店離你家滿遠的吧。」

童淮母親家裡並不富裕，柴叔叔是他媽媽的老朋友。

柴記餐廳開在城西的望臻區，城西本來就是「窮鬼的天堂」，那裡往西直到郊區，是整個城市最老舊窮苦的地段，柴家兩代人在那片區域經營了幾十年小餐廳，物美價廉，生意不錯。

「我爸讓我暑假住在那邊的老房子。」

俞問憐愛地摸摸他的小捲毛：「童叔叔工作忙，沒空管你，擔心暑假你一個人玩瘋了吧。往好處想，你就要賺第一桶金了！」

童淮拍開他的手：「滾蛋，哪個富二代的第一桶金是去餐廳端盤擦桌？」

俞問不假思索：「你啊。」

童淮跳起來打他。

童敬遠一大早飛去海南，童淮睡懶覺睡到十點被俞問挖出被窩，追打著鬧了會兒才去洗漱。

陳阿姨對童淮的作息瞭若指掌，做好午餐上來敲門：「小淮，小問，吃午餐了，做了你們喜歡的菜。」

俞問聞聲大喜，跑得比童淮還快。

等童淮吃完飯，陳阿姨把一張便簽紙遞給他：「小淮，你爸爸讓我給你的。」

這陷害兒子的爹還會留言？

童淮接過來一看：

『**寶寶，享受最後的午餐。**』

真好，知道他吃飯時看到這句話會咽不下去，還特地吩咐陳阿姨等他吃完飯再拿出來。

果然是親爹，不用鑑定了。

明天開始打工，兩邊離得遠，童淮今天就得過去。

老房子是他媽媽以前住過的地方，媽媽過世後，童敬遠把老房子買下來，懷念亡妻時，會去那邊坐一整夜。

所以老房子不用特別收拾，因為本來就隨時有人整理，只需要買點生活用品。俞問作為好兄弟，又免費蹭了頓午餐，當仁不讓陪著童淮過去。

兩少爺乘著地鐵過去，到了地方，拿出陳阿姨幫忙列出的生活物品清單，先去附近的超市買東西。

童敬遠雖然在努力改正兒子的各種壞毛病，到頭來還是心疼兒子，每個月零用錢說是有限制，但也是不少錢。

換言之，就算童淮違約，被扣兩個月的零用錢，也有足夠的錢到處玩，跟俞問出國玩一個暑假才回來。

但童淮再不情不願，還是來了。

童敬遠吃死了兒子這一點，絲毫不擔心他會逃跑。

進超市前，童淮滑了滑好友動態。

哇，班長去了義大利旅遊。

呦，學藝股長在學古箏。

呀，陳老狗回麗江探親。

大家的暑期生活有滋有味，就他灰頭土臉。

大少爺小臉一沉，非常不爽。進了超市，先買牙刷，犯了挑剔的小毛病：「這把刷頭太大。」

「太硬。」
「太軟。」
「太小。」
「花色難看。」
「造型醜。」
「第一印象不佳。」
「看起來不錯但我就是不喜歡。」
……

俞問心想，我造的什麼孽陪他過來，太難伺候了。
兩人在生活區逗留了一小時。俞問一咂嘴，感覺生活太苦，天氣熱，想買顆西瓜吃。
好不容易等童淮挑完了生活用品，走出日常用品區，推車已經裝得滿滿當當，什麼都買了點。
俞問抬眼一看，「咦」了聲：「那不是你們班新來的那個大神嗎？」
薛庭段考空降，壓了曾經穩如泰山的年級第一，曾經的年級第一不服來下了戰書，他眼皮子都沒掀一下，期末又把人家給制裁了。
上次段考大家都叫他資優生，看到期末考排名後齊齊改成了大神。
童淮轉頭一看，對面是蔬果區，正在那裡挑西瓜的還真是薛庭。
暑假期間，脫下了寬大的校服，薛庭穿了件簡簡單單的黑色短袖T恤，高瘦明銳，神態鬆懶，一隻耳朵裡塞著耳機，在一眾主婦、大爺和小姑娘裡極為亮眼。

不知怎麼了，童淮總覺得薛庭那幅懶洋洋的模樣欠揍，看著就手癢。

此時薛庭正拿著一個西瓜，非常接地氣地邊拍邊聽，看著還挺專業。

旁邊好幾個小女生本來已經買了西瓜，看到薛庭，又臉紅紅地靠過去假裝還要買。

「要不要打招呼？」

俞問是七班的學生，和童淮一樣成績不好，還喜歡打架，稀裡糊塗成了學校裡的混混老大。

童淮前一陣子因為和童敬遠的約定很煩躁，又覺得跟兄弟說自己討厭的人，像找姊妹抱怨的小女生一樣，就沒和他說自己跟薛庭結了仇，聽了趕緊一把拉住俞問：「別，我煩死他了。」

但他非常有自覺有修養，見到學習好的人，會多三分敬佩。

童淮沒心沒肺，能真的討厭一個人，也是不容易。

俞問立刻和兄弟統一戰線：「行，聽你的，從今天起，薛庭也進了我小魚兒的頭等黑名單。」

薛庭還不知道自己被人拖進黑名單了。

把他拖進黑名單的那兩人還躲在貨架後面，靜悄悄、屏息靜氣地看他挑瓜。

他垂眸看著手裡的西瓜，沉吟片刻，很有實驗精神地買了那個瓜，請店員現切一下。

看他專業又熟練地挑了半天瓜，連童淮和俞問也有點好奇，扒在貨架後面伸長脖子一看——

「咔嚓」一聲。

肉白籽嫩。

廢瓜。

薛庭和這個瓜大眼瞪小眼，從容淡定的神情有一瞬間的破裂，似乎是不太相信自己竟然失敗了。

片刻，他沉吟著又精挑細選了一個。

「咔嚓」——

又是個廢瓜。

能從幾十個瓜裡精準挑出兩個最差的，這技術也是很厲害。

童淮搭著俞問，摀著嘴和肚子要笑瘋了。

眼見薛庭還要再挑，附近一個選瓜的阿姨看不下去了，掂量了一個西瓜，拍拍後聽起來不錯，抬手送過去：「小伙子，看看這個。」

店員接過來，熟練地抬手揮刀。

手起刀落，紅色汁水濺出來。

「咔嚓」一下，聲音清脆，紅肉露出，一看就又脆又甜。

薛庭呆滯了幾秒，偏了下頭，顯然暫時對這個世界產生了一點疑惑。

凝固了一陣子，他接了一個電話，聲音模模糊糊，童淮只聽到了最後那聲「嗯，買了西瓜，這就回來」。

然後他謝過阿姨，為切開的西瓜蓋上保鮮膜，提去結帳。

俞問和童淮對視一眼，不知出於什麼心態，跟了上去，童淮還沒忘記提上一箱牛奶。在另一隊結完帳，兩人跟出超市時晚了幾步，就見薛庭上了公車，往城西方向駛去。

城西又被不太客氣地稱為「窮人區」，越靠西越窮，出了城就是山，沒什麼奇景也沒什麼文化古跡，開發不出什麼，擱置了許多年。

看來薛庭的家境不是很好。

童淮得出結論，轉頭就把薛庭抛到腦後，提著一堆東西帶俞問到了老房子。

因為童敬遠私心想要這裡一直維持原樣不變，這麼多年也沒翻新裝修過，只加強了容易坍塌的地方。

老房子名副其實，整棟樓上下兩層樓，樓下兩戶一戶空著，另一戶是一對老夫妻，樓上也有一戶空著。

童淮拿出鑰匙打開門，「吱呀」一聲，四十多平方公尺的小房子映入眼底，一覽無餘。兩室一廳，還有小廚房和衛生間，牆面斑駁，裝潢陳舊，傢俱也都蒙著時光的濾鏡。

據說這是童淮媽媽長大的地方。

和童家那邊的靠山別墅天差地別，寒酸得要命。

童淮唧唧歪歪的，嫌棄這不好、那不好，到了這個哪裡都不好的老房子，倒是什麼都不嫌了。

俞問很會看眼色，沒再抱怨。

兩人在超市里耽誤了不少時間，等把東西一一拆分放好後，天已經黑了。

俞問一拍腦袋：「靠，我爸今晚來吃飯，差點忘了。兄弟，有事聯繫我，軍師隨時線上為你服務。我先走了。」

他一走，不大的老房子裡倒顯得空蕩起來。

童淮拿出手機，點叫了一份外送，然後在老房子裡閒晃了好幾圈。看紅漆斑駁脫落的桌子、看布被磨得泛白破邊的沙發，又蹲到牆邊，研究了片刻上面不太清晰的塗鴉，最後轉到陽臺，看到那盆重瓣月季還沒死，就知道童敬遠抽空來這裡澆過水。

喊，跑來給花澆水都不關心一下留守的兒子。

童淮心裡抱怨著，拿起噴水壺，也給花澆了澆水。

他被童敬遠帶來過，但沒在這過夜，吃完飯洗了澡，躺到主臥床上，即使陳阿姨提前來幫他鋪過床，他還是渾身不習慣。

老房子隔音差，也不是什麼好地段，車流聲和附近大喊著「小兔崽子別玩了回家睡覺了」的聲音清晰得就像在窗外。

童淮翻來覆去睡不著，乾脆起來放了個物理競賽講解影片。

效果拔群，在勻變速直線運動的陪伴下，他沒多久就迷迷糊糊睡著了。

第二天，童淮醒來時已經天亮了。

他迷迷糊糊拿過手機一看——早上八點，還早。

童淮放心地躺回去，闔上眼睛。

三秒後，他觸電似的突然跳起來，手忙腳亂地沖到浴室刷牙洗臉穿衣服，換上鞋拿著手機狂奔出去。

柴記餐廳離這裡不遠，不過到的時間，童淮已經遲到了半個多小時。

柴立國拿著一個碼錶，蹲在店門口慢悠悠地數數，見這孩子上氣不接下氣地喘氣跑過來，笑咪咪地說：「和你爸說的一樣，第一天果然會遲到。淮寶，要扣薪水囉。」

童淮撐著膝蓋，少年正是長高發育的時間，看著清瘦，配著一張乖巧的小臉，別提多可憐。

他軟下嗓子，苦兮兮地叫：「柴叔叔……」

什麼都沒說，光是千轉百迴的撒嬌語調，就讓人很難拒絕。

柴立國心軟了幾秒，又狠下心，還是決定扣薪水。

童淮撒嬌沒成功，哭喪著臉：「那您別跟我爸說我遲到了。」

丟臉死了，肯定會被童敬遠調侃到明年。

柴立國看小少爺懨懨地頭頂一縷頭髮都耷拉下來了，趕緊道好好好，小捲毛這才重新煥發生機。

店裡生意不忙時，柴立國一個人就能應付，但店裡最近繁忙，柴立國老婆又剛做手術，他一個人忙不過來。

或許是隨口和童敬遠說了兩句，童敬遠才想出這個方法。

進店後，柴立國遞給童淮一條圍裙：「淮寶，穿上吧。」

童淮爸爸那邊叫他寶寶，媽媽這邊叫他淮寶。

童淮看了看柴立國特地買來的粉紅色小雞圍裙，一點都沒覺得自己是個寶，沉著臉不想幹了。

見童淮臭著臉不肯繫圍裙，柴立國嘆氣：「你爸爸說你是個小男子漢，肯定不會違約……」

童淮耳尖動了動，掙扎了好一陣子，一咬牙，一閉眼，屈辱地穿上了這條粉色的小圍裙。

店裡不少客人正坐著等早餐，看到他都樂了：「喲，這是哪來的小帥哥啊？」

「別沉著臉啦，粉色多襯你，真帥。」

「老柴這你兒子？細皮嫩肉的，不像你。」

柴立國從廚房鑽出頭，揮舞湯杓：「我兒子在國外扎根了，哪裡還記得我跟他媽。這是我拐來的，易碎品，你們小心點使喚。」

大家發出一陣善意的哄笑聲。

活潑的氛圍裡，童淮覺得丟臉死了，生無可戀地蹲在廚房角落裡做好一陣子心理準備。

柴立國看著他長大，知道他那點小破脾氣，也不催他，自顧自做了一會兒事，就見童淮艱難地爬起來，不知道從哪裡摸出一個口罩戴上：「……我準備好了。」

柴立國不可置信地看了眼天氣溫度：「天氣預報今天四十二度，店裡沒冷氣。」

「叔，」童淮悶悶道，「臉重要。」

柴立國揮舞菜刀：「小兔崽子，到我這裡幹活丟臉？」

「被知道來您這裡幹活的原因丟臉。」童淮一聽話頭不對，立刻摘下口罩，討好地朝柴立國笑了笑，然後咽了口唾沫，乖乖端著盤子出去，又引來一波調笑。

童淮：「……」

算了。

反正這附近，除了柴叔叔外，估計也沒有人認識他。

小少爺就當下凡拯救人間疾苦了，吃到他親手送上的早餐的人都是榮幸有福氣。

催眠好自己，童淮又發現新難題。

端盤子還好，擦桌他就滿心抗拒了。桌上撒著醬油、小菜的油和粥，看著髒兮兮的，有點噁心，他拿著抹布，死活下不去手。

柴立國知道怎麼治他了，拖長了聲音：「你爸說你是小男子漢……」
童淮一抹布就下去了。
擦了兩張桌子，童淮到後廚皺著臉洗抹布。正洗著，剛剛空著的店裡又進來一個客人。
柴立國招呼了聲：「今天也來啦。」
對方應了聲，聲音是少年人獨有的朗然，聲線卻更低沉些。
有點耳熟。
童淮抬頭一看，一張記憶深刻的帥臉落入視線。
媽的，薛庭！
童淮當機立斷，「噌」地蹲了下來！
廚房不大，他動作不小，柴立國回頭看了眼：「怎麼了？」
童淮支支吾吾：「地上有螞蟻，我數數。」
說著，掏出手機，手指狂點螢幕，呼喚線上軍師。
不捲很直：『緊急！SOS！救命！』
一條夢想當海王的魚：『怎麼了兄弟，我飛速來了！』
不捲很直：『我操薛庭!!』
一條夢想當海王的魚：『……』
一條夢想當海王的魚：『你他媽不是很直嗎??』
不捲很直：『？』

童淮回頭看了兩遍對話，才反應過來，耳根到脖頸都熱了，憤怒敲字：『我要檢舉你！』

一條夢想當海王的魚：『話是你說的，無論如何也是我檢舉你吧？你這人怎麼還倒打一耙呢。』

扯了兩句閒話，進入正題。

一條夢想當海王的魚：『所以是薛庭去柴叔叔那裡吃飯了？這麼巧？』

不捲很直：『城西這麼多店，他怎麼就進了柴叔叔家？』

一條夢想當海王的魚：『現在跑來得及嗎？我騎機車過去接你？』

不捲很直：『你說呢？』

說話間，童淮聽見薛庭在點單。他的聲音很有質感，是適合唱歌的好喉嚨，同齡很多男生都處在變聲期，聲音粗粗啞啞活像公鴨子，比如俞問，簡直望塵莫及。

柴立國沒發覺背後的小少爺在尋找逃跑路線，笑著問：「在這吃？」

薛庭：「另一份帶走。」

然後柴立國就動手開始做了。

還要童淮等一下送過去。

童淮之前還想著這邊沒有認識他的人，不怕丟臉。

唯獨把薛庭給忘了。

這要是被薛庭發現他在這裡打工，小少爺的面子往哪擺？

薛庭以為他作弊還罵老師，要是知道他是因為考試成績不及格來的，還不笑死他？

本來就兩看生厭，他還要不要活了？

童淮越想越想縮成一團，就地消失。

俞問絞盡腦汁地給童淮出謀劃策，想了半天，傳了一段語音：『對了，薛庭剛來，還不知道你家裡的情況吧？』

童淮回：『**我像是到哪裡都宣傳我家有錢的白痴嗎？**』

俞問：『**你不是？**』

童淮更用力地打字：『**那都以前的事了！**』

俞問說的是國中的事。

那時間童敬遠的生意做得風生水起，童淮也不懂什麼叫財不外露，家裡有錢全班都知道，全班人都捧著他。

童淮十一歲以前基本在國外長大，爺爺奶奶雖然對他很好，但在朋友方面幫不上什麼忙，他從來沒有過什麼朋友，乍然之間那麼受歡迎，興奮得不行，絞盡腦汁地對每個人好。

他那時間覺得對別人好的定義就是送禮物，於是三天兩頭請客送禮物。

俞問家裡比童淮家裡管得嚴格，雖然人看著不太靠譜，對人情交際卻比童淮精明得多，看出問題來，讓童淮在生日會上撒了個謊：「我爸爸生意出了點問題，家裡破產了，大家還會是我的好朋友吧？」

大家半信半疑的，紛紛點頭表示當然會。

隨即童淮換下了一身的名牌，不再隨手就送遊戲機、球鞋、發紅包，一開始還好，接連半個月後，那些理所當然花著他的錢、平時一聲聲喊著「童哥」、和他親密無間的「朋友」就開始無聲無息地遠離他了。

童淮備受打擊，一氣之下跟著俞問和幾個倒踩的人打了場群架，然後兩人帶著傷，一起轉學了。

自此，童淮對錢有了概念，對朋友這兩字也多少有點抗拒了。

雖然現在班上的同學都很好，他也試著敞開心扉，但他能和每個人都很要好，卻不能再像以前那樣，樂呵呵地把自己所有的東西都捧出來了。

『那就好，』俞問察覺到童淮不太高興，立刻笑咪咪地岔開話題，『就說你家境不好，暑假過來打工賺學費吧，多勵志，一點都不丟人，我們班就有個這樣的人，我太佩服了。』

什麼爛辦法，薛庭那麼好騙嗎？

童淮小聲嘀咕了兩句，柴立國回頭一看：「少爺，蹲在地上長蘑菇啊？把這些端到客人桌上，小心燙。」

童淮站起來，把口袋裡的口罩重新拿出來戴上，認真地道：「從今天起，我叫灰姑娘。」

柴立國：「？」

童淮接過那碗小餛飩和小菜碟，走了兩步，又猶猶豫豫地回頭看柴立國。

現在店裡沒什麼人，他抽空給病床上的老婆打電話，臉上帶著溫情的笑，大粗嗓子都溫柔下來了，叮囑她好好休息。

行吧。

童淮沒打擾柴立國，戴著口罩走過去，薛庭戴著耳機，在刷微博，聽到腳步聲，才抬起頭。

兩人視線撞上。

薛庭的目光從童淮的捲髮滑到他的口罩，再落到那條粉粉的小雞圍裙上，神情古怪又微妙起來。

童淮：「……」

薛庭：「……」

童淮的耳尖紅了，微惱：「你……」

出乎意料的，他一張口，薛庭卻將視線從他身上移開，眼神很陌生：「謝謝。」

說完，拿過湯匙，吃起小餛飩。

童淮懷疑這傢伙認出了自己，又懷疑他把自己給忘了。

怎麼更氣人了。

柴立國打完電話，看了這邊一眼，火眼金睛：「淮寶，你和小薛認識啊？」

童淮噎了下，終於撐不住摘下口罩，喘了口氣：「……同學。叔，求你件事，從現在起別這麼叫我了。」

淮寶？

聽著這稱呼，薛庭要笑不笑的，支著手肘，撐著臉，多看了童淮幾眼。

柴立國知道童淮小脾氣多，不跟他計較，又煮了碗小餛飩：「辛苦一早上還沒吃，趁現在不忙，和你朋友吃早餐吧。」

「他不是我朋友，只是同學。」童淮領地意識清晰，對各個專有名詞非常在意，認真強調。

柴立國一副「哦哦哦好好好」的敷衍模樣，記得小少爺不吃蔥，煮好了親自端過來放在桌上：「吃吧，別餓壞了。」

童淮確實餓了，但不願意跟薛庭坐一桌，準備換個地方。

薛庭渾身都體現著「能癱著絕不坐著」的風度，拿著小湯匙，攪了攪碗裡的小餛飩，聲音有點懶：「坐下吧，不嫌棄你。」

他家境不好，舉手投足倒有種說不出的優雅氣質，一碗八塊錢的小餛飩，在他手裡像是碗幾萬塊的燕窩鮑魚。

童淮本來要走，一聽這話，氣得一屁股坐下來：「誰嫌棄誰啊。」

薛庭不跟他計較。

柴記餐廳的蝦仁小餛飩在這片地方遠近聞名，內餡蝦仁顆顆飽滿有彈性，雞湯鮮香，無論寒冬酷暑，都有人來捧場。

小餐廳只有幾支風扇，童淮早就熱壞了，這裡正好在風口下方，一坐下來就不想移動了。

餛飩冒著熱氣，薛庭一口一個安靜吃著，居然沒多問。

他不問，童淮反而更不自在，捏著湯匙又鬆開，反覆好幾下，最後煩躁地扔開湯匙：「……你別把這件事說出去。」

薛庭選的也是理組，不出意外，他們開學後都還會在三班。

要是被傳出去，非常丟臉。

薛庭剛才反應很快，認出童淮的瞬間，為了防止尷尬和麻煩，準備當作不認識童淮，見他主動開口，勉強掀起眼皮看了眼童淮。

這小捲毛總是沒事找事，他剛轉學來時滿腔煩心事，沒怎麼仔細看過他。

現在坐得近了，才發覺童淮長得很不錯，精雕細琢，霧氣蒸騰著張白裡透紅的臉，長眼睫毛忽閃忽閃的，溢滿了難為情。

看著還挺可愛。

「……我家境不好。」

薛庭盯著人時，眼波沒什麼變動，藏在溫和表皮下的淡漠一層層浸出來，他被看得很有壓力。童淮沒來由一慌，腦袋裡閃過俞問的爛辦法，一邊瞎掰一邊飆戲：「我爸總是不回家，下學期的學費沒著落，來打工賺學費。」

敬愛的爸爸，對不起。

『哐哐哐。』

薛庭靜默片刻：「沒必要跟我說。」

什麼態度！

童淮本來是瞎編，聽到這話，覺得這人真的很煩，毫無同理心。

他餓極了，不想再搭理薛庭，低頭吃東西。

薛庭拿出手機看了眼時間，等柴立國把打包的那份餛飩送來的間隙，瞄著童淮的髮頂若有所思。

小捲毛家境不好，餓極了吃東西時的樣子倒很好看，一點都不粗魯。

等薛庭走了，童淮才抬起頭，擔心他回頭就對班裡人說這件事。懸在他頭頂的達摩克利斯之劍，不知道什麼時候會掉下來。

童淮越吃越覺得難以下咽，拿出手機，有事沒事就看兩眼，生怕下一秒就有同學發來親切問候。

假期的班級群裡很熱鬧，「高一三班終於有了群組」充斥著大家分享的暑假生活和嘰嘰喳喳的閒話，童淮被標註了好幾次，點進去一看，趙苟和其他人在喊他出來打遊戲。

出於心虛，童淮先往上翻了翻，沒看到薛庭發言，心裡鬆了口氣。

話說出去，再收回就不太可能了。

童淮沒心情玩遊戲，去找俞問商量接下來的對策。

一條夢想當海王的魚：『……我就隨口一說，你還真對他那麼說了啊。』

不捲很直：『想死可以直說。』

一條夢想當海王的魚：『（拇指）我的意思是你真他媽睿智，不愧是我兄弟。』

一條夢想當海王的魚：『他不是得罪你了嗎？你就耍個帥，找個好機會讓他知道你很有錢，小說裡都這麼寫，一定要找個機會，無形中透露你非常他媽有錢！』

不捲很直：『你好像醉了，開始胡言亂語了。』

一條夢想當海王的魚：『那你說怎麼辦，被他拆穿不會很尷尬嗎，好好計劃計劃，自行暴露，占據主導權。』

……好像有道理。

童淮人生第一次經歷這種爛事，客人已經走了七七八八，他還在邊吃邊玩手機，一碗餛飩被他攪成餛飩湯，被風扇吹得冰涼。

吃飯不專心也是個壞毛病，童敬遠很少有機會和他一桌吃飯，陳阿姨又心軟管不了他。

柴立國看得搖頭，把那碗沒法吃了的餛飩湯端走：「發什麼呆？」

童淮一邊瞄手機一邊喝了口水：「沒沒沒，叔您不用理我。」

下午兩點，童敬遠去開會前，想起被拉去當壯丁的兒子，打電話過來慰問。

『寶，沒給你柴叔叔添麻煩吧？』

「有你兒子當門面，柴叔叔的生意只會蒸蒸日上。」

『囂張啊。』童敬遠被他逗笑，『打工的感覺怎麼樣？』

童淮頓時變得沒精神，他盯了薛庭的微信一早上，心力交瘁，半死不活地說：「下輩子我們還當父子。」

童敬遠：『……』

童淮就像隻受驚的貓，風吹草動都要炸毛，好在薛庭始終沒在群裡說話。

柴立國看他精神不振，猜到可能是覺得在同學面前丟臉了，哭笑不得，又心疼小孩。

忙完下午的人潮高峰，柴立國讓他提前回去，順口調侃：「怎麼這麼嬌氣啊淮寶？」

話剛說完，薛庭塞著耳機，踩著夕陽最後一絲餘暉與剛亮起的電燈光跨過門檻走進來，不知怎麼，竟然聽到柴立國那句話了，進店先表情古怪地看了一眼臉蛋漲紅的嬌氣淮寶同學。

柴立國一秒變正經：「小薛來買晚餐啊？」

「嗯，和之前一樣，少油少鹽。」薛庭收回目光。

童淮什麼都不想說了，扯下圍裙拔腿就走。還差點被門檻絆倒。

薛庭餘光瞥見，好笑又無言：「童淮……」

他鬼使神差冒出這麼一句，頓了頓沒繼續說下去。

柴立國見童淮沒摔倒，才放回提得很高的心，聞聲笑了笑：「他家裡沒人，暑假在我這裡打工也好照顧一下。小孩子很可憐，臉皮薄，別見怪。」

薛庭微微笑著，側耳傾聽，眼神卻沒什麼變化。

看來這小捲毛家境真的很困難，平時在學校裝得有模有樣的，都看不出來。

挺倔強，還挺要面子。

童淮到家先開了冷氣，從冰箱裡拿出罐牛奶，喝了幾口冷靜冷靜，然後打電話讓人去柴記餐廳裝冷氣，掛了電話，就開始思考人生。

從早倒楣到晚，證明了遇到薛庭果然沒好事。

悄無聲息把薛庭滅口的可能性有多大？

手機「嗡嗡」振動，群裡飛快洗版。

平時童淮都在群裡聊天，今天消失了一整天，大家都在標註他。

童淮癱在沙發上跟著閒扯，暫時把薛庭拋到了腦後。

回老家探親的趙荀出現，發了幾張秀麗風景照：「歡迎大家結隊來我家當吃菇群眾。」

然後標記童淮：『**背著兄弟跑哪裡玩了，我和老源@了你一早上，沒你一起打遊戲的日子有多寂**

寞你知道嗎？』

童淮斟酌著，指尖點點螢幕。

不捲很直：『玩廚房小遊戲去了。』

趙荀和其他人緩緩打出一個問號。

然後群裡又彈出一條訊息。

XT：『……』

薛庭放下手機，緩緩看了眼正在廚房裡掌杓的柴立國。

神他媽廚房小遊戲。

盯了一天的星空頭貼突然蹦出，童淮手一抖，神經反射差點把手機扔出去。

資優生出場彷彿自帶BGM，瞬間吸引了所有人的注意力，群裡立刻更熱鬧了。

趙荀：『我看到了什麼，活的大神！』

陳源：『第一次看到資優生發言，大神，暑假作業做完了嗎？』

胡小言：『大神，數學第三卷最後三道大題你一定做了吧！給個指點救救孩子吧！』

林談雅：『（流汗）你們別把人嚇跑了。』

呂子然：『嗯。』

薛庭這才傳了個微笑的表情符號。

以趙荀為首的人三兩句話又將話題帶偏了。

童淮一雙眼睜得圓溜溜的，等了五分鐘，薛庭再沒出現。

他又返回去看了看那串省略號，總覺得意味深長，意涵著說不清道不明的嘲諷。

吃完飯，童淮沒心情玩遊戲，得不到薛庭親口承諾不外傳，他心裡就像有一個被細繩懸掛在懸崖邊搖擺的小人一樣，七上八下的，怎麼樣都落不了地，不放心。

隔壁的道上兄弟群跳出訊息，童淮好幾天沒出來發紅包了，他們寂寞。

他趴在沙發上，點進群裡，例行性地先發了三個紅包，群裡氣氛又是一片和諧，連聲叫「童哥大方」。

蝦米米：『放暑假呢，童哥不出來玩一玩？』

雞哥記憶力比較好，似乎叼著煙，傳了一段口齒不清的語音：『前陣子童哥說跟他爸做了個什麼約定？』

童淮懶洋洋地躺著傳語音訊息：『輸了就要打工的約定，差點能贏。特別倒楣，第一天就遇到眼中釘。』

『是上次你說的那個？』雞哥傳了個舉著四十米大刀的貼圖，『要不要兄弟幾個教訓他一頓？』

童淮在沙發上翻了個身，悶悶地打字：『**算了，我騙他我家窮，等以後裝逼打臉。**』

三人沒有真的把「幫童淮教訓人」放在心上，立刻表示童哥英明。

童淮是有點沒心沒肺，但不是傻子，知道這些人願意喊他哥捧著他就是因為他有錢，和他國中那些同學一樣，不過他也不在意，他就是對這些「道上的社會人」有點好奇。

他一個人待著無聊，實在是閒得要命，用錢買到的「朋友」雖然假，也算是消遣。

隔天，早上七點十分，鬧鐘還沒響，童淮就被吵醒了。

老房子就在街邊，清早就傳來各種聲音，車流聲、嬉笑怒罵聲、小孩哭鬧聲、犬吠聲，都市交響樂，十分嘈雜，比起一年到頭都清靜的靠山別墅區，熱鬧得過頭。

童淮昨晚翻來覆去睡不著，兩三點才淺淺睡去，現在被吵醒，眼皮酸澀地黏在一起分不開，體驗到了學習不好的苦果。

要是能再進步一名，他就不用來吃這個苦了。

少爺脾氣和起床氣一同發作，童淮一把用被子蒙住頭，準備今天不去餐廳了，一切等睡飽了再說，朦朧抬眼，無意間看到老舊的床頭櫃上放著的相框。

相框裡是他媽媽的照片，拍攝於童淮半歲時。

溫柔嫻靜的女人抱著小寶寶，衝著鏡頭笑，好像在看著他。

童淮動作一僵。

他和照片裡的人對視了一陣子，煩躁地撓了撓頭，從床上掙扎起來，沖冷水澡後就出門了。

柴記餐廳六點半左右就開張了，童淮被寬限到每天七點半去，其實還是柴立國放水了。

昨晚來了一波人裝冷氣，柴立國一看就知道是誰幹的，早晨等著興師問罪，見童淮無精打采的樣子，又哭笑不得：「年輕人，能不能有一點朝氣。」

「叔，」童淮還沒清醒，哭喪著臉，「現在是暑假，除非腦袋不正常，否則哪個學生會這麼早起床啊。」

柴立國：「誰讓你不好好學習輸給你爸，小心下學期又來我這裡。」

童淮：「……」

您可真會說話。

童淮昨晚去拿外賣時順手買了新圍裙，絕不願意再穿那件粉紅色的小雞圍裙。傳出去有辱童哥威嚴。

剛換上，又有客人來了，童淮一轉頭，就看到一個不正常的學生走了進來。

想了想剛剛跟柴立國說的話，臉疼。

「……靠，」童淮覺得無法再做事了，抓狂道，「你怎麼又來了？」

薛庭煞有其事地左右打量兩眼，虛心發問：「這裡貌似不是你家？」

童淮眼睜睜看著他坐下，離奇震驚。

這人到底怎麼回事？

同班同學窮苦地打工，他還天天來圍觀？

轉學是因為被原來學校的人打的吧？

他轉回廚房，心裡忽上忽下，實在沒忍住，拉著柴立國說悄悄話：「叔，薛庭每天都來？」

柴立國笑咪咪地說：「是啊，有時間在這裡吃，有時打包帶回去。」

童淮：「……」

他現在的心情比見鬼了還要悲慘。

「別擔心，」柴立國安慰他，「小薛應該不會說出去的。」

童淮滿心都是「我他媽要死了，下學期一定好好學習」。

柴立國也擔憂：「這麼年輕，怎麼這麼要面子。」

童淮心想那是您不知道我和他結仇了啊，想了想，他找到一本筆記本，「嘶啦」撕下一頁，等柴立國將粥和雞蛋小菜遞過來，一起帶過去，把那頁紙拍在薛庭面前。

薛庭戴著一邊耳機，掛了兩個電話，低頭看到面前突然出現的紙張，疑惑地挑了挑眉。

童淮揚了揚下巴：「你寫個保證書。」

薛庭懷疑自己聽錯了，摘下另一隻耳機：「嗯？」

「保證你不會把這件事說出去，」童淮放下身段，跟他打商量，「那我就允許你繼續過來。」

薛庭：「……」

薛庭沒頭沒尾地問：「作業寫了嗎？」

童淮沒明白他怎麼轉到這個頻率上，茫然道：「沒，不會寫。」

薛庭朝他笑了一下：「那就多用腦袋想想怎麼寫，少想點有的沒的。」

說完，按著那張紙，擦了擦桌子後丟進垃圾桶，開始喝粥。

童淮：「……」

童淮氣得想揍他一頓，又怕他把事情說出去，沉著臉繼續問：「你真的不會跟其他人說？」

薛庭被他纏得耐心耗盡，面無表情：「我看起來很閒？」

童淮狐疑地盯了他一陣子，緩慢地「哦」了聲，坐下來繼續盯著他。

「……」

這小捲毛哪來這麼重的偶像包袱。

薛庭被盯得有點消化不良，放下湯匙，正視童淮：「我不說。滿意了？」

危機感解除，童淮鬆了口氣，看薛庭也覺得順眼了點，他露出大大的燦爛笑容：「還行。」

他情緒都很外露，和薛庭截然相反，露出兩個小小的酒窩，眼睛彎彎的。

薛庭收回視線，繼續慢慢喝粥。

談判成功，童淮還沒起身，柴立國拿著早餐過來放下：「這麼開心地聊什麼呢？淮寶，先吃早餐。一放假就不好好吃早餐，以為我不知道嗎？」

童淮當然不敢跟柴立國說，假笑了聲，老實坐下。

柴立國回去廚房，他與薛庭無意間抬起的目光相對，想也不想地脫口而出：「省點早餐錢，能給爺爺奶奶買新衣服。」

敬愛的爺爺奶奶，對不起。

『哐哐哐。』

聽到爺爺奶奶，薛庭握勺的指尖一頓。

這人昨天那麼欠扁，童淮還以為他不會說好話，仔細將柴立國順手撒進來的蔥挑出去，挑到一半，薛庭吃完粥，托著腮看他：「你爸媽呢？」

童淮眨了眨眼，熟練地繼續圓謊：「我爸很少回家。」

問的是父母，只提爸爸不提媽媽。

不是感情不好，就是沒有。

薛庭半瞇著眼，想起那天在辦公室外聽到的，心思一轉，就明白狀況了。

原來是誤會了。

童淮編得越來越順口：「我學習不好，我爸讓我畢業了跟他去工地搬磚。我也想好好學習，不過想到以後都要搬磚，就算了。」

薛庭已經吃完早餐，懶懶散散地靠著椅子，像是沒在聽，卻也沒走，等童淮巴拉巴拉說完，才隨意揮了揮手，起身提著打包的那份早餐離開。

薛庭做了保證，圓謊了，餐廳也有冷氣了。

童淮心情大好，一整天都沒再嘮嘮叨叨地碎碎念。

他抱怨的本事太大，嘀嘀咕咕像隻小鳥，柴立國聽得頭疼，不知道這小男生哪來那麼多話。

以往的假期，童淮都是整天沉迷遊戲，或者悶頭大睡。

時間在遊戲和睡眠裡好像流逝得很緩慢，他也會在某個瞬間陷入迷茫，有種茫然的、說不清道不明的焦慮感，不玩遊戲會很無聊，玩了遊戲反而更空虛。

這次暑假忙了兩天，時間倒是變快了，非常充足。

下午五點，柴立國給童淮做好晚餐，讓他打包帶走。

童淮回家吃完晚餐，在屋裡像無頭蒼蠅似的一通亂轉，還記得給童敬遠的心頭肉重瓣月季澆水，澆完後又陷入以往那種無聊空虛的狀態，想到今天薛庭問的話，破天荒地瞥了眼自從帶來後就沒打開過的書包。

裡面塞著暑假作業。

分組後只有理組作業，負擔比寒假小了不少。

童淮抽出張數學卷，盯了幾秒，和上面的數學符號你不認識我，我不認識你。

……還是等開學前幾天和趙苟他們一起借作業抄吧。

他拋開考卷，倒在沙發上橫看豎看，打開影音網站滑了滑。

首頁推薦是童淮喜歡的歌手的演唱會現場，他點進去，津津有味地看完，窗外夕陽西下，雲層醉紅，被余暉染成耀眼的漸變橘紅色。

附近的嘈雜聲又響起來，這回變成了車流聲夾雜著「小兔崽子回家吃飯啦——」

童淮把影片分享給俞問，刷新一下頁面，看到一條新的好友申請。

乏善可陳的星空頭貼，簡簡單單的名字縮寫。

是薛庭。

童淮橫看豎看，瞇著眼看，閉著隻眼睛看，是薛庭沒錯。

薛庭加他幹什麼？

仇還沒消呢。

童淮猶豫了一會兒，還是點了同意，想看看薛庭要說什麼。

然而等了十分鐘，薛庭都沒傳來訊息。

童淮拿出平板，玩幾分鐘看一眼，玩幾分鐘再看兩眼，眼睛瞟來瞟去，都有點眼睛抽筋了。

直到夜色漸濃，薛庭也沒傳來訊息。

這人怎麼這樣！

童淮沉不住氣了，抓起手機，飛快打字——加我幹什麼？

話沒傳出去，感覺氣勢偏弱，不符合童哥身分。

他把那句話刪了，琢磨了下，點進薛庭的個人頁面。網路稍微卡了一下，才加載出來。薛庭的動態很少，發的都是圖片，不是在某座山上俯瞰的景色，就是雨後幾朵緊貼在一起的蘑菇。

充斥著大自然的氣息。

童淮對這些沒興趣，像到了大自然，看了一下就覺得沒趣，返回首頁，發現置頂的童敬遠傳來了每日慰問。

父子情深地你來我往兩句後，童敬遠暴露真面目：『寶寶，作業帶過來了吧？』

童淮心裡隱隱感到不妙。

『我讓你柴叔叔監督你寫暑假作業，』童敬遠在視訊裡露出慈愛的笑容，『特地給你準備了張桌子。』

童淮木著臉：「爸，柴叔叔又要管我吃飯還要管我寫作業，到底是他付我薪水還是我付他薪水啊？」

童敬遠：『這你不用管，好好寫作業，爸爸回來驗收。』

童淮撇了撇嘴，翻了個身：「下輩子還是我當爸爸吧。」

童敬遠一邊覺得好笑一邊覺得貼心。

這小孩有點記仇，然而每次當面懟他，脫口而出都是下輩子，還想著再續父子情。

他想著想著又有點開心，讓童淮記得給陽臺上那盆重瓣月季澆水。

童淮敷衍地應了兩聲，視訊畫面外傳來童敬遠祕書提醒開會時間的聲音。不等童敬遠說話，他撇了撇嘴，丟下一句「你快去開會吧」，便掛斷視訊。

童敬遠又傳微信過來：『**別貪玩，早點睡。**』

童淮哪裡還有力氣玩。

一整天端盤擦桌的疲憊終於湧上來，小少爺身嬌體貴，哼哼唧唧地爬到床上，沒精力出去玩。

隔天一早，下了大雨，來吃早餐的人少了不少，柴記餐廳沒有外送，柴叔叔也有了點閒暇。

嘩嘩大雨幫這座城市降了一點溫度，空氣裡浮動著泥土味和雨水的腥氣。城西這邊不少老房子，屋頂都是瓦片，雨水順著瓦片凹陷處飛流而下，形成一片雨簾。

薛庭騎著腳踏車過來，後背溼了一小片。他收起傘，撩開溼了幾縷的額髮，依舊戴著那副好像祖傳的耳機。

雖然在意料之中，童淮還是忍不住唧唧歪歪：「整個城西就柴叔叔這家店了嗎？」

薛庭繼續往前走。

聽什麼呢，天天戴著耳機？

童淮咂嘴，抬手拽開耳機線，薛庭沒想到他會這麼做，稍微愣住，手機被順著拔出來，童淮靈巧地一接，低頭看了看——手機顯示鎖定螢幕，螢幕上沒有音樂程式的圖示。

兩人大眼瞪小眼。

「……」

這人就他媽虛張聲勢假裝聽歌來裝聾作啞？

童淮給他這行為氣笑了：「你聽無聲天歌呢？」

薛庭從容地把手機搶回來，臉上看不見絲毫尷尬，不慌不忙：「吵。」
「什麼？你說我吵？」小少爺不開心了。
薛庭開嘲：「原來你還有點自知之明。」
這麼站著說話，童淮後知後覺地發覺他天天喝奶都沒趕上薛庭，對方還是比他高半個頭。
他最不喜歡看到有男生比他高，見到同齡人就要暗自攀比一下，見此心裡又不爽了：「你昨天加我微信幹什麼？」
話題有點跳躍，薛庭摸了摸下頷，假裝恍然：「昨晚夢到加了我家狗的微信。」
童淮的頭像是一隻肥肥的阿拉斯加。
童淮「刷」地舉起柴立國的刀：「你再說一遍。」
剁肉用的刀，昨天才磨過，鋥光瓦亮。
薛庭毫無畏懼，盯著刀看了三秒，偏了偏頭：「不是作夢？」
童淮：「……我要剁了你，以後你就叫『艹广』了。」
薛庭看他氣哼哼的，揚了揚眉，莫名覺得好笑。
真幼稚。
飄潑大雨沒完沒了地下了好幾天，橫穿臨嵐市的那條江水漲漲停停，在即將達到警戒線時，大雨見好就收，給市民們感受一下刺激感後，漸漸小了。
經過童淮的觀察，不管雨下得多大，薛庭每天早晚都會來一趟，堪稱風雨無阻。
柴記餐廳簡直是他的真愛。

雖然當面懟了親爸，童淮還是把作業帶過來了，書包塞在廚房裡藏著，等薛庭不在的時間才拿出來。

給薛庭看到他歪七扭八的字跡、亂寫一通的答案和大片大片空白不會做的題目，好像格外羞恥。

柴立國真的為童淮準備了一張空桌，鋪上自以為童淮會喜歡的小碎花桌布，還找人訂制了一塊立著的牌子，上書八個大字：

童淮專屬，客人勿坐。

童淮抗議無果，每天頂著客人們慈愛的目光，在專屬座位上拿著考卷抓耳撓腮。

最近都是雨天，光臨的客人不多。下午不到四點，沒到放生童淮的時間，柴立國提前關了店。

「你嬸嬸過生日，我去陪她。」柴立國朝童淮展示了下生日蛋糕和親手製作的愛心飯盒。

童淮滿愛湊熱鬧，不過他非常有眼色，不想破壞人家的二人世界，一聽到這話，背上小書包就跑了，免得柴立國非要客氣一下，拉他過去。

這幾天一直在餐廳幫忙，晚上回來洗個澡，就累得直接睡著了，今天提前回來，童淮反而不知道該做點什麼。

看到班群裡的召喚標註，他才眼前一亮，換身衣服，搜索到附近的網咖，雀躍得像隻被解放的小鳥，飛撲而出。

方圓一千公尺內只有一家大一點的網咖，到門口後，還沒入內，童淮就被裡面的菸味嗆得咳嗽，秀氣的眉頭擰起來。

再看看群組，趙苟已經上線等他了。

童淮咬了咬牙，為了戰友，頂著菸味走了進去。

老房子附近的網咖比起一中後門的要老舊不少，設備更新也慢，裡面坐著各式各樣的人，和童淮熟悉的一排排面熟的學生不太一樣，他們得防著教務處老章，這群人就肆無忌憚，坐在門口都敢看色情片。

他偷偷瞥了眼，走到櫃檯那裡時脖子都是紅的。

新面孔一進來，角落蹲在一起抽菸的幾個小青年斜過目光，上下打量。

童淮是童家的獨子，再怎麼不學好，從小的教養擺在那裡，頭髮微捲，臉蛋俊俏，眼神乾乾淨淨，青蔥帥氣，像隻誤入食肉動物窩的小白兔。

他沒怎麼在意角落裡的人，整張臉都皺了起來，捏著鼻子，輕聲細語地要了一間包廂。

趙苟約了童淮好幾天，終於約到人，等童淮登入遊戲，好奇又納悶：『你玩的是什麼廚房小遊戲啊那麼入迷？』

童淮好久沒玩遊戲了，敲了敲鍵盤找感覺，隨口答道：「沉浸式的。」

趙苟：『？』

兩人又在群裡找了幾個同學，湊到一起，痛痛快快地玩了幾個小時。

童淮的技術還不錯，找回感覺，贏了幾把，收穫了一波語氣崇拜的「童哥」，得意得不行。

等散場時，已經快九點半了。

童淮以前不玩到凌晨兩三點不走，不過明早還要去餐廳，沒玩到那麼晚。

他靠在椅子上，懶懶地打字告別離線，出了網咖，才發現裡面真的很悶，他的臉不知道什麼時間變得發燙。

外面夾帶水氣的冷氣吹來，童淮顫抖了下，露出來的半截手臂雞皮疙瘩都起來了。

想起家裡的牛奶快喝完了，童淮準備順便到超市再買一箱，按照導航，走進一條小巷。

夜色已經很深，小巷七彎八拐。進得深了，四下死寂，只能聽到自己的腳步聲。

城西這片區域治安不太好，社會青年經常聚眾鬥毆，時不時會發生搶劫案。犯事的人一鑽進巷子，像滑不溜秋的泥鰍一樣，員警都不一定能逮到人。

政府說了要拆，多少年也沒有動工。

童淮也是因為關注媽媽住過的老房子，才看過一點關於這邊的新聞，跟著導航繞了一會兒路，察覺到四下寂靜，才想起這件事。

剛有這個念頭，前方就響起窸窸窣窣的腳步聲。

童淮抬眼一看，發現前面巷口站著兩人，穿得流裡流氣，染著金髮和紫髮，是之前在網咖裡見過的人。

回頭再看一眼，後面也攔了三人。

前後夾擊。

童淮舔了舔牙尖。

他學過防身術，但實戰不多，一打五……勝算不大。

紫髮小青年搖晃著走近，從口袋裡掏出一把折疊刀，咬著菸道：「小朋友，看你滿有錢的，兄弟們最近手頭有點緊，你請我們玩玩？」

童淮倒退兩步，背貼著牆：「你要多少？」

「大肥羊啊。」紫髮青年顯然是幾人的領頭，眼睛一亮，「哧哧」笑著靠近童淮，對他臉上吐了口菸圈。

童淮平生最恨別人往自己臉上吐菸。

小時間童敬遠在他面前抽菸，菸氣不小心噴到他臉上，被他小手臂小腿結結實實揍了一頓，收拾過後重新做人，老實戒了煙。

他嗆了一下，條件反射地一爪子拍過去。

紫髮青年猝不及防，被他一巴掌把菸扇進嘴裡，燙得整個人慘叫著飛竄起來。

其他幾人齊齊愣了下，童淮趁機屈膝狠狠一膝蓋頂到左邊那人的肚子上，重重一鉤拳打到另一個人臉上，破開重圍就想跑。

這幾個小流氓在這一塊地方收保護費搶劫已久，打架經驗比童淮豐富得多，什麼陰險招式都會，又熟悉地形，很快反應過來，立刻撲圍過去。

童淮動作靈活，矮身躲過一拳，一個過肩摔將旁邊的人摔到地上。

他與三個人對打，另一個人偷偷繞到後面，撿起一根水管，「咻」地劈過來。危急時刻，童淮一陣頭皮發麻，立刻躲開，其他三個人趁機撲上來，大力扼住他脖頸，左右兩個人死死拽住他的手臂。

跌進陰溝裡了。

童淮心裡「呸」了聲，動彈不得，偷襲的那個人把水管一丟，摸了摸被他一拳打破皮的臉，抬腳踹他。

童淮肚子被用力踢了一腳，悶哼了聲，眼前陣陣發黑，耳邊嗡嗡作響，僵硬地彎著腰緩了好久，剛喘上氣，又被拽著頭髮被迫仰起頭。

紫髮青年的舌頭給煙燙出了血，「呸」地吐出一口帶血的唾沫，說話漏風：「找死——老子的地盤——還沒人敢——」

他邊說邊轉著那把折疊刀，眼神兇狠。

童淮的脾氣也被激出來了，一句「有本事捅死我」還沒說出口，紫髮青年突然悶聲一聲，跪了。

在場所有人齊齊愣住。

倒下的紫髮青年背後站著一個身高腿長的年輕男生，帥氣的臉龐上表情雲淡風輕，衣角在夜風下獵獵舞動。

他拿著一根五顏六色、毛髮旺盛的雞毛撣子，看見紫髮青年在地上蠕動想要去拿刀，掀起眼皮，將他踩地趴下去，又將那把危險的折疊刀踹遠。

身手俐落，一點也不拖泥帶水。

「五對一還偷襲，廢物。」

童淮看著昏暗的路燈光下那張稍顯冷淡的臉，不太確定：「……薛庭？」

薛庭提著雞毛撣子，沒有看他，平淡地「嗯」了聲。

童淮不由自主地咽了咽唾沫。

幹，兄弟你怎麼回事。

好他媽霹靂炫酷無敵帥！

薛庭沒有再廢話，捲起袖子，打向攻來的流氓。

以一對多，薛庭居然絲毫不落下風，對方下黑手，他也下黑手，下手還更狠。

雞毛撣子被揮舞得獵獵生風。

有點帥，又有點莫名的好笑。

紫髮青年看呆了，童淮也看呆了。

薛庭學習成績名列前茅，表面溫和實則冷漠，在班級裡對誰都不愛搭理，多數時間都在寫模擬試題，像個傳統的好學生。

即使拔光訓導主任僅有的幾根頭髮也想不到，他的心頭肉好學生薛庭動起手來，會這麼狠、這麼兇、這麼陰。

像是割開裂口，平時被藏在平靜的皮囊下的東西顯露出來，像刀鋒般銳利，折射出冷與厲的雪亮刀光。

童淮清醒過來，跑過去幫忙。

有了薛庭助力，局面瞬間倒戈，像一場單方面碾壓的表演。

紫髮青年沒參與戰局，童淮目光一轉，發現他正偷偷撿起被踹開的折疊刀，他二話不說，猛地踹向紫髮青年的膝蓋後方。

紫髮青年毫無防備，「撲通」一聲又跪在地上。
童淮搶過那把危險的折疊刀，薛庭也解決了金髮青年，幾個小流氓躺在地方哀嚎慘叫。
打完架，他除了額髮和襯衣有點凌亂外，還是那副雲淡風輕、不悲不喜的樣子，呼吸都沒亂一分。
童淮喘了兩聲，忍不住豎起拇指：「厲害。」
薛庭心情不錯，禮貌回答：「你也挺兇。」
童淮腳踩在紫髮青年腰上：「你怎麼在這裡？」
薛庭把捲起的袖子放下，揚了揚下巴，示意他看牆角：「走近路路過。」
只是沒想到和這小捲毛這麼有緣，走近路都能遇到他被搶劫。
牆角停著一輛腳踏車，腳踏車籃裡裝著一顆西瓜，塑膠袋是附近那家叫「合合樂」的超市的。
童淮想起那天和俞問躲在貨架後面，看薛庭挑的那兩個破瓜，不自覺笑了起來。
被踩著的紫髮青年含混不清地堅強罵人：「……我操你媽……」
童淮受不了別人罵他媽，一陣咬牙切齒，腳下頓時加重力道。
薛庭腳下也碾了碾，直到他說不出話，才拿出手機，撥打號碼，對童淮比出「噓」的手勢，然後語氣驚慌：「警察叔叔，有人攔路搶劫。」
童淮：「……」
看不出您還挺愛表演。
等薛庭把電話掛了，童淮納悶地問：「你剛才怎麼不報警？」

薛庭把腳踏車推過來，露出一個無害的微笑：「報警後還能幫你打回去嗎？」

童淮沒忍不住，跟著笑了起來，覺得薛庭順眼不少。

附近的警察來得很快，他們到的時候，地上幾人還在微弱呻吟，爬都爬不起來，見了警察，齊齊露出求救的目光。

警察看了看乖乖靠牆站著的兩個男生，差點沒分清誰才是受害人。

再艱難分辨了下紫髮青年那張鼻青臉腫的豬臉，就明白了。

這幾個小青年經常在這附近晃蕩，逮住落單的人作案。

但他們從小就在這裡生活，比警察還要熟悉巷弄裡的地形，一鑽進小巷就像溜回大海的魚，警察局長咬牙切齒下命令下次一定要抓到人。

這下子終於抓到了。

到了警察局，警察姊姊先給兩個弟弟倒了杯熱水，溫聲詢問兩人具體情況。

童淮毫不猶豫：「姊姊，我在小巷裡迷路，他們幾個搶劫我，還拿刀威脅我，幸虧我同學路過。」他癟了癟嘴，「我都要嚇死了。」

薛庭想起他打人時兇巴巴的樣子，眼裡閃過點笑意。

童淮從小撒嬌無往不利，眨眨眼就淚眼朦朧的，可憐兮兮的樣子很有說服力，警察姊姊看著都覺得心疼。

紫髮小青年震驚了：「你都要嚇死了，那是誰把我們打成這樣的？」

薛庭不冷不熱地開口：「不是你們分贓不均才打起來的嗎？」

童淮沒料到他還會接話，差點笑出來。

薛庭低眉順眼，迎著警察姊姊懷疑的目光，淡定道：「我和我同學也小小地自保了一下。」

旁邊捧著保溫杯看著的警察大叔「噗嗤」笑出聲。

警察姊姊好笑地點了點兩人的腦袋，安慰著童淮做完筆錄，提醒他以後不要再走小巷，隨即代表警察局分局感謝兩人協助抓到人。

童淮嗓音細弱，睜大了眼：「姊姊，要是他們出來後報復我們怎麼辦？」

「別怕。」警察姊姊看到小孩溼漉漉的目光，心都軟了，「他們有案底，不會那麼輕易出去，就算出去，我們也會盯著他們。你記住我們警察局的報案電話，我們會保護你們的。」

說完還不放心，看了看時間：「要不我們送你們回家？」

童淮連忙擺手：「不用不用，我家離這不遠。」

後半段薛庭懶得開口，就看著童淮表演，聞聲開口：「我送他回家。」

離開派出所時，童淮手裡還被塞了幾塊巧克力和糖，是那個警察姊姊給的。他剝了一顆塞進嘴裡，甜滋滋的，遞給薛庭，薛庭接過來，也剝開塞進嘴裡。

快到凌晨了，城西這片區域異常安靜，大街小巷空無一人，偶爾傳來幾聲犬吠，也只是襯得附近更安靜，彷彿從一開始就只有他們兩人。

童淮含著糖，思索了一下，想起自己忘了說一句話，欲言又止。

「謝謝」兩個字在當時忘了說，現在已經過了期限，彆扭地卡在他喉嚨裡，吞吞吐吐的，說不出口。

他對童敬遠都很少說。

薛庭察覺到他瞥來瞥去的小眼神，猜到他在想什麼：「既然說不出來就別說了。」

童淮被激將了一句，脫口而出：「謝謝。」

薛庭的嘴角輕微短促地彎了下。

第一聲說出來，後面的話自然就順暢了。

童淮快走幾步，面對薛庭倒退著走。他穿的T恤有些寬大，風吹過來時勾勒出他的瘦腰，笑起來有點甜：「謝了，今晚不是你的話，也不知道會怎麼樣。」

街上的路燈一盞接一盞地亮著，在些微霧氣中光暈朦朧，像列成長龍的螢火蟲，整齊地延伸到更遠更深的夜色裡。

薛庭想嘲諷一句「誰讓你那麼衝動」，可目光一瞥，注意到童淮臉上的擦傷，話不知為何就卡在喉嚨間。他舔了舔那顆糖，隨意點了點頭。

童淮撓了撓頭，想說「你居然這麼厲害平時都沒看出來」，還想說「你拿著雞毛撣子抽人的畫面特別像我奶奶教訓我爸」，他張了張口，臉上突然扭曲，停下腳步，彎著腰「嘶」了一聲。

薛庭停下腳步：「怎麼了？」

「肚子痛……」

童淮聲音都在顫抖，掀開印了泥腳印的T恤低頭一看。

路燈光下，雪白柔軟的肚子上一大片瘀青，是之前被踢的。

起初痛了一陣子，似乎沒事就被他忽略了，現在放鬆下來，又感覺到痛了。

瘀青與本來雪白的皮膚顏色對比太鮮明，甚至有點刺目，薛庭忍不住伸手碰了下。他指尖冰涼，童淮抽了口氣，「噌」地跳著退了幾步，滿臉控訴：「你幹嘛？好痛的。」

聲音軟綿，不像生氣，更像撒嬌。

薛庭手指一僵。

面前的小孩清瘦，小捲毛耷拉下來，嬌氣得要命。

他莫名有點後悔，覺得剛剛在小巷裡下手還不夠狠。

察覺到自己的想法，薛庭愣了下，看見童淮還在路燈光下專注地看自己的肚子，無可奈何地嘆了口氣。

他跨坐到腳踏車上，示意童淮坐到後座：「上來。」

童淮也沒拒絕，委委屈屈地放下衣襬，坐上後座，怕坐不穩，眼巴巴地靠在薛庭背上，手伸過去抱住他的腰。

薛庭不習慣和別人親密接觸，拍開他的手：「別靠這麼近。」

童淮又貼過去，吸了吸鼻子，非常委屈：「可是我肚子好痛。」

薛庭：「……」

他忍了忍，踏板一蹬，準備盡快把這半路黏上來的祖宗送回家。

沒發現肚子上的瘀青時，童淮能蹦能跳，發現後就不一樣了。

他從小有個毛病，沒發現的傷不會將注意力放在那裡，發現後就會自動把痛感再提升十倍，所以不常跟人打架。

童淮呼吸都不敢太用力，越想越擔心，越想越害怕，開始胡言亂語：「薛庭，我腸子會不會斷了啊？」

「……」薛庭無言，「放心，應該還很堅韌。」

「哦，」童淮又放下心來，安靜了一下，轉而又擔心起來，「我不敢呼吸了怎麼辦？」

「那就別呼吸了。」

童淮一拳捶在他背上：「你這人好沒同理心。」

薛庭被他念叨得頭疼：「肚子痛就少說話，閉嘴就不痛了。」

童淮聞言，果然乖乖閉上嘴。

他家離警察局確實不算遠，騎腳踏車十幾分鐘就到了。老房子臨近街道，和幾棟老舊的公寓擠在一起，童淮指了指其中一個窗戶：「那是我家。」

又說：「騙子，閉上嘴也很痛。」

薛庭服氣。

他把童淮送到樓下才放他下來，想起童淮說家裡沒人，仰頭看了看，童淮指的那間屋子黑漆漆的。

薛庭轉頭問：「家裡有藥嗎？」

這老房子閒置這麼多年了，怎麼會有藥。

童淮搖搖頭：「明天有空的時候去買。」

薛庭好像只是隨口一問，點頭：「回去冰敷一下瘀青處。」

童淮這時候格外聽話，小步小步地朝公寓走去，又不太放心，回頭一看，薛庭跨坐在腳踏車上，一條長腿點地，在路燈下站立，懶洋洋地注視著他，漆黑的雙眸在燈光下都顯得溫和不少。

他莫名有點開心，小幅度揮了揮手：「路上小心，明早見。」

薛庭又「嗯」了聲，也不管童淮能不能聽見。

他等在路燈下，看童淮轉身上樓，又等了片刻，剛剛童淮指的那扇窗溢出燈光。

小孩安全送到家了，薛庭轉過頭，帶著西瓜騎著腳踏車，朝另一個方向騎去。

肚子上有了一道瘀青，童淮對自己輕拿輕放，回家聽薛庭的，先從冰箱裡拿出一袋冷藏的牛奶，躺在沙發上給自己冰敷了十分鐘，「咕嚕咕嚕」喝下牛奶，才小心翼翼地洗澡。

洗完看看鏡子，童淮才發現肩膀也有一塊瘀青。

小少爺十分細皮嫩肉，夏天衣衫也薄，給那幾個小流氓掐出了痕跡。

童淮嘶了口氣，頓時感到肩膀沉重。

躺著肩膀疼，趴著肚子疼。

童淮東翻西找，找出來兩個軟靠枕墊上，這才慢慢躺上去。

關了燈，街邊的路燈光透過窗縫擠進來，借著那點朦朧的光，他睜眼看著床頭櫃上的照片，伸手抓了抓那道光，指尖頓了下，又縮回被子裡。

老舊冷氣發出細微的嗡鳴聲，他心底升上了一點寂寞和委屈。

老房子裡很空曠，只有他一個人，之前順手抓來撒嬌的人也跑了。

童淮想了半天，還是怕那幾個人出來會報復薛庭，拿出手機，點開微信飛快打了一串字，沒傳給童敬遠，而是傳給了童敬遠的祕書林先生，拜託他收尾。

林祕書這麼晚了也還沒睡，看到訊息，緊張地回了幾個感嘆號：『**!!受傷了嗎？**』

不捲很直：『怎麼可能，不過我同學幫了我，我怕那幾個人出來後報復他。』

不捲很直：『別告訴我爸，小事而已。』

林祕書：『可是童先生說不管您有什麼事找我，都得告訴他。』

童淮順手敲字：『**那我要是找你表白呢？**』

林祕書：『……』

不捲很直：『拜託了林哥，我不想聽我爸碎碎念（可愛）。』

林祕書猶豫了一下，童淮抓緊機會轟炸，見他勉勉強強答應，才滿意收回攻勢。

這件事別給童敬遠知道最好。

不是童敬遠不關心他，而是一旦童敬遠知道，肯定會立刻拋下所有工作趕來。

沒人比他更緊張童淮。

童淮母親剛走的那一年，童敬遠受到嚴重打擊，很長一段時間，他都處於一種很頹廢的狀態，對工作不用心，經常在家裡喝酒。他酒量好，千杯不醉，無法灌醉自己，時常微醺地靠在後門邊，看著童淮母親親手打理的後院發呆。

童淮也哭過很長一段時間，不知道不告而別的媽媽去了哪裡。

小孩子不記事，哭著哭著就忘了自己為什麼哭，漸漸習慣了在童敬遠身邊跑來跑去，跑累了就爬來爬去，爬累了就滾來滾去。

自己玩自己，比長大後省心。

童敬遠有時回過神，就把他抱過去，輕輕摸他的腦袋。

偶爾童敬遠睡著了，童淮就「吭哧吭哧」地扛著一件小被子披在他身上，然後打電話給爺爺奶奶，奶聲奶氣、中氣十足地告狀：「爺爺奶奶，童敬遠睡覺不蓋被子！」

爺爺奶奶來過很多次，看到童淮孤零零的，一小隻坐在頹廢的童敬遠身邊，就覺得心裡酸疼，最後實在看不下去，乾脆把四歲的童淮接走。

童淮那時很乖，被接走也不哭不鬧，只在臨走前跑過去，踮起腳尖，抱著童敬遠的脖子，仰著頭期期艾艾地說：「爸爸要早點來接寶寶。」

童敬遠看著兒子稚嫩的臉龐，突然就從長時間的自我麻痹裡清醒過來了。

他把喪妻之痛轉為工作動力，生意越做越大，也越來越忙，把童淮接回來過，但沒時間，餓了病了也無法照顧，找了兩次保母，運氣都不好，一個保母時常偷懶，經常不做飯給童淮吃，另一個哄騙童淮，偷家裡的東西。

童淮回到他身邊三個月，又被送回了爺爺奶奶家。

被送走時，童淮還以為是自己不聽話惹爸爸不高興了，背著小書包一步三回頭，快上車了，嘴一癟一癟，哭著跑回來，保證自己會很乖。

童敬遠也紅了眼眶，可是想到自己忙工作時，童淮孤零零的在家裡發著燒，還是狠下心，和他約定，只要有空就會去看他。

童淮就不怎麼鬧了。

他在爺爺奶奶家很聽話懂事，不過只要童敬遠來了，就一步不錯地黏著他，童敬遠離開前，他才會拉著童敬遠的衣角，沉默地想要爸爸留下來。

經年累月的歉疚像是沉寂的死火山，童爸爸極端護他，回來可能會把那幾個小青年活剝了。

童淮回憶著童年，模模糊糊有了點睡意。

他不是小孩子了，不想讓童敬遠的工作耽誤，不會再像小時候那樣哭著要爸爸了。

剛闔上眼，童淮腦袋裡閃過一件事，勉強睜開眼，打開微信找到薛庭，把「艹广」兩字刪了。

薛庭救了他，就是他的恩人了，之前的小碰撞一筆勾銷。

做完這些，童淮閉眼睡了過去。

這一晚噩夢連連，不是夢到被人攔路搶劫，就是夢到小流氓攥在手裡的折疊刀捅過來。

到早晨四五點，童淮醒來一次，一翻身又睡著了，短短兩個小時，又夢到自己被一塊巨石壓著肚子，身下是鐵釘床。

鬧鐘響起的瞬間，童淮就醒了。

睡了一夜跟沒睡一樣，身體過度疲憊。

他掀開衣服一看，瘀青顏色加深了點，輕輕一碰就疼。

童淮有氣無力地抓起手機，想打電話給柴立國請個假，轉念又想，他請假，那柴立國肯定會告訴童敬遠。

以老柴那種不依不饒的倔強性格，一定會過來看他，檢查小少爺身上哪裡出了問題。

就算他不過來，薛庭去買早餐時，說不定聊兩句就把他賣了。

老柴知道就等於老童知道。

童淮苦著臉爬起來，凝視著床頭櫃上的相框：「媽，我好難。」

童敬遠能不能成熟一點，少讓他操心！

今早又下起了淅淅瀝瀝的小雨，童淮撐著傘，一舉一動像個行動遲緩的老人，慢慢走到了柴記。

柴立國見他一臉衰樣，驚奇道：「怎麼又漏氣啦？」

童淮怕肚子疼，不敢大聲說話，輕聲細語：「拉肚子。」

「又亂吃東西了？夏天別亂吃，昨天我去醫院看你嬸嬸，掛號那裡都是亂吃東西引發腸胃炎的。」柴立國教訓了幾句，看他一臉病殃殃，又憂心起來，「很難受嗎？不然叔叔帶你去醫院看看？」

「沒。」童淮一聽醫院，立刻精神了，「我身體很好，青春年少，哪是您們這些中老年人比得上的。」

柴立國立刻翻了個白眼，把他按到專屬桌子前：「好好休息，在我這裡吃完早餐，回去吃點藥睡一覺。不舒服不要客氣，叔叔帶你去醫院。」

不用端盤擦桌了，童淮也滿高興的，拿出手機想找人聊天。

可惜暑假期間，一大清早，不會有神經病學生這麼早起床，幾乎都在睡覺。

童淮托著腮，撐著兩條長腿，盡量放緩呼吸，邊覷著時間，邊看門外。

等了一陣子，外面響起腳踏車鈴聲，童淮等待的神經病風雨無阻，款款而入。

童淮連忙抬手打招呼：「薛庭，來這來這。」

薛庭原本打算兩份都外帶回去，聽到聲音，舌尖在上顎一抵，壓下差點脫口而出的話，對柴立國道：「一份在這裡吃。」

說完，他邁著兩條長腿走過去，沒入座，研究了下上面牌子上的字：「童淮專屬，客人勿坐？」

「您是恩人。」

童淮殷勤地擦擦桌，看他坐下來了，壓低聲音：「別跟柴叔說昨晚的事，我怕他擔心。」

薛庭沒怎麼在意，「哦」了聲，低頭看手機：「傷怎麼樣了？」

「今天起來顏色變深了，」童淮低頭看了看肚子，很愁，「唉，別提了，一提感覺更痛了。」

薛庭聽他小聲咕噥著抱怨，覺得有點好笑。

這小捲毛家境不好，懂得早早出來打工賺錢，但又不好好學習，還嬌氣得像個小姑娘，簡直是個矛盾集合體。

加了他微信，也沒見他來問過習題，真是浪費資源。

他無意識用指尖輕輕敲著桌子，盯著童淮精緻的側臉看了一下，還是把手裡提著的袋子遞過去。

童淮接過來，這一小包東西似乎是被薛庭揣在懷裡帶過來的，沒沾上雨水，反而沾著體溫。

他好奇地打開，裡面是活血化瘀和止痛的藥，有外敷也有內服。

童淮看著這堆藥，愣了好一段時間。

薛庭別開目光：「順路買的。」

童淮感動壞了：「俞問都沒對我這麼好過。」

不用他做前情提要，薛庭就猜出了俞問是誰，挑了挑眉，說話還是那麼不好聽：「那你挺失敗。」

剛被幫過不好懟人，童淮忍著肚子疼：「您真會說話。」

柴立國做好兩人份的早餐端過來，童淮做賊似的收起那袋藥，對柴立國露出一個無辜笑容。

老柴依舊火眼金睛：「聊什麼呢？」

「薛庭成績好，是年級第一呢，我請他教我寫作業。」童淮怕薛庭露餡，趕緊胡扯。

柴立國眼睛一亮，連連點頭：「那不錯啊，整天看你在這裡抓著頭髮寫不出題目，整間店都跟著一起發愁呢。小薛，淮寶就交給你啦。」

童淮：「……」

您這嘴也是挺絕。

薛庭巍然不動，等柴立國走了，似笑非笑地望著童淮。

童淮耳尖都紅了，嘴唇動了動，悶悶道：「我就隨口那麼一說。」

「真想去工地搬磚？」出乎意料，薛庭沒再冷嘲熱諷，「你爸的決定左右不了你的人生，考一所好大學，申請獎學金，未來會比你想得好很多。」

童淮茫然了片刻，咬著湯匙想了想，才想起來這是自己編的劇本，十分心虛：「你是在……鼓勵我？」

薛庭沒理他的廢話，自顧自地吃起早餐。

吃完，他提起外帶的那份早餐，單手騎著腳踏車，撐開傘又進入了雨幕。

童淮找機會提著藥去了趟衛生間，掀開衣襬咬著，小心翼翼地對著鏡子塗抹藥膏。

塗完肚子上的瘀青，他又艱難地塗到肩膀上，在衛生間耽誤了很久，出去時柴立國還以為他又拉肚子了。

童淮說自己好了，坐回專屬座位。

塗藥膏後清清涼涼的，舒服了很多。

他打開微信，給薛庭傳了句：『**藥膏用了，挺有效，謝謝。**』

然後他打開遊戲，玩了片刻，腦袋卻又響起薛庭那句乾癟的鼓勵。

童淮其實沒想過未來。

對於大部分學生來說，好好學習的意義是將來可以找到一份好工作，拿到更高的薪水，買房買車，結婚生子。

但童家有錢，童淮除了從小失去媽媽，幾乎是被爺爺奶奶捧在手心裡長大的。好工作、高薪資對童淮來說沒太大意義，爺爺奶奶每年偷偷塞給他的紅包，恐怕就比大部分普通上班族的存款還多。

童敬遠也說過，他能養童淮一輩子，也不需要童淮的學習成績有多好。

但他不想看見童淮茫然地虛度光陰，浪費最好的青蔥歲月，導致將來後悔。

童淮琢磨很久，最後都不明白自己在想什麼了，鬼使神差地鑽進廚房，在柴立國欣慰的眼神下，拿出兩張練習卷，回到專屬座位上埋頭苦寫。

直到手機振動了下，童淮拿過來一看，發現自己半張考卷寫了一個多小時。

無所事事的俞問醒了，問他要不要出來玩，在電玩城等著他。

童淮拍了張自己的考卷照片傳過去，打字：『**我要學習^_^。**』

訊息傳過去，一時沒有回應，不知道俞問是不是震撼得失去了語言能力。

童淮翻了翻考卷，接下來的題他都不會做。

難得的學習興致沒了，他重新點進微信，一刷新他才看到，二十分鐘前，薛庭給他傳了則訊息。

XT：『不會可以問我。』

童淮呆愣愣地點出鍵盤，發送訊息：『**是本人？**』

薛庭傳來一串點點點。

俞問也震撼完了，傳來訊息。

不捲很直：『……』

一條夢想當海王的魚：『講個笑話：童淮學習。』

一條夢想當海王的魚：『你受什麼刺激了？』

童淮傳了幾個扛著大刀的貼圖，沒想到學習的理由，乾脆不理他了。

他玩起小遊戲，玩了一下，午餐高峰期逐漸到來，見柴立國忙前忙後，不好意思繼續坐著，起身過去幫忙。

等送走了幾波客人，童淮才發現薛庭又來了。

還很不客氣地坐到他的專屬座位上，手裡拿著他的數學考卷在看。

……幹！

童淮心裡慘叫了聲，兩三步跑過去，人未至聲先到：「你怎麼坐在我的位置上啊！」

薛庭拿著那張空白大半的練習卷，頭也沒抬：「你說的，我是恩人。」

童淮耳尖發燙：「那你怎麼還偷看我考卷啊。」

「你說的，你請我教你寫作業。」

說著，薛庭皺皺眉，不可思議地拎著那張考卷抖了抖：「這寫的是什麼東西？」

童淮：「……」

童淮心裡默念不能翻臉，面色猙獰地問：「你來幹什麼？」

「證明帳號沒有被盜。」薛庭又懶散地坐了回去，支肘撐著下頜，指指手邊的兩本課本，戴上耳機，「忙完再來吧。」

「又來？」

童淮對他之前的行為耿耿於懷，伸手順著耳機線拽了拽，手機又被扯出來，頁面上的某音樂程式映入眼簾，圖標緩緩轉動，播放著一首英文歌。

薛庭僵著臉與他對視。

……

童淮訕訕地把手機遞回去：「這次真的在聽啊？」

薛庭把手機放回桌上，指了指人多起來後也吵了起來的餐廳：「吵。」

用餐高峰期持續到下午快兩點，客人才漸漸少了。

童淮腰酸背痛肚子痛，臉色泛青地回來，薛庭已經把課本放下了，拿著手機在和別人聊天。

童淮路過時不經意瞥了眼，看到那邊的人傳了句「薛哥，你什麼時候才消氣回來？」。

薛庭見他過來，傳了個空格，關掉螢幕。

消氣？生誰的氣？

回來？薛庭才剛轉學來呢，回哪裡去？

童淮冒出些許疑惑，不過假裝沒看到，覷了眼薛庭帶來的課本，滿眼好奇。

薛庭抱著手，打量著童淮：「上課聽過課嗎？」

童淮不太確定：「聽過？」

薛庭看著他的表情，突然有點後悔多管閒事，沉默了下，把課本推過去：「我把這張考卷考的重點都標出來了，你看一遍。」

「不是你要看的？」童淮接過書看了眼，苦著臉，「看不懂啊。」

薛庭：「……」

薛大神盯著童姓吊車尾，眼神一時非常恐怖。

童淮無端心虛：「要不您看看我成績單？」

「不用，猜到了。」

薛庭調整好心態，換了一個位置，坐到童淮側邊的椅子上，鬆鬆挽起袖子，拿過草稿紙和筆，開始一點一點輔導童淮。

他露出半截手臂，呈現著少年人獨有的瘦而不弱感，十指修長，拿著筆寫字的姿勢格外賞心悅目。

認真的啊？

童淮愣了愣，撓撓頭，眼神忍不住飄著亂瞄了眼。

薛庭坐得挺近，他能聞到一股清爽好聞的味道，不知道是洗髮精還是洗衣精。薛庭還戴著一條項鍊，吊墜隱沒在領口下，看不清模樣。

發現童淮心不在焉，薛庭拿著筆，抬手在他額頭敲了下：「想去搬磚？」

您還挺助人為樂。

童淮心虛得要命，不敢說自己撒了謊，脊背不由挺直了，乖乖聽他說。

「這麼多公式都要背嗎？」

勉強聽了幾個重點，童淮滿腦袋「tan」、「sin」、「cos」，臉上隱約露出恐懼的神情。

薛庭露出燦爛笑容：「你說呢？」

童淮默了默，視死如歸地伸手去拿書。

薛庭用筆把他的手指拍開，筆尖點了點草稿紙，流暢地出了幾道題，推給他：「死記硬背沒用，做基礎題，學會舉一反三。」

他教起人來語氣倒是和緩，也沒因為童淮提智障問題而不耐煩。

童淮欲言又止，還是悶頭寫題目。

看他艱難地開始寫題目，薛庭略感欣慰，沒那麼煩心了。

好歹腦袋是清醒的，沒醉，教得會。

薛庭把那張數學練習卷抽過來，點了點上面那道三角函數題：「現在寫這個試一試。」

考卷上的題目要更複雜，童淮卻有種自己能立刻做出來的錯覺，寫到一半卡住了，咬著筆尖發呆。

薛庭沒有催他，垂眼看手機資訊，大概是在回之前那個人的訊息。

童淮卡了好一陣子，耐心被消磨殆盡，看向薛庭：「你有夢想嗎？」

薛庭：「……」

收回前話，還是寫醉了。

童淮開始唧唧歪歪：「我小時間想當畫家來著。」

「想去學畫？」薛庭還真替他思考了下，「美術生也需要學科分數。」

「……後來的夢想是當太空人。」

薛庭：「……」

薛庭和善地看著童淮，抬手按著他的腦袋，緩緩轉向草稿紙：「建議你臨時改個夢想，把這道題寫出來。」

童淮：「哦。」

低頭寫了兩筆，又忍不住抬頭：「你身手不錯，考慮當我小弟嗎？」

薛庭眼皮都沒掀一下：「等你全科目及格那天再說。」

童淮委屈地縮回去繼續寫。

柴立國來來回回好幾次，見薛庭真的在輔導童淮，笑逐顏開，跑到廚房切了幾片冰西瓜送來。童淮低頭一嗅，狐疑地問：「叔叔，你刀是不是切過蔥？」

「狗鼻子，我洗過三遍還能被你聞出來，」柴立國翻白眼，「這是犒勞小薛的，愛吃不吃。」

童淮撇嘴。

等柴立國走了，他拉了拉薛庭袖子：「之後請你吃冰沙。」

薛庭對冰沙沒興趣，指指草稿紙上的題目，童淮又聽話地低頭鑽研起來。

薛庭看他寫題，無聊地轉了轉手機。

童淮精力分散，不專注，沒耐心。

成績好才是見鬼了。

一道小題唧唧歪歪地磨蹭了十幾分鐘，童淮終於恍然大悟，「唰唰唰」寫出後半段，得出答案，不太確定地看向薛庭。

薛庭戴著耳機，拿著另一本書看，卻像是長了第三隻眼睛，點點頭，靠過來繼續教他。

他思路清晰，不像很多資優生那樣習慣性省略寫運算過程，童淮稀裡糊塗地跟著寫完了考卷，回頭一看，竟然能看懂大部分。

薛庭也沒指望他一教就會，看看時間，已經不早了，離開前先順便買晚餐：「不會的題目空著就好。」

童淮「嗯嗯」點頭，薛庭垂眸對上他的眼神，覺得童淮這段時間乖得像隻小狗。

髮梢微捲，看著毛茸茸的，眼睛又圓又清澈，裡面毫無雜質，像一張白紙，隨意交給誰，都能在裡面寫上自己想寫的東西。

……讓人手癢。

就他這樣，還不良少年？

想到偶爾聽到的關於童淮的傳聞，薛庭啞然失笑。

這樣一對一教學了幾天，童淮也習慣了薛庭每天來三次。又是打工又是學習，離開了終日沉迷的虛幻網路、遊戲以及睡不醒的覺，時間倒過得更快。

纏綿多日的雨終於停了，天氣預報說未來半個月都是晴天。

一大早，柴立國見童淮打著哈欠過來了，趕緊道：「淮寶，廚房沒有多少鹽了，幫叔叔跑去附近小超市買幾包鹽回來。昨天去看你嬸嬸，回來的路上忘記了。」

童淮睡眼惺忪，迷迷糊糊地「哦」了聲，轉身又走出去。

昨晚下了最後一場雨，望臻區排水系統很差，地磚鬆脫了，一踩就濺水，濺得褲子上都是，有的還能飛到臉上。

望臻區民眾擺攤的人已經開始擺攤了，一大清早就熱鬧，童淮之前嫌這邊沒意思，這下看著又覺得有意思，走路不看路，被地磚下的水襲擊了幾次，白襯衫濺成了黑襯衫，老實低頭認真看路。

他方向感不好，跟著導航轉來轉去，突然聽到不遠處傳來一聲「唉喲」，腳步加快了些，轉過街角，就看到面前地上躺著一個老爺爺，估計是打滑摔倒了。

現在太多老人假摔倒的事件，來往的人們都很漠然，非但沒有去扶，反而離得更遠了。

童淮稍微一怔，跑過去扶起老爺爺：「摔到哪裡了？」

老爺爺疼得臉色發白，發出嘶嘶氣聲：「腿……」

老人骨質疏鬆，容易脆性骨折。前年童淮爺爺晨練，不小心摔跤後就骨折了，休養了好幾個月。

童淮立刻揹起老爺爺，攔了輛計程車：「去最近的醫院。」

時間不算早，醫院已經有不少人排隊掛號。

童淮揹著老爺爺找座位，一個戴著口罩的女生看到他，起身讓座，童淮連忙道謝，拿出手機，才發現柴立國已經打了好幾個電話過來。

他回撥後，三言兩語解釋了狀況。

柴立國鬆了口氣：「半天沒看到你，還以為出了什麼事。怎麼樣，身上的錢夠嗎？不然我趕過去？」

「不用，夠的。」

童淮掛了電話，搜了搜醫院掛號流程，彎腰安慰老爺爺：「爺爺，我去掛個號，您等等我。」

老爺爺疼得有點神志不清，聞聲感激地點點頭。

童淮從小少病，家裡有家庭醫生，出門有私人醫院，還沒擠過這種隊伍，觀察著別人，跟著跑完了流程。

醫生檢查了下老人的腿，拍片後發現只是輕微骨折，沒有什麼大問題。

給老人轉移到病房裡後，童淮才說：「我和這位爺爺不認識，有事先走了，你們問他家裡人的聯繫方式吧。」

醫生緊繃的臉放鬆，笑了笑：「小朋友還挺熱心。」

童淮拍拍胸脯：「好說，我是紅領巾[1]。」

他不是瞎好心，街上有監視器，家裡有錢有律師，真遇到假摔倒的人也不怕。

況且這位老爺爺是真的需要幫助。

墊付了所有醫藥費後，童淮還掛念柴立國要的鹽，坐車回去的路上，順便在合合樂扛了一袋回去。

略過這個小插曲，今天早晨過得和往常差不多。

除了薛庭沒來。

之前無論下多大的雨，薛庭都會來，今天放晴了，他反而沒來。

童淮不太習慣，不過也不擔心，等中午薛庭過來了再問問是怎麼回事。

然而等到中午，薛庭還是沒有來。

童淮有些坐不住了，老往門外看。

柴立國注意到了，笑咪咪地問：「怎麼啦，之前還趕人家走呢，今天人家不來就想他了？」

童淮咂嘴：「薛庭是我們店的老顧客，突然不來，肯定是你的菜做得不好吃了。」

柴立國被他嗆得一愣，給自己找了個不自在，回到廚房，抱手瞪著廚具，忍不住開始懷疑人生。

童淮無所事事地打了一下午遊戲，心想到晚上薛庭總會來吧。

結果等到晚上，薛庭也沒來。

1　大陸國小生規定要繫紅領巾，象征少年先鋒隊一員，為共產國家特有制度。

這還是第一次，薛庭一整天都沒來。

不會是被那幾個不良少年圍堵報復了吧？

林祕書辦事一向可靠啊。

童淮一整天都心不在焉，晚上回家洗完澡，照鏡子時看到肚子上淡了一點的瘀青，披著毛巾坐到床頭，猶豫地點開薛庭的微信，打了一堆字又刪掉。

反覆很久，薛庭的頭貼下突然出現「正在輸入中」。

XT：『**？**』

不捲很直：『**……**』

活了耶！

童淮不猶豫了，飛快打字：『**今天怎麼沒來？柴叔叔念叨了你一天，煩死我了。**』

敬愛的柴叔叔，對不起。

薛庭似乎有什麼事，消失了一下，簡短回覆：『**明天早上說。**』

『哐哐哐』。

童淮莫名安心了。

就像小時候童敬遠總是要走，他心裡慌亂，但只要童敬遠耐心地告訴他「爸爸下週還會來」，他就會安心許多。

因為不會像媽媽那樣不告而別，永遠消失。

意識到自己居然有那麼一瞬間在擔心薛庭會消失，童淮感覺自己可能有病。

由此開始聯想，他又想起薛庭收到的那則訊息。

到底是消什麼氣？

難不成薛庭談戀愛，被迫分開後一氣之下轉學？

童淮越想越覺得這個猜測準確，想像起青春八卦，頭髮溼漉漉地睡著了。

第二天醒來後頭疼，他覺得自己腦袋像灌了水泥。

有意無意的，今天童淮去得比較早，到餐廳時才七點。

薛庭比童淮還早，童淮到時，他已經吃完早餐，甚至外帶了一份清淡的早餐，正跟柴立國說著什麼。

見他來了，薛庭對柴立國點點頭，對童淮道：「走。」

童淮：「啊？」

柴立國揮揮手：「去吧，淮寶，不扣你薪水。」

早起傻一天，頭疼沒腦袋。童淮稀裡糊塗地坐上薛庭的腳踏車，騎出去幾十米遠了，才後知後覺地問：「喂，去哪裡啊？」

薛庭側頭瞥他，相較平時，眼神似乎柔和了點：「醫院。」

第四章

順手幫忙的老爺爺居然是薛庭的爺爺。
童淮花了幾分鐘消化這個資訊，懵懂地扯了扯薛庭的衣角：「那你怎麼知道是我？」
薛庭：「結合醫生和爺爺的描述，是個捲毛紅領巾。」
於是迅速鎖定嫌疑人。
童淮：「……」
童淮從小就不喜歡自己的自然捲，不喜歡別人把這個當自己的身分標識，連微信名字都叫「不捲很直」。他碰了碰自己的頭髮，惱怒道：「之後我就去把頭髮拉直。」
薛庭聞聲一頓，單腳刹車，回頭仔細看了看他。
童淮是個很標準的「漫畫型」美少年，淺色頭髮微捲，面容俊秀，睜圓的眼睛清清亮亮的，一眼能望到底。
說實話，漂亮極了。
描述一個男生不該用漂亮，但童淮確實很漂亮。
捲髮再適合他不過了。
他頓了頓，語氣淡淡地評價：「捲一點好。」

「您哪知道人間疾苦啊……」童淮苦著臉，看著他烏黑濃密的黑髮，嫉妒地咕噥了聲，突然覺得不爽，踢了下他的腳，「駕。」

薛庭瞇了瞇眼，沒說什麼，轉回去騎車。

剛剛還四平八穩的腳踏車陡然騎得拐來抖去，哪裡顛簸往哪裡騎，眼看著要撞樹了，童淮一顆心提到喉嚨口，趕緊認輸：「您看看路，再前進咱兩都得進醫院陪你爺爺了！薛哥！」

一聲「薛哥」風調雨順，腳踏車穩起來了。

小心眼！

童淮被他氣得牙癢：「等下了車要你好看……喂！薛哥！哥！穩著點！」

話說到一半，腳踏車又開始驚心動魄地搖擺，童淮再次能屈能伸，小顫音也出來了：「您這後座除了我，還沒人敢坐吧。」

薛庭思考了下，矜持回覆：「嗯。」

除了童淮，確實還沒人敢靠他這麼近，還不怕死地招惹他。

「那就是了，」童淮拍順胸口，語重心長，「腳踏車後座俗稱女友專座，你這麼做是會單身一輩子的。」

邊說邊偷看薛庭的反應，想套話。

薛庭毫無波瀾：「我女朋友不會像你這麼多話。」

童淮誠懇：「你這句話江湖人稱『flag』。」

說完細細思考，聽這意思是，薛庭真有女朋友？

童淮在心裡八卦了一路，到醫院時，才想起什麼，又扯了扯薛庭的衣角：「等我一下。」

薛庭俐落地單腳刹車，提起給爺爺買的早餐，把車停在醫院外，跟上去：「幹什麼？」

童淮走到一家賣果籃和花束的店前，低頭認真挑選：「去看病人，怎麼能不帶點東西，路上因為你搗亂忘了，本來該買點補品。」

薛庭沒想到他還有這分心意，想想他的錢都是辛苦打工掙的，有點心軟：「不用，你救了爺爺，應該是我們謝你。」

「基本禮貌。」童淮態度難得強硬，又回頭看了眼那邊的腳踏車，「放那裡不怕被人偷了？」

薛庭想了片刻，沒有再阻攔，抱著手等他：「不會。」

童淮「哦」了聲，彎下腰專心挑揀。

他的龜毛脾氣又犯了，這也嫌棄那也嫌棄，嫌這花的花語不好，嫌那花太妖豔，嫌這水果看著不新鮮，嫌那水果長得不好，直到店員臉都綠了，才在薛庭一言難盡的眼神裡，拿出手機付款。

抱著花和水果一轉頭，童淮睜圓了眼，滿臉驚愕：「薛庭。」

薛庭還在打量被童淮嫌棄長得不好看的水果，思考到底是哪裡不好看了，聞聲漫不經心抬起頭：「嗯？」

「來玩玩找不同。」童淮指了指醫院大門，「那裡跟剛才有什麼不同？」

薛庭：「沒什……」

話說到一半，他的臉色微微變化，皺緊眉頭，沉默了。

童淮：「相信你已經看出來了。」

薛庭的表情逐漸消失。

童淮本來不想笑的，看到他這副模樣，沒忍住笑出聲：「你不是說腳踏車不會被人偷嗎？」

薛庭別開頭，拒絕理睬他。

剛剛那麼一大輛腳踏車沒了！

靠近西區的醫院，果然治安不是很好。

進醫院時，薛庭的臉色一直很臭。

老爺爺住在住院部三樓，兩人擠電梯上去。

八月初的臨嵐市依舊很熱，暴雨停止後，又開始沒完沒了的潮熱，電梯裡尤其悶。

好在電梯很快就到，童淮和薛庭出了電梯，到病房前，薛庭的腳步一頓。

童淮一直偷偷注意著他，見此趕緊退後一步：「你腳踏車丟了不關我的事啊。」

「……」薛庭仗著身高手長的優勢，把他拎回來，「忘了跟你說，謝謝。」

「上回你也幫過我，相抵了吧。」童淮沒怎麼在意，推開病房。

病房裡彌漫著醫院獨有的醫藥和消毒水味道，裡面好幾張病床，都躺著病人，薛爺爺在靠窗的那張床。

兩人走近，望著窗外的薛爺爺轉過頭來。

「爺爺，」薛庭把早餐放下，「你要的捲毛我給你帶來了。」

童淮心想你可真是越來越會說話了。

老爺爺慈眉善目的，看著很慈祥，一看薛庭就沒遺傳到老人家的好脾氣。他摘下眼鏡，瞇著眼，仔細看了看童淮，又戴上眼鏡，笑呵呵的：「昨天眼鏡也丟了，沒看清幫忙的小朋友，原來長這樣。」

「帥嗎？」童淮問。

老爺爺樂了：「帥。」

還指指薛庭，「比他帥。」

薛庭咂嘴，不能嗆親爺爺，只能無視這種當面拉踩行為。

薛老爺爺氣質端正儒雅，眼角皺紋橫生，那雙眼卻深邃明亮，和童淮爺爺有些像。

開過玩笑，薛爺爺聲音和緩地道謝：「小童啊，昨天太謝謝你了。」

童淮搖頭：「順手而已，誰都會做的。」

「那可不一定。」薛爺爺眼含笑意，招招手，示意童淮坐到他旁邊。

一老一少在那裡聊了起來，薛庭沉默聽了片刻，老人喜歡捉弄他，他乾脆不參與話題，走到窗邊，發現這裡能看到他們進來的醫院大門口。

老爺爺名叫薛景揚，比較健談，片刻功夫，和童淮混成半熟。童淮對老爺爺很有好感，答應他以後有空就來醫院看望。

薛老爺爺滿意了，終於想起正牌孫子，指指臨窗而立的薛庭：「他在幹什麼？」

童淮：「緬懷腳踏車吧。」

「哦，又被偷了。」薛爺爺沒問原委，一聽就懂。

童淮警敏地抓住關鍵字：「又？」

薛景揚還挺幸災樂禍：「這是他轉學來之後丟的第三輛腳踏車。」

童淮：「……第三輛？」

薛景揚煞有其事地點手指：「第一輛，送我出門後，隨便停了個地方沒鎖，就被偷了。」

「第二輛呢？」童淮興致勃勃。

「去上學的路上，聽到有隻貓在小巷裡慘叫，過去救了被調皮小孩綁著腿的貓，還被抓了幾下，出去腳踏車就沒了，幸好趕上公車。」

被貓撓？坐公車上學？

童淮愣了愣。

「這第三輛……」

薛庭忍無可忍：「再不喝就涼了，您的嘴休息一下吧。」

薛景揚聽孫子的話，捧起粥碗，拿起湯匙，又道：「庭庭啊，爺爺想來想去，感覺還是需要告訴你一件事。」

「您還是喝粥吧。」

聽到這兩個疊字，薛庭的神情出現了一瞬的絕望，隨即癱出了無求無欲的感覺，盯著童淮不說話。

在他的死亡凝視下，童淮極力憋著笑。

婷婷是什麼鬼，還不如淮寶呢。

薛景揚攪了攪粥，悠悠道：「還是要說的。剛剛你腳踏車被偷，我目睹了全過程。」

薛庭：「……」

在醫院陪了老爺爺一上午，回去時沒了代步腳踏車，兩人只能坐公車。

童淮看這對爺孫互嗆了一上午，有點羨慕：「原來你和你爺爺住一起。」

「嗯。」

「所以每天來餐廳帶兩份早晚餐？」

「嗯，」薛庭說，「爺爺很喜歡。」

父母呢？

童淮心裡有瞬間的疑惑閃過。但他有相關經驗，別人不提，就不輕易問別人父母。

薛庭難道也是單親家庭？或者就是連單親也不是……那還怪可憐。

「你們中午吃什麼？」

「我來做。」

看公車來了，童淮和薛庭上去刷卡，坐到最後一排，繼續說：「你們感情真好。」

薛庭靠著椅背，不置可否。

「看到你爺爺，我就想我爺爺了。」

「你爺爺……」薛庭聽到他那思念的語氣，一時不確定老人家是否尚在人世。

童淮哪裡聽不出來他話中的遲疑，沒好氣：「我爺爺奶奶健在，只是他們這幾年身體不太好，搬到……」國外兩個字被吞了回去，童淮卡了一下，勉勉強強補上，「鄉下去了。」

薛庭眉目間露出一點疑惑。

身體不好，不該被接來照顧嗎？

童淮也發現了邏輯錯誤，心跳加速。

他揉搓著小拇指，想著要不然攤牌吧，又擔心家庭差距太大，會讓薛庭自卑，畢竟這人看著還滿要臉面的。

而且薛庭為了讓他以後不去搬磚，那麼熱心地輔助他寫作業，知道真相肯定會很生氣……

童淮想了一堆亂七八糟的東西，薛庭卻又像是明白了什麼似的，點了點頭。

除了兒子不孝順，不接父母來贍養，還有什麼理由呢。

看他似乎自顧自圓話，童淮不敢再胡說八道。

要和俞問說的一樣，掌握主動權，找個好時機主動暴露。

薛庭還要把薛老爺爺的一些隨身物品帶去醫院，路上和童淮說，今天也不去餐廳。

童淮滿臉不在意，一副你來不來的隨意模樣：「哦，隨便你，昨天老柴特別緊張，以為是自己廚藝水準下跌，都懷疑人生了。」

他先到站，揮揮手走下公車，到餐廳看到老柴的一張笑臉，心虛得幹活都勤快不少。

傍晚到了放生時間，童淮和柴立國道別，慢悠悠往家裡走，登入微信看了看，這才發現，中午薛庭轉來了一筆錢。

他花錢大手大腳，從不記得在哪裡花過多少錢，不過能猜出這是醫藥費，是多是少也不記得。

童淮琢磨了下，老柴開餐廳不為賺大錢，菜單價格低廉，但每天吃負擔也不是很小，所以薛庭的經濟條件，應該不是特別困難。

但薛庭不提父母，和爺爺住在貧窮的望臻區西，肯定也不是小康家庭。

他想了想，站定打字。

不捲很直：『就當是你教我的學費，不用給了。』

XT：『**收著。**』

不捲很直：『真不用，我還沒謝過你教我呢。』

薛庭似乎思考了一下，傳來一句：『**收下，給我轉二十塊錢。**』

幹什麼？

他不拒絕了，童淮的胃口反而被吊起來，好奇地點了收款，發去二十塊錢的紅包。

薛庭收下紅包，沒回童淮微信。

童淮忍不住在意起來，邊玩手機邊走路。

快到老房子時，一直盯著的微信跳出則訊息。

XT：『**看路。**』

看到這句話，他的腳步下意識一頓，隨即額頭上被貼了個冰冰涼涼的東西，在夏天很消暑。

一道陰影籠罩過來，童淮抬起頭。

夏天天邊燒著火燒雲，燥熱的風一股腦吹過來，掀動襯衫的衣角，薛庭把貼在他額頭的冰沙放進他手裡，自己手裡也拿著一杯。

「這是什麼？」

薛庭簡潔答道：「學費。」

冰沙很甜，一口冰冰涼淌到胃裡，舒爽得毛孔都張開了。
站著不像話，童淮又不太想帶外人回媽媽住過的地方，就近找了一個無人的臺階。
坐下前，他還認真地糾結了下——薛庭肯定習慣這麼坐了，他要是嫌髒，薛庭多沒面子啊。
這麼想著，童淮豪爽地一屁股坐下。
薛庭微擰著眉，沉默了一下，嘴唇動了動，還是跟著坐下了。
小捲毛自尊心還挺強，他要是露出嫌棄的表情，估計又要被說個不停了。
兩人各懷心思，支著長腿坐下來，邊吃冰沙邊看夕陽。
西區沒什麼高樓大廈，老房子這裡地勢高，正好可以看到天邊徐徐落下的溶溶落日，幾縷斜陽灑在他們身前，對面街上的皮孩子在追打玩鬧。
童淮晃了晃手中的學費：「難怪讓我給你二十。」
薛庭適應能力強大，都坐下來了，也不嫌髒，靠著牆隨口道：「你說的，請我吃冰沙。」
童淮：「您這也太好收買了，還自己跑腿。」
薛庭嗤笑了聲，岔開話題：「下午爺爺一直在念叨你。」
童淮驕傲挺胸：「我討人喜歡。」
薛庭給了他一個一言難盡自己體會的眼神。
安靜了一下，薛庭瞥了眼童淮的肚子。
童淮坐沒坐相，東倒西歪，一截腰隨著布料若隱若現，細細的。
「傷勢怎麼樣了？」薛庭的指腹蹭了蹭冰沙杯子，溼涼溼涼的。

童淮忙著喝冰沙，「嗚嗚」兩聲，掀開衣襬讓他看：「消了一點。」

瘀青看起來沒之前那麼嚇人了，平時也不疼，碰或按了才疼。

一段腰身白晃晃的，在餘暉裡有點刺眼，薛庭頓了頓，看了幾秒，伸手一戳。

沾著溼氣的冰涼手指一貼近，童淮顫抖了下，狼狽躲開，惱怒：「你幹什麼呢！」

薛庭又老神在在地靠回去：「少對人掀衣服。」

「男人還在意這個？我還脫褲子呢。」童淮放下衣服，狐疑地看薛庭，「婷婷，你這麼嬌羞啊？」

薛庭：「……」

薛庭面無表情，起身拔腿就走。

童淮掰回一局，壞笑著拉住他：「欸，我錯了，哥，庭哥，行了吧。」

薛庭拍開他的手，坐回來，屈著膝，一手搭在上面，懶得再理他。

短袖T恤因為這個動作領口鬆開，夕陽餘暉投照過來，一小灘盛在男生深陷的鎖骨中，似血色夕陽的吻。

童淮吸著冰沙，偷看他，心想兄弟你是我競爭校草的對手。

不過說起來，他們也算朋友了吧。

童淮的思緒轉得飛快。

既然是朋友，有些誤會就要澄清。

他對被薛庭誤會的事耿耿於懷，憋了很久，憋不住了：「薛庭，我跟你說件事。」

薛庭依舊沒搭理他，一聲婷婷仇大過天。

童淮彎著膝蓋碰他的膝蓋，討好地靠過去：「你看我都叫淮寶了，你叫婷婷也不丟臉。」

薛庭依然不理他。

童淮又靠過去了一點，拖長聲音叫：「薛哥？」

叫哥果然有效果，薛庭偏了偏頭，總算正眼看人了。

童淮笑咪咪的：「上次段考結束，你在辦公室外聽到我罵陳梧的事。」

薛庭語調上揚地「哦」了聲，眼神無波無瀾，捧場表達疑惑。

說起這事，童淮又來氣了：「我們一起寫作業這麼久了，你應該也看出來了，我英文其實還行。陳梧什麼都不知道，當著一群人的面，沒證據就誣陷我作弊，我氣不過才罵他。你剛來不知道，他這人特別勢利，對成績好的學生，不管是妖是人都跟親兒子似的，對成績不好的，那就是後爹心馬蜂針。」

小孩兒表情嚴肅，跟來告狀似的。

薛庭早推測出了實情，知道他沒說真實緣由，不知怎麼，心裡反而軟了下來。

嬌裡嬌氣，隨時隨地愛撒嬌，反而在這些事上不願開口。

他沉靜地「嗯」了聲，放下喝完的冰沙，抬手揉了下童淮毛絨絨的髮頂。

童淮對身高敏感，正經說事時突然被摸頭，愣了一下，跳起來奮起反抗：「會長不高，別亂摸！」

薛庭挑了挑眉尖，也站起來，仗著自己高，又摸了一下。

髮絲細細軟軟的，手感果然不錯。

童淮憤憤地踢他一腳，沒踢到，看到手裡的冰沙，才想到不然看在冰沙的面上饒過他？轉念一想不對啊，這冰沙明明是他請客。

糾結時薛庭已經兩三步走下臺階，準備回醫院，走了幾步，又回頭問：「明天去醫院嗎？」

「去。」

童淮講原則，不連坐，薛老爺爺有趣，他們一見如故，薛庭的討人厭與他無關。

薛庭微微彎起嘴角，揮揮手，走去公車站。

童淮坐在夕陽裡，把最後一點冰沙吸完了，拿出手機，點出老柴的微信，把去探望薛老爺爺的事說了。

薛庭沒來之前，老爺爺時不時也會過來吃飯，老柴對薛老爺爺有印象，也想去看看，可惜抽不開身。

隔天下午，薛庭一如既往來到柴記餐廳，先輔導童淮寫化學作業。

除了英文，童淮也就國文好一點。

看在許星洲的面子上，他偶爾會背古詩詞，再睏也會撐著聽聽課，所以勉強能及格，其他科一塌糊塗，糊在牆上扒都扒不下來的那種。

換成薛庭以前的班級，敢湊到他面前，再讓他輔導的人都不多，更別說童淮這種講了兩遍還懵懂看過來的。

薛庭每天花三個小時教他寫作業，再花十分鐘給自己做心理輔導。

化學作業寫完，時間也不早了。薛庭一心二用，邊看書邊輔導，輔導完他，書也看得差不多了，揹上書包，看著童淮慢吞吞地收拾。

英文快寫完了，數理化寫了一小半，國文、生物也動了點。

童淮從小到大死性不改，不到最後幾天不寫作業，習慣跟一群同學挑燈夜戰，還有點不習慣自己的「高效率」，收拾完，拿手肘捅了捅薛庭：「你的作業呢？只有前一陣看你寫過考卷。」

薛庭平靜回答：「暑假第一週就寫完了。」

「……哦，」童淮飄起來的心情墜回地心，「那你那時候寫什麼考卷？」

「找來的競賽題。」

童淮小心翼翼看了眼他放進包裡的書：「那這是什麼書？」

「《量子物理》。」

童淮：「……」

對不起，就不該嘴賤開口問的。

柴立國特地給老爺爺準備了病人餐，拎著餐盒走過來，聽了一耳朵，沒忍住笑：「聽到了吧，小薛多厲害，跟著小薛好好學習，你能考上大學，叔叔就放心了。」

童淮在薛庭的輔助下寫題順利，有點輕狂：「叔叔，等我考個好大學給你看。」

跟隻驕傲挺胸的小肥鳥似的。

柴立國仰起頭，掏了掏耳朵，喃喃道：「我好像幻聽了。」

童淮被輕視，徹底氣成河豚。

薛庭眼裡掠過星點笑意。

等出門後，薛庭難得主動開口：「你和柴老闆關係很好。」

外面太陽高照，童淮把從餐廳拿出來的鴨舌帽壓低了點，回答：「老柴和我媽是老朋友，他算是看著我長大的。」

童敬遠從不眼高於頂，沒有富貴毛病，相反，他和妻子的這些普通朋友相處得很好。

以前童淮提起母親，他就會帶童淮來這條街走走，告訴童淮，哪裡有媽媽存在過的痕跡，哪些是認識媽媽的人。

死去的人是短暫的，也是永久的。

短暫地出現又消失在時光中，永久刻於人心裡。

薛庭聽他提起媽媽，偏頭注視他的表情，點點頭，沒多問。

薛老爺爺要住院觀察半個月，老爺爺不喜歡醫院，住院如同受折磨，親孫子還時常不說人話，見到童淮才會欣慰點。

忘年交的感情一日日越加堅固，親孫子屢屢被忽略在旁，也沒意見，每天帶上一本書，自己搬張椅子在旁邊看。

童淮每天早上去餐廳，下午跟著薛庭寫作業，時不時去醫院陪老爺爺，再回家睡覺，生活節奏相當規律。

因為上回被攔路搶劫，他也不敢晚上去網咖了，免得又遇到什麼妖魔鬼怪。

陳阿姨不放心，每隔三五天就過來一次，給他收拾房間、帶換洗衣物，他讓阿姨把電腦帶過來，晚上的娛樂活動就有了。

第一個月的薪水也收到了，扣掉遲到的錢，正好三千。

童淮喜滋滋地把錢存好，不動用，打算留作紀念，還截圖給童敬遠看。

童敬遠也開心，轉頭就截圖對話，上傳動態，得意道：『**兒子長大了（呲牙）。**』

下面八方按讚，紛紛商業吹捧。

童淮睡前滑到這條動態，心想老童你可真無聊，正想著要不要意思一下，也給老父親按讚，這則動態下面就同時冒出兩則留言。

世界上最帥的爺爺：『童敬遠你這個王八蛋！你不是說寶寶去旅遊了嗎？』

世界上最美的奶奶：『接電話！裝死有用嗎？你媽我看到你給別人按讚了！』

童淮：「……」

完蛋了。

老童忘記設定分享對象了。

人，真的不能亂得意。

童淮還來不及跟童敬遠對口供，就分別接到了爺爺奶奶的電話。

這個暑假，童淮的爺爺奶奶本來要接他去玩，童敬遠推脫說他跟同學旅遊去了，打電話時，童淮就在旁邊，「咔嚓」嚼著薯片，看他爸表演。

童敬遠振振有詞，說您們也老大不小了，這麼黏孫子實在不像話，該放孩子出去交朋友了，小孩朋友少，多可憐。

歪理說得很像那麼回事，爺爺奶奶就信了他。

不是童敬遠撒謊的技巧有多高超，而是童淮確實如此。

他小時間總是孤零零一個人，長大也是孤零零一個人，看著沒心沒肺，跟誰都很好，跟誰都能玩在一起，可以有很多前呼後擁的伙伴，卻只有寥寥幾個朋友。

更多時間，童淮和人稱兄道弟，不過是為了讓自己看起來沒那麼獨來獨往，沒那麼孤僻異類。

二老看著他長大，當然很清楚這一點。

童淮沒三位家長的思想覺悟，想不到那麼多。

謊話被揭穿，爹害了兒子，兒子不能害爹啊。

電話接通，童淮趕緊安慰爺爺：「爺爺，我沒事，真沒事……沒被我爸扔去非洲挖礦！您怎麼還想到非洲了，難道我還要去南極參加科考隊嗎？嬸嬸生病住院，柴叔叔忙不過來，我給柴叔叔幫忙呢。」

童爺爺也認識柴立國，半信半疑：『真的？寶寶，別怕你爸，有什麼委屈，儘管跟爺爺說，你奶奶回去揍死他！』

「揍死我爸我就真委屈了。」童淮又安撫了爺爺幾句，甜滋滋地撒嬌說最想爺爺了。

童老爺爺聞言，喜上眉梢，稍微消了點氣。

嘿，乖孫孫想我比想老太婆多。

聊了半天，爺爺將電話轉交給奶奶，接棒去罵童敬遠。

童淮想起一件事，爬起來穿上拖鞋，踢踢踏踏地走到陽臺邊，澆花和安慰奶奶兩不誤，故技重施：「我最想奶奶了。」
爺爺：『我聽到了。』
童淮手一抖，多噴了兩下，嬌嫩的花瓣晃了晃，險些掉了。
一場小混亂持續了將近一小時，童淮掛了電話，安慰得嘴皮都乾了。
他不喜歡喝水，從冰箱裡拿出一袋牛奶，邊喝邊去打給被罵成鵪鶉的爸爸：「您耳朵還健在嗎？」
明晃晃的幸災樂禍。
童敬遠堅守堅決認錯、死不悔改的原則，沒好氣：『說什麼都沒用，一個暑假就是一個暑假。』
「我又沒想跑。」
童敬遠耳邊彷彿還嗡嗡作響，揉了揉眉心，不提這件倒楣事：『聽你柴叔叔說，你交了新朋友？』
和爸爸說這件事有點奇怪，童淮扭扭捏捏、哼哼唧唧：「算是吧。」
童敬遠一笑，順他的意不多問：『結束這個專案，爸爸就能回來了。』
「喊，回不回隨你。」童淮假裝不在意，叼著牛奶包裝袋，憋了片刻沒憋住，含含糊糊地問，「那你什麼時候回來？」
『快了。』
通常童敬遠說「快了」，就是還有得等。

童淮不太高興，沒精神地「哦」了聲，趴回床上，衝照片裡的媽媽呲牙笑了笑，翻身：「那你睡吧，不早了，你們中年人熬夜老得快，禿成地中海了出門我不認你啊。」

童敬遠聽出他不高興，好脾氣地不跟他計較，掛了電話，給兒子傳來幾個蹩腳的中老年人冷笑話。

童淮翻白眼，一一收藏，高冷地回了兩個字：『**晚安。**』

第二天到餐廳，柴立國已經知道了童家的「好友動態風波」，多半是接到了童淮爺爺的詢問電話。

童淮這才想起一件重要的事：「叔叔，求你件事，千萬、千萬別跟薛庭說我家的任何事。」

柴立國見他臉色肅然，猜測可能又是叛逆期少年的什麼小心思，萬一他多嘴，估計這小嘮叨能把他耳朵嘮叨出繭，沒怎麼在意，點頭答應。

童淮放下心。

好險，居然把囉囉嗦嗦的老柴放這麼久沒管，幸好老柴還沒通敵叛國。

在店裡晃了一上午，下午薛庭按時抵達，手裡提著一個小袋子，禁止童淮左看右看，一來就讓童淮寫作業。

童淮耐性不佳，那些突然燃起的學習熱情早就沒了，每天寫一寫就躁動一下，跟椅子上有刺似的，不擦閒靜不下來。

「我可以玩一下遊戲嗎？寫半個小時作業獎勵十分鐘遊戲時間吧？你渴不渴？我去買根冰棒給你？外面好像有野貓叫，會不會是你救的那隻啊？嘖，薛庭，婷婷，庭哥，你耳朵長來裝飾用的嗎……」

喋喋喋喋喋喋喋不休。

話太多。

薛庭冷漠地一掀眼皮，找準痛點，精準鎮壓：「你想等到開學前和其他人來這間店裡補作業嗎？」

童淮：「……」

話裡威脅意味太濃，他捏著鼻子重新坐穩。

柴立國路過，瞪圓了眼，緩緩給薛庭比了個大拇指，給他續了杯茶。

輔導童淮完成今天的作業，薛庭和往常一樣，跟柴立國打了招呼，將人帶走。

童淮還想著冰棒，先去買了兩根，戴著帽子，只顧舔冰棒，沒看路，薛庭去哪他就去哪，走了片刻，發現路不太對，茫然地抬起頭：「這是去哪裡啊？」

薛庭咬了口冰棒：「跟人口販子交易。」

童淮：「……」

薛庭繼續戲弄他：「等一下記得數錢。」

童淮琢磨了下這句話，反應過來：「你損我被人賣了還幫人數錢?!」

「不損，本來就是。」

童淮氣得要跟他理論，腳下卻跟著薛庭繼續走，走進了巷弄深處。

附近住家不多，白天也靜悄悄的，陽光被高高的院牆遮得一絲不透，走到盡頭，有個倒在地上的垃圾桶，附近漏出了小片陽光，明亮的光斑在陰影中格外顯眼，像塊鏡子。

「你是不是棄明投暗投靠那群小流氓了，引我來這埋伏我？」童淮對巷子有陰影，狐疑地到處看，「你一個人幹不倒我的啊。」

「……」薛庭無言，「等著，援軍馬上就到。」

說完，他走到經年無人使用的垃圾桶邊，半蹲下來，把提來的小袋子打開，童淮瞇眼一看，裡面是貓糧。

薛庭輕輕敲兩下地，放好貓糧就退後幾步。

他一走開，垃圾桶後緩緩鑽出一隻花裡胡哨的貓貓頭，是隻很漂亮的三花貓，警惕地盯著童淮，不敢往前走。

童淮退後幾步，蹲下來睜大眼，看著那個小東西，明白過來：「這是你救的那隻流浪貓？」

聽薛老爺爺說，貓被熊孩子用細鐵絲綁在電線杆上，掙扎得毛髮浸血，叫聲淒厲，薛庭好心伸手，被應激暴怒的貓抓了幾道血痕。

難怪那天中午薛庭消失了那麼久，可能是請假出去打疫苗了。

他忍不住朝薛庭手上看了好幾眼。

薛庭背抵著牆，咬著冰棒，平淡地「嗯」了聲。

大概是覺得童淮沒威脅性，三花貓慢慢走出來，回頭「喵嗚」了兩聲。

三隻比牠小一些的小貓排成一隊陸續鑽出來，有黑有橘有白，都很瘦，可能是被這隻體型大一點的貓罩著。三隻小貓低頭吃起貓糧，三花貓在旁邊轉來轉去，讓小隻的先吃，時不時警惕地瞥兩人一眼。
小時候爺爺怕童淮一個人不開心，養了條阿拉斯加，威風凜凜帥氣逼人，只黏他一個人，陪著他長大，前年病死了，童淮哭了半個多月，天天夢到牠。
童敬遠看他太難過，想再在家裡養一隻，童淮拒絕了。
寵物的壽命比人短，他接受不了離別。
現在瞧著這幾隻小貓，童淮心中柔軟：「你想養牠們嗎？」
薛庭搖頭：「等過段時間，把牠們抓去絕育。」
說著，見童淮伸手想去摸那隻三花貓，他伸手攔他：「別碰，會抓人。」
天氣很熱，地面溫度最高可以燙熟雞蛋，薛庭的手卻冰涼，童淮手熱，兩隻手碰到，兩人都怔愣一下。
童淮蜷起手指，心裡莫名抖了抖，保持著蹲著的姿勢，抬眼往後看。
薛庭彎腰看著他，半邊臉都沐浴在陽光中，睫毛被染成了淡金色，也有些失神。
氣氛莫名凝滯片刻，薛庭收回手，轉身朝巷口走去。
童淮回神，起身跟上去：「你喜歡貓啊，怎麼不養？」
薛庭眸光一低，嘴角惡劣地勾起：「不，我喜歡狗。」
童淮低頭踹了他一腳：「你才是狗。」
薛庭：「……」
公式完全記不住，之前開的玩笑倒是過耳不忘。

這小捲毛的腦袋裡裝的都是些什麼。

到了醫院，薛老爺爺已經午睡醒了，正戴著老花眼鏡看書，見童淮來了，趕緊招手。

薛景揚看的是童淮送的一本玄幻小說，覺得新奇，看得有滋有味。童淮靠過去，跟他一起嘀咕，比薛庭看起來更像親孫子。

薛庭這時又不嫌吵了，靠著窗沿望著這一幕，心情甚至算得上不錯。

輕鬆幾分鐘後，口袋裡的手機振動起來。

他掏出手機，來電人是他爸，薛頌薄。

笑意凝結在嘴角，薛庭看了眼笑開懷的薛老爺爺，面上不動聲色，看那兩人還在討論主角為什麼要詐死，應該注意不到他，悄然離開病房，走到走廊盡頭，才接了電話。

熟悉的聲音響在耳邊：『怎麼這麼久才接？在那邊感覺怎麼樣？』

「還好。」

沉默片刻，薛頌薄又問：『我在那邊有朋友，給你轉到理組重點高中？』

「不用。」

連續兩句不冷不熱的回答，把話題全句點了。

薛庭平日用來偽裝的溫和消失殆盡，被童淮敏銳嗅出的一點疏離擴散開來，充滿了距離感。

薛頌薄本來就不擅長和兒子聊天，僵了幾秒，另找突破口：『爸身體怎麼樣？』

「骨折，在醫院。」

『怎麼回事？』

「路上溼滑，他想自己出去買早餐，不小心摔了。」

薛頌薄聽得直皺眉，語氣沉了下來，頗為不滿：『爸在倔強什麼？不好好享福，偏要帶你住那種地方，還把保母趕出來，現在吃苦頭了。』

聽他這麼說，薛庭反而笑了下，眼底神色涼薄。

隱約聽到薛頌薄那邊有人提醒他開會，他剛要說話，電話「嘟」的一聲被掛斷了。

胸腔裡憋了口悶氣，薛庭捏了捏額角，想回病房，結果剛關上的手機螢幕又亮起來，跳出來電提醒。

余卉。

這對夫妻明明都撕破臉了，痛恨彼此，此時倒是心有靈犀，一前一後很有默契。

薛庭盯了這個名字片刻，嘆了口氣，又接起電話。

他離開快兩個月，余卉的聲音已經沒那麼歇斯底里。也不知道是感冒，還是又和薛頌薄吵架，聲音仍沙啞：『小庭。』

她小心翼翼：『在那邊怎麼樣？』

薛庭：「挺好。」

『交到新朋友了嗎？』

薛庭稍一停頓：「交到了。」

余卉顯然沒料到以兒子的個性，居然真交到了朋友，本來準備好的下一句「你在那邊都沒有朋友，還是回來吧」被掐斷，安靜了片刻，問：『你爸給你打電話了嗎？』

「剛掛。」

余卉的聲音低下來：『他有沒有告訴你……』

「……」薛庭沉默了下，「你們離婚了？」

余卉尷尬地應了聲。

難怪兩個多月都不連絡，突然打電話來。

薛庭心裡升起淡淡嘲諷。

『小庭，』沒聽到薛庭繼續說話，余卉說話的底氣越來越不足，『媽媽、媽媽想你了，回來好不好？』

傍晚時分，最後一縷餘暉斜照進來，灑在男生修長筆直的背影上，晚風從窗口鑽進來，衣角被吹得舞動不休，地上拖出道長長瘦瘦的影子，孤零零的，形單影隻。

薛庭閉了閉眼，語氣和緩：「高考我會考回去。」

余卉喉間一哽。

她了解薛庭的個性，高考前，薛庭都不會再回家了。

她的聲音沙啞：『你是不是……還在怪媽媽？』

「沒有。」薛庭出乎意料的冷靜，「你們只是順心而為，沒有對錯。」

『你還是在怪我，不然為什麼一聲不吭地找你叔叔幫你轉學，小庭……』

余卉說著說著就哽咽了，她個性並不軟弱，然而她的示弱，只能讓薛庭想起一些不算美好的回憶，腦袋一抽一抽的痛，回憶光怪陸離。

無論他說多少遍，余卉都這麼認定。

說到底，不過心中有愧。

他突然覺得不能忍受了，簡短地回覆了一句「沒有，下次說」，掛掉電話，一股深至心底的疲倦湧上來。

都來到臨嵐了，他還是難以擺脫陰影。

應付他們一次，比聽童淮念叨半天還累。

薛庭平復著心情，片刻後轉身。

童淮就在他背後不遠處，投來的目光相當複雜。

和薛庭的視線一相觸，童淮眼裡的同情已經要溢出來了，小聲問：「很難過吧？」

薛庭的表情逐漸消失：「……」

見了鬼了。

童淮是出來找薛庭的。

還沒靠近，他就聽到薛庭聲音柔和地說了句「高考我會考回去」，當即敲響警鈴，悄聲後退幾步，體貼地不打擾他。

果然，薛庭就是交了女朋友，談戀愛被老師家長發現，然後被迫分手，一氣之下轉學。

有理有據。

薛庭對上那雙晶亮的清透眼眸，嘴唇動了動，欲言又止。

……說不上是哪裡不對勁，但他能肯定這小捲毛誤會了什麼。

童淮的一顆少男心酸酸澀澀：「加油，好好考！不用跟我說，我都懂！」

你懂個屁。

薛庭的壞心情被他亂到消失了，無視他的話，揉了揉他的捲髮：「走了。」

第五章

暑假結束的前幾天，短暫熱鬧後又沉寂下來的群裡陡然熱鬧起來，訊息洗得飛快。

當然，熱鬧的都是沒有老師在的群。

童淮一個暑假幾乎都在老房子那邊，習慣了不代表喜歡，寫完作業、拿了薪水，立刻飛奔回靠山別墅，抱著闊別已久的史迪奇，睡得天昏地暗。

一覺睡到第二天中午，捲髮睡成狗窩，仍是睡不夠，被陳阿姨叫起來吃午餐時，童淮還賴在床上不想動。

他睡眼朦朧的，又瞇了一下，被陳阿姨敲門催了三四次，拿出手機，準備查看訊息醒神。

陳源：『趕死隊在天和街凜貓咖啡廳集合！老趙請喝咖啡吃蛋糕，還有誰沒到？』

趙苟：『救救救命，哪位爸爸英文做完了⁇我還有三張考卷空著！』

鄭柯：『數學到底幾張考卷⁇』

田鑫：『（流淚）（流淚）我化學作業丟了一暑假，剛我媽大掃除掃出來了，學校天臺見（再見）。』

齊明勇：『數了下人，童哥今天也不來？消失一暑假，不是跑路了吧？』

趙苟：『@童淮，人呢？別睡了，明天就開學了醒醒啊！星哥查作業很細緻！』

田鑫：『想到還有我們的小童同學，心裡突然安穩了。』

童淮突然被cue，不樂意了，緩慢地爬下床，走進浴室，邊刷牙邊傳了句「等著」。

老狗看到他，欣慰不已，悄悄私聊他：『**別怕，我只差英文考卷了，其他科目留著先給你抄。**』

童淮感動壞了，誠實地傳了一句：『**我寫完了。**』

趙荀：『？別慌，眞寫不完兄弟幫你抄，我模仿字跡很厲害，星哥絕對看不出來。』

不捲很直：『我眞的寫完了。』

趙荀：『白天怎麼就醉了。』

不捲很直：『……』

童淮悲憤交加，截圖聊天記錄發給薛庭：『**他不信我！**』

薛庭可能正在醫院陪薛老爺爺，過了片刻才傳來一句：『**活該。**』

都不用面對面，童淮就能想到薛庭打這兩個字時的表情，超欠揍。

他咂嘴，打字：『**我去咖啡廳拿我的作業刺激他們。**』

說完，他把手機放進口袋裡，哼著歌洗漱完，回房把作業都塞進書包裡，揹著跑下樓。

陳阿姨從廚房裡探出頭，剛要說話，就看童淮飛快吃完半碗飯，然後從冰箱裡拿出一盒香草霜淇淋，笑嘻嘻地揮手：「晚上我一定好好吃飯，陳阿姨您別告訴我爸啊，我去找同學玩！」

出了門，童淮挖著霜淇淋，先坐車出社區，再打車到定點趕作業的咖啡廳。

那個地方是老狗發現的，離三中遠，不會碰到老師，安靜，座位多，蛋糕好吃。

由於第一項與最後一項，這個咖啡廳被推選為三班的抄作業據點，每個假期末，三班的莘莘學子都在那裡聚集，起名「趕作業趕到死」隊，簡稱趕死隊。

所以咖啡廳一年有好幾個旺季，分別是寒暑假期末尾，以及國慶假期末尾。

下車後，童淮叼著霜淇淋包裝盒，左顧右盼找垃圾桶，走了兩步，抬眼就看見了闊別一暑假的許星洲。

不在學校，許星洲穿得隨性許多，簡簡單單的襯衫，戴著一副金絲眼鏡，看著不像高中老師，更像大學生，別提多惹眼，站在咖啡廳外打電話，不少路過的女生偷看他。

童淮心中一凜，暗中觀察，見許星洲掛了電話要往咖啡廳走，倒吸一口涼氣。

那群人全在咖啡廳裡趕作業，烏煙瘴氣亂成一團，星哥一進去，直接能全部抓個現行。

「星哥！」

童淮來不及思考，一聲大喊。

許星洲聽到聲音，轉過頭，推了推眼鏡，笑了：「喔，童淮，一個暑假不見，長高了啊。」

「真的？」童淮又驚又喜，高興完了，見他停住腳步，悄悄為裡面那群人捏了把冷汗。

許星洲看到他揹著的書包，眉毛一挑：「來找人趕作業？」

童淮湊過去跟班導勾肩搭背，努力讓他別看咖啡廳：「哪有啊，我作業早寫完了。」

「真的？」許星洲教了他們班一年，班裡每個學生的個性都摸透了，哪會不知道童淮懶散的個性。

很多老師為了鼓勵學生，都會對成績不好的學生說「你很聰明，只是不肯努力學習」，其實都是場面話，但他從心裡覺得，童淮就是這種學生。

「不信您看！」

童淮準備打開書包，暗暗流冷汗，思考著怎麼通知趙苟他們，或者把許星洲引走。

看他這麼認真，許星洲突然感興趣：「好，老師請你吃蛋糕，邊吃邊看。」

說著，就準備折返咖啡廳。

童淮急迫地拉住許星洲，迎著老師疑惑的眼神，無比誠摯地道：「我……咖啡過敏。」

許星洲：「……」

要是再看不出這小孩有異常，他就白當老師這麼久了。

他好笑地看了眼咖啡廳，隱約猜出裡面是個什麼狀況。

童淮撓頭，眸光一轉，大喜過望：「老師你看，薛庭！」

薛庭剛轉學來，就以兩場考試成為第一，許星洲對這個成績好的學生還滿關注。

只是找薛庭談過幾次話後，許星洲發現他的性格在某些方面，和童淮有些微妙的相似——看似好接近，實則難交心。

薛庭要比童淮更明顯，他表面上的溫和都很敷衍，與他談話，他也會風輕雲淡地岔開所有關鍵話題，防備心很重。

許星洲對這個學生還不了解，但也知道他和童淮合不來，聞聲轉過頭，心想童淮你還敢騙我？

結果轉頭一看，還真看到了薛庭。

騎著腳踏車準備當沒看到他們兩直接路過的薛庭：「……」

他剎住車，朝許星洲點點頭：「許老師。」

見童淮看著那輛腳踏車要說話，薛庭一個冰冷的眼神殺過去。

哦，看來之前是在買新腳踏車呢。

童淮忍著笑：「我好像認識這輛腳踏車。」

許星洲：「哦？」

「叫小四。」

薛庭：「……」

「那個，」童淮招惹完，想起自己有求於人，立刻能屈能伸地低下頭，「星哥請我吃蛋糕呢。」

說著，拚命眼神暗示。

薛庭從不被人白白使喚，無動於衷地「哦」了聲。

「薛庭有什麼事嗎?沒事的話一起嗎?」許星洲打量著站在腳踏車邊的男生。

或許是因為不在學校，不需要被學生的身分束縛，薛庭身上那種若有若無的距離感比平時更強烈，雖然神色平和，卻令人望而止步。

童淮繼續給薛庭眼神示意，用嘴型無聲吶喊：『趙苟他們在裡面——救命——』

薛庭裝聾作啞，當沒看見。

童淮：『薛哥——』

薛庭盯了他幾秒，突然指向近在咫尺的凜貓咖啡廳：「這家咖啡廳的蛋糕吧。」

童淮心裡一冷。

薛庭欣賞夠了他的神色，慢悠悠地補上後面一句：「不好吃。」

童淮：「……」

消遣回去後，薛庭指向自己來時的方向，「那邊有家很多人排隊的甜品店，似乎不錯。」

許星洲又看了眼凜貓咖啡廳，推推鏡框，最終決定放裡面那群人一馬，拍拍童淮的肩膀：「既然請客，那就走吧。」

童淮沒這兩人強大的心態，脆弱的心靈幾次大起大落，人都委靡了一半。看許星洲和薛庭不知道說了什麼，沒注意自己，他故意慢了幾步走在後面，偷偷拿出手機。

群裡那群人還不知道自己逃過一劫，還在標記童淮問他怎麼還沒到。

童淮為他們操碎了心，打字：**『你們差點死了。』**

趙苟：『？』

童淮：『我剛剛在咖啡廳外面撞見了星哥。』

齊明勇：『？』

胡小言：『假的吧，星哥怎麼會來這裡？』

陳源：『小童童，放棄並不可恥，但是不要嚇我們。』

齊明勇：『就是就是！嚇得我奶茶都打翻了。』

嘴上這麼說著，趕死隊還是派出使者，出咖啡廳探了探。

正巧童淮三人剛轉過街角，使者老狗沒看到許星洲的影子，以為童淮在嚇他們，在群裡進行強烈譴責。

童淮咂嘴，點開相機，對準許星洲和薛庭的背影。

按下拍照的瞬間，薛庭和許星洲說了句什麼，突然轉頭。

相機自動對焦到他的臉，「咔嚓」一聲。

梧桐高樹，人潮擁堵，周遭一切光影模糊，男生回望而來，臉龐在陽光下格外清晰。

宛如夏天被定格在這一刻。

無意間拍攝，構圖光影意外的好。

童淮愣住，不知道該不該刪。

薛庭看他舉著手機，頓了頓，咽下話，沒說什麼。倒是許星洲發現童淮沒跟上來，回頭教訓了一句：「走路別玩手機。」

童淮趁機抓拍了一張，笑咪咪地點頭答應，把照片傳到群組，然後關上螢幕跟上。

薛庭指的那個甜品店還挺遠，到的時候，排隊的人已經少了很多，店裡有了空座，許星洲讓兩個學生坐下，體貼地去排隊。

童淮轉瞬就把剛剛偷拍的事忘了，點進微信群組裡看大家的反應，看得眼睛彎彎。

趙苟一群人看到許星洲的照片和背景裡熟悉的商場名字，嚇得不輕，連忙謝童淮的救命之恩。

不知道許星洲會不會殺個回馬槍，趕死隊開始戰略性轉移陣地。

童淮看得正開心，薛庭手指摩娑著桌上的水杯邊沿，突然開口：「偷拍我做什麼？」

「啊？」童淮迷茫抬眼，「偷拍你？我又沒瘋，自拍不好嗎？」

薛庭：「……」

你也挺欠揍的。

「偷拍什麼?」

許星洲的聲音從身後響起，童淮嚇得毛髮倒豎，像隻被嚇到炸毛的貓：「沒什麼。」

許星洲心裡清楚，冷冷一笑。

這家甜品店的蛋糕還真的不錯，許星洲點了很多，吃到一半，接到一個電話，臨時有事走了。

再怎麼關係好，老師就是老師，學生對老師總有天然的敬畏之心，何況童淮剛給同學打掩護，非常心虛，鬆了口氣，看著薛庭：「你怎麼跑到這裡來了?」

城西那裡就有腳踏車行，從望臻區西那邊跑到這邊來，跨越了小半個城區，耗時耗力還更貴。

薛庭仍是一副睡不醒的模樣，蜷著兩條長腿，懶散地垂著眼皮，彷彿對什麼都不感興趣：「我開心。」

童淮撇撇嘴，拿出手機按了片刻，起身揹書包：「老狗他們去飲料店了，我去找他們。」

薛庭醞釀了許久的話剛到喉間，被這句話截斷，嘴唇動了動，最後還是咽了回去，隨意應了一聲。

新學期第一天，童淮難得沒有遲到。

以往開學，童淮經常睡到中午才醒，調整好幾天才能調整過來。

趙苟是被他爸揪著耳朵拎下床的，也沒遲到，掛著黑眼圈，在門口碰到童淮，打到一半的哈欠憋了回去，滿臉見鬼：「我靠，我眼花了?童哥您居然來了?每次開學你不是都下午才來?」

童淮面上不顯，心裡冷笑。

換別人整個假期都沒怎麼睡過懶覺，也能做到不遲到。

走進班裡，和以往氣氛不太一樣。

高二分了班，前十個班是理組，原本三班的人走了一部分，又進來一些新面孔，是其他班東拼西湊進來的。

新面孔都聽說過童淮的大名，見他進來，認識的都靠在一起，偷偷看他，竊竊私語。

「那個就是傳說中讓混混老大都退避三舍的童淮？看著也不嚇人啊。」

「你不懂，這就叫天使的臉蛋魔鬼的心。」

童淮吊兒郎當地挎著書包路過，聽到這句自以為很小聲的話，轉頭輕聲問：「那我現在就魔鬼給你看？」

對方被他嚇了一跳，苦著臉不敢說話。

剛開學就得罪了混混老大的大哥，接下來可怎麼過。

趙苟「撲哧」笑出聲，感情好地摟著童淮的脖子，嘻嘻哈哈地安慰：「別怕他，他就是一個好欺負的小捲毛。」

童淮反手手肘捅在他肚子上，一路打著招呼往座位上走。

教室裡鬧哄哄的，大家都在互相打招呼、找熟人、問作業。

只有薛庭一個人安靜地坐在座位上，戴著耳機，頭微微低著假寐，格格不入的一股清流。

童淮手賤，看他這樣，不招惹一下就心癢，順手一巴掌拍在桌上：「還裝呢，當心老章天降正義，連耳機帶手機都收了，別以為你是他新歡他就會放過你。」

「新什麼？」

薛庭發現童淮不太會說人話，眼睛睜開條縫，洩露出冷颼颼的目光，指指後面，示意他滾蛋。

童淮的人氣挺高，一路打招呼過來，耗時頗久，沒來得及有意見，上課鐘聲就響了。

學藝股長把作業全部收好，疊好放到講桌上，大家湊合坐下。第一節課是國文，正好方便班導開班會、調整座位。

許星洲走進教室，換了身成熟的裝扮，兩手撐在講桌上，先徐徐看了眼全班，看到童淮，調侃：「難得啊，小童同學，你是夢遊過來的嗎？」

童淮：「……」躺著都要中槍。

全班一陣哄笑，薛庭摘下耳機，嘴角也露出一點笑意。

班裡新來的女生一直地偷瞄許星洲，又看向薛庭和童淮，滿臉寫著「我好像中彩券了」。

每個學校，學生和老師間都會有風雲人物，所謂風雲人物，就是要有拿得出的事跡——成績、戰績都可以。還要有拿得出手的臉，這個比較重要。

恰好本班都有。

許星洲拿起粉筆，在黑板上寫下自己的姓名和電話號碼，秀出漂亮的小楷：「給新來的同學們介紹一下，我是你們的班導許星洲，未來兩年，將由我陪著你們，送你們離開校園。我知道你們記不住長篇大論，簡單說一句，有什麼難處，都可以找老師，老師會引導、幫助你們解決問題。」

一個比較皮的學生舉起手，嬉皮笑臉地問：「老師，那打架呢？」

「我可以幫你篩選一下檢討書的樣式。」

班裡又響起一陣哄笑，許星洲拿起記事本，簡單地介紹了下本學期的工作和學習任務，最後，看看時間：「大家從不同的班級來，都不太熟，從門邊那組開始報名字，想競爭班幹部的，就毛遂自薦一下。」

童淮對這個沒興趣，腦門抵著桌面，從抽屜裡拿出手機。

打開微信，才發現趙茍這貨已經開始在群里拉票了。不是班級群，是他們幾個玩得好的男生的群，群名叫「正直的太陽」，不知道誰取的名字，天天被吐槽。

趙茍：『你不投我不投，趙某何時能出頭。@所有人，爸爸們，你們未來的體育股長在看著你們（可憐）。』

陳源：『呸。』

趙茍：『請你喝可樂。』

不捲很直：『我截圖了行賄證據。』

趙茍：『我靠，老源呸我，我委屈了，我不跟他坐了，童哥，這學期我們坐在一起吧。』

不捲很直：『不要。』

趙茍：『你隔壁位子一直沒人，不空虛寂寞冷嗎？』

童淮毫不猶豫地拒絕後，愣了一下，沒想好理由。指尖在螢幕上摩娑片刻，他聽到周圍傳來一陣輕微的騷動聲，抬起頭，就見斜前方的薛庭站起來，坐著懶懶散散的人，站起來卻很筆挺：「薛庭。」

然後就坐下了。

聲音不算冷，表情也不算淡，但臉上的笑意敷衍，眼神也沒什麼波瀾。

臭脾氣。

童淮盯著他的後背看了片刻，低頭敲字：『**有人了。**』

趙苟和陳源就坐在童淮前排，看到這句話，「嘎」了聲轉過頭：「誰啊？」

童淮眼皮跳了跳，兩根指頭把他腦袋戳回去：「找死嗎，星哥看過來了。」

被許星洲盯上的人可是要用文言文寫檢討書的！

全班人輪流報了遍名字，然後根據剛才的自薦，投票選臨時班幹部，期中時再重新選舉。

童淮嘴上說不幫忙，投體育股長時，還是大發慈悲地贈了一票給趙苟。周圍的人都在低著頭寫名字，童淮寫了幾個，抬頭瞥見薛庭正靠在椅背上，低著頭，目光低垂。

他心裡一動，掏出手機。

不捲很直：『薛哥，投~個~票~吧~』

XT：『？』

不捲很直：『你果然在滑手機，被我抓到了。』

薛庭無言地回頭看了眼，和童淮笑咪咪的眼睛相對，轉回去快速寫了個名字。

開完票，三班原來的班幹部保留了一半，班長和學藝股長、體育股長都沒變，其他都換了人或新面孔，全部選完，已經臨近下課。

許星洲看了眼手錶：「下課換座位，我不限制，想跟誰坐，自己去商量。」

話音剛落，班裡的嘈雜聲「轟」地變大，不少人都直接看向了薛庭。

薛庭上學期期末轉學過來，還沒有人坐過他旁邊。

下課鐘聲一響，同學們動作很快，熟識的很快商量好，剩下的大多數想去找薛庭，又不太敢靠近。

童淮難得沒趁課間睡懶覺，收拾了下旁邊堆著雜物的座位，插著口袋站起來，大步走向薛庭。

在薛庭身旁，還有一個新來的女生，競選了文藝股長。童淮沒仔細聽，就記得姓方，走進時聽到她問：「薛庭，我可以坐這裡嗎？」

方同學長得很漂亮，柳眉彎彎、杏眼俏鼻，在年級裡頗有盛名。

周圍人停下手邊的動作，視線悄悄跟隨童淮轉到那邊，覺得興奮又刺激。

三班的童淮跟新來的大神不和傳聞已久，難道開學就要為了女神打架？

方同學顯然也聽過傳聞，看到童淮，有些小緊張。

童淮朝她笑了笑，漂亮的臉上露出小酒窩，看著很乖：「妳好，麻煩借過。」

等到她聽話地讓開後，他一彎腰，在薛庭冰冷的注視裡，非常土匪地把薛庭的書包從抽屜裡抽出來，拍了拍他的肩：「搬個家吧？」

眾人對這個發展感到震驚：大哥這是搶位置來了？

薛庭這位置也沒多好，果然他就是看薛庭不爽吧。

薛庭掀起眼皮，「嗯」了聲，把桌上攤開的書拿起來，站起身，對方同學禮貌地點點頭：「妳坐吧。」

然後跟著童淮走到最後一排，從容坐下。

眾人：「……」

陳源保持冷靜，從抽屜裡拿出一根辣條塞在趙苟嘴裡，偷偷斜眼看薛庭在他背後定居。

趙苟嚼了嚼辣條，還是沒忍住，目光飛來飛去：「童淮，這……怎麼回事？」

上學期童淮還很不爽薛庭，滿臉「改天把你蒙著頭暴打一頓」，薛庭看著也不怎麼喜歡童淮，況且他這個人身上的「平易近人」實在很敷衍，有點眼色的都看得出他不好接近。

所以，暑假期間產生了什麼神奇的化學反應，竟然讓這兩人狼狽為奸沆瀣一氣朋比為奸了？

童淮就是被打死，從這跳下去，也不會再提起暑假去打工的事，給了薛庭一個威脅的眼神，含含混混地說：「就這樣。」

薛庭抽出紙巾，慢條斯理地擦了擦久無人坐的座位，抬眉露出點疑惑：「有什麼問題嗎？」

陳源原本默默觀戰，見他看來，莫名怕他，趕緊把趙苟壓回去，露出微笑：「沒沒沒，兩位和平相處就好。」

趙苟摸摸下巴，突然反應過來：「嘿嘿，享福了，大神坐我後面，以後不用擔心作業寫不完了。」

陳源滿頭問號，指了指自己的鼻子：「去你的，那你一直抄的是誰的作業，有膽量下次找薛庭別找我。」

前面開始了小混戰，童淮知道薛庭應該沒記住他們，指著他們介紹了一下，隨即靠近他小聲問：「爺爺精神怎麼樣？」

「昨天早上出院回家，好多了。」

薛庭頓了頓，無意識撿起一支筆，飛快轉了轉，昨天下午碰見童淮時沒說出來的話還梗在喉間。

爺爺讓他請童淮到家裡作客。

薛庭活了十七年，還從沒請過其他活著的生物進自己家門。

童淮沒注意到他的猶豫，「哦」了聲，略感失望。

不能去醫院看薛爺爺了。

不過這樣也說明薛爺爺的情況好多了。

第二節還是國文，許星洲慢悠悠進門，看了眼這群小孩自己排的座位，看到童淮和薛庭坐在一起，稍微怔愣，想起昨天在咖啡廳前的事，笑了一下。

上課鐘聲剛打響，他沒急著說正事，在全班的注視中，從背後拿出一疊考卷。

「我知道大家都是熱愛學習的好孩子，肯定沒有暑假偷懶，導致最後趕作業。來，新學期新氣象，也不能忘記古典，先寫個古詩詞填空和古文閱讀紀念先賢，打響本學期戰鬥的第一炮。」

全班：「啊啊啊——！」

第一二節課雞飛狗跳的過完，幸虧許星洲，大家迅速進入了學習狀態。

三班的老師們除了懷孕請假的化學老師，其他都沒變，全是熟面孔。

童淮開學前還打算聽一下課，做了張詳細的計畫表，結果聽了不到二十分鐘屁股就開始不穩，手裡攥著筆，眼皮泛著酸，字跡從「尚能觀摩」到「逐漸扭曲」到「外星符號」，不知不覺就聽睡著了。

薛庭看他攥著那支筆，都要劃到自己這邊來了，無言地把筆抽走。

童淮迷迷糊糊地睡了幾節課，晚自習果斷翹了，和俞問去學校後門的網咖打遊戲。

玩了一晚上，臨近晚自習放學前，童淮才發覺書包忘記拿了，手機還放在書包裡。

書包放學校裡倒也沒事，但老童三天兩頭打電話，要是電話沒人接，不知道會怎麼折騰自己的心臟。

為了中年人的心臟健康，童淮在福利社買了一個霜淇淋，踩著晚自習的下課鐘聲走進教室，拿起書包準備回家。

走出教室，他發覺不對，回頭一看，薛庭居然沒走，亦步亦趨地跟著他。

童淮納悶：「你跟著我做什麼？」

薛庭仗著身高優勢，拎著他走向另一個方向。童淮拍開他的手，舔了舔霜淇淋，好奇地跟上去，一直走到學校的腳踏車棚附近。

他們過來得有點慢，車棚很安靜，大部分人已經走了。

薛庭俐落地騎上昨天新買的腳踏車，朝童淮揚了揚下頷：「上來，載你一程。」

童淮：「……」

不，他家不在望臻區啊。

薛庭看他呆著不動，耐著性子解釋了一句：「爺爺說晚上不安全，讓我載你一程。」

童淮心裡百般悲切與糾結：「我……」

腳踏車棚頂上的白熾燈很晃眼，薛庭瞇了瞇眼，鼻音上揚地「嗯」了聲。

不知道是不是錯覺，最近薛庭在他面前越發不收斂本性了，可能是因為小巷裡打架時暴露了，懶得再在他面前披上溫良恭儉讓的皮，皮一切開內裡就是黑的。

童淮看著他那張看似溫和的臉，眉毛抖了抖。

不敢說，不能說。

我的媽啊，搬起石頭砸自己的腳，好疼。

「愣著幹什麼。」

薛庭擰起眉，為數不多的耐心在搖搖欲墜。

童淮滿心委屈地走過去，一邊疑惑自己為什麼要怕薛庭，一邊捏著鼻子上了賊車。

童淮默默舔著霜淇淋，眼睜睜看著通往自己正兒八經的家的路口一閃而過，欲言又止，止言又欲，心情複雜。

最後還是乖乖地被送回了老屋。

晚自習是九點四十下課，再坐腳踏車過來，已經十點四十幾分。

望臻區治安不是很好，這時十分安靜，來往壓根看不見計程車的影子，街上空蕩蕩，偶爾傳來幾聲貓叫狗吠。

腳踏車在老屋樓下停住，童淮跳下去，認真地想了下：「替我謝謝爺爺。」

薛庭睜開像是睡不醒的眼睛，以為自己聽錯了，緩緩問：「謝誰？」

「薛爺爺啊，」童淮理所當然，「不是爺爺讓你送我的嗎。」

薛庭冷冷一笑，修長的手指一抬，在他額上重重彈了下，腳一蹬，腳踏車立刻超出了反擊範圍。

童淮追趕不及，捂著額角，憤怒大喊：「當心見鬼吧你！」

遠處，昏暗的路燈下，薛庭握著腳踏車把手，背對著他，另一隻手隨意揮了揮。

附近這一片的民居牆很薄，紙糊似的，隔音接近于無，童淮一喊震醒了幾戶人，幾扇窗戶

「刷刷」被推開，冒出幾顆滿臉怒氣的腦袋：「誰他媽瞎喊！」

「神經病啊大半夜不睡覺！」

童淮脖子一縮，趕緊走上樓。

再一看時間，這個時間要回家只能打電話吵醒司機。

算了，何必擾人清夢。

童淮嘆了口氣，進屋開燈，把書包扔沙發上，癱了一會兒，爬起來去洗澡。

留在這邊的東西都沒搬走，倒也沒什麼不方便的。

就是鬱悶。

偏偏還是自找的。

於是更鬱悶了。

洗完澡，童淮穿著短袖短褲去澆花，看著有點委靡的重瓣月季，伸手碰了碰柔嫩的花瓣。

據童敬遠說，這是他媽媽最喜歡的花，他們家花園裡有很多，這一盆是童敬遠帶出來的，想在媽媽以前住過的地方也放一盆。

對了，都怪童敬遠。

要不是怕他打電話而返回去拿手機，自己也不會被送回這裡。

童淮拿出手機，點開微信的置頂對話，惡狠狠地傳了個幾個小黃雞拿菜刀的表情符號。

老爹：『**？**』

隔天一早，由於沒有陳阿姨的起床呼喚，以及距離估算錯誤，童淮遲到了十分鐘。

早自習課是英文，陳梧已經回來了，見童淮敲了敲門，喊了聲「報告」就要進教室，皺了皺眉：「誰允許你進來了？新學期剛開始就遲到，在外面站著！」

童淮瞇了瞇眼，無所謂地「哦」了聲，關門退回去，見老章來了，笑嘻嘻地打了個招呼。

章主任一臉「孺子不可教」地教訓了他兩句才離開。

早自習時間不長，一般下課後，休息五分鐘就開始第一節課。不巧今早的第一節課也是英文，陳梧一向早自習不下課，直接接著上課，童淮還得繼續在外面站著。

童淮聽著教室裡傳出的英文課文朗讀聲，無聊地靠在牆上，拿出手機玩。

正直的太陽群裡彈出訊息，是趙苟的吐槽：**『才遲到幾分鐘，陳梧瘋了嗎？』**

田鑫：『陳梧是故意針對童淮吧。』

趙苟：『我之前還以爲分班後會換個英文老師。』

陳源：『沒辦法，他人品雖然差，但有些本事，是留學回來的，英文比其他老師都要好，而且還是校長親戚。』

趙苟：『我靠，眞的假的，你哪裡打探的？』

陳源：『去辦公室送作業時聽到的。』

呂子然：『嗯，是眞的。』

趙苟：『班長都說話了，那肯定是眞的了。』

跟趙苟和童淮不一樣，陳源平時插科打諢，但成績在是班裡前三名，呂子然低調話少，成績也名列前茅，和辦公室裡的老師關係不錯，偶爾能聽到一些老師間的八卦。

童淮興致缺缺地瞥了兩眼，對陳梧沒什麼興趣，懶得再回覆。

他還沒從睏意中醒來，瞇著眼，迷迷糊糊靠著牆，不知道過了多久，眼前似乎暗了下去，耳邊傳來輕微的呼吸聲，微涼，離得很近。

他睜開眼，看到薛庭一手插在褲子口袋裡，站在他面前，彎腰低頭看著他，另一隻手正伸向他的腦袋。

哇，偷襲！

童淮一巴掌精準地拍開他，伸懶腰：「你怎麼出來了，下課了？」

「上廁所，」薛庭重新站直，「站著都能睡著。」

他出去又回來，眼睜睜看著童淮貼著牆一動不動，對他這睡覺功力略感欽佩。

頓了頓，他指了指童淮頭頂一縷翹起來的頭髮：「翹了。」

童淮煩躁地甩甩頭：「今早起來就這樣，看著太傻了。」

薛庭盯了他幾秒，垂在身側的手指無意識摩挲了下。

他莫名很在意那縷翹起來的呆毛。

童淮按了幾下，按不下去，只好放棄：「你怎麼還不回去？」

薛庭看了眼時間，出乎意料地沒進教室，轉身靠到牆上：「還有三分鐘，陪你站一下。」

童淮微微一愣，心中微動，從鼻子裡輕哼了一聲，滿臉不在意，卻悄悄高興起來。

三分鐘轉瞬即逝，陳梧又拖了五分鐘才下課，薛庭跟童淮一前一後進了教室。

陳梧一走，之前還顧忌著他的新同學們「嘩」地全轉頭看來，跟向日葵找太陽似的，猛一回頭。

上學期童淮疑似作弊，在辦公室當眾罵陳梧，在年級裡沸沸揚揚傳了好幾天，大家可都還記著。

童淮坐回座位，也想起這件事，瀟灑地揮手：「雖然我很帥，你們也不能總看我啊。」

薛庭冷眼看他作怪，直到發現看過來的視線越來越多，並且有往他身上轉移的趨勢，當機立斷拿起大資料夾，豎著擋住童淮。

童淮不樂意了：「你幹嘛？」

「殃及池魚了，」薛庭垂著眼，一手拿著資料夾，一手拿著筆，「簌簌」地寫著題，一心二用，也沒影響速度，「你先消失一會兒。」

童淮在桌下踢了他一腳。

課間只有十分鐘，拖堂了五分鐘，一眨眼又上課了。

上課鐘聲一響，熟知陳梧脾氣的老三班學生，以及花了一節課明白老師脾氣的新學生趕緊歸位。

陳梧一進門，習慣性看向角落，見薛庭和童淮居然坐在一起，眉毛皺起，心裡籠上陰影。

這是誰安排的座位，把年級第一和一個不學無術、品行惡劣、不懂尊師重道的壞學生安排到一起？

萬一薛庭被童淮帶壞成績下滑呢？萬一薛庭被欺負呢？

再不滿也不能在課堂上說，陳梧壓下煩躁，沒看童淮，直接開始上課。

「看到他翻我那兩個白眼了嗎？超大。」童淮覺得好笑，都一個暑假過去了，他早消氣了，沒想到陳梧還是耿耿於懷。

他邊說邊戳薛庭的手臂，被薛庭嫌棄地用筆挑開手指，撇撇嘴。

這個人像是有潔癖，討厭別人碰到他，隔著一層衣服都不行。

國文課上，童淮還給面子撐著，英文課就直接趴下了，見薛庭不理自己，他圈了圈地盤，閉眼睡覺。

薛庭其實也沒聽課，不知道是不是受童淮的影響，他突然不太想聽陳梧講課了，反正他也不需要。

有點瘋。

薛庭心裡喃喃了聲，用筆尖碰了碰童淮頭頂翹起的呆毛，抽出張數學考卷，隨手拉上窗簾擋陽光，低頭寫題。

陳梧講課一段時間，目光往教室角落一瞥。

涇渭分明，薛庭在認真記筆記，童淮在呼呼大睡。

他一邊對薛庭很滿意，另一面又很惱火，一折粉筆，精準地砸過去。

薛庭眼風一掠，不知有意無意，正好拿起資料夾。

「啪」一下，粉筆砸在上面，濺起白色的粉塵。

陳梧的動作讓班級靜了下來，齊刷刷看向角落。

粉筆砸在資料夾上的聲音格外清脆，近在咫尺的童淮被驚醒，眼皮動了動，迷茫地抬起頭。

陳梧站在講臺上，沉著臉：「既然都不用聽課了，就起來回答這個問題。」

童淮一頭霧水。

他升高中後，第一場考試就沒考好，被陳梧拽去辦公室，當著幾個班的學生和所有老師的面臭罵了一頓，當場就結仇了，自此再也不想好好考，每次考完被叫去教訓，和陳梧不對盤已久，在英文課上常年睡覺。

陳梧也就當他不存在，和平共處，相安無事。

今天這是中邪了？

童淮壓根不知道題目是什麼，慢吞吞地站起來，凜然無畏：「不知道。」

陳梧一臉「果然如此」，然後看向薛庭，信心滿滿：「薛庭，你來告訴他。」

薛庭沒料到禍水不止會東引，還會迎頭潑過來，看了看桌上攤開的數學考卷，陷入沉默：「……」

陳梧愣了一下，心裡驚雷一劈，大步走下講臺。

完了，果然被帶壞了。

三中理組班聯考擠進前十的希望搖搖欲墜了。

童淮回神了，瞥見薛庭桌上的慘狀，眼皮跳了跳，毫不遲疑地抽走他寫了大半的數學考卷往地上一丟，兩指一按，面前的英文課本不偏不倚地滑到他桌上。

動作一氣呵成，隱蔽又流暢，轉瞬完成。

薛庭微微挑眉，嘴唇動了動，陳梧已經氣勢洶洶地走到面前，看到童淮桌上是空的，更是氣不打一處來：「上學不帶書，就跟上戰場的士兵不帶盾牌，你看看你這像什麼樣子？還上學做什麼！」

童淮腳尖點地，無動於衷：「哦。」

他這副沒心沒肺的樣子，落進陳梧眼裡就像粒沙子，怎麼都礙眼。

陳梧上下嘴唇一碰，三班眾人熟悉的尖酸刻薄的話就要噴薄而出。

電光火石之間，薛庭覷見前排陳源舉起書，點劃著一個地方，在桌下輕輕踢了踢童淮鞋沿。

童淮見他手指在空中畫了個弧，搶答：「答案是C。」

陳梧：「……」

陳梧心裡更惱火，瞪了眼前排一臉無辜的陳源，轉回頭：「行啊，既然問問題有人協助，那你就讀讀這段課文吧。」

他心裡瞧不起童淮，猜他能讀出幾個簡單的單詞就不錯了。

聞言，童淮突然露出一個微妙的表情：「真的要讀嗎？」

陳梧覺得他慫了，下定決心想要讓這個囂張的壞學生丟臉：「讀。」

「哦，好。」童淮低下頭，把書拉過來，瞥了眼書上的原文，開口，「One problem is that I don't look any different from other people，So sometimes some children in my primary school would laugh，when I got out of……」

童淮不僅讀出來了。

還是一口流利純正的英式發音。

陳梧：「……」

全班同學：「……」

童淮施施然把書放下，有理有據地裝逼：「不好意思，我這個人吧，比較低調。」

薛庭忍了忍，沒忍住，悄悄轉開臉，笑意從眼底蔓延到了嘴角。

第二節課下課後的休息時間比較長，需要到操場跑操場，邊跑還得邊喊中二又白痴的口號。

童淮脫了校服外套，裡面是三中醜醜的白色短袖。要不是童敬遠好聲好氣地哄他，他打死也不會穿這麼醜的東西。

薛庭瞥了眼他露出的細手臂，很白淨，看不出來打人時那麼有力。

見薛庭看自己，童淮握緊拳頭，屈起手臂，使勁秀出一點肌肉：「我猛嗎？」

……

薛庭把剛擰開的水放下，怕自己不小心嗆到。

他捣了捣額頭，嘴唇動了幾下，最後肅然點頭：「沒見過比你更猛的了。」

童淮的虛榮心得到滿足，一撐桌子，不用薛庭讓開，靈活地跳出去，還蹬了腳陳源的凳子，被陳源拿書打下去也不惱。

他還準備等一等薛庭，趙苟看他一眼，勾著他脖子拉著他先走，悄悄回頭，對上薛庭望過來的平靜眼神。

他實在不像這個年紀的學生，眼神像一泊平靜幽深的湖水，遠看宜人，離近後才發現上面覆滿了堅冰，拒絕任何人的近一步查看。

趙苟打了個寒顫，回頭壓低聲音：「兄弟，你剛才秒殺陳梧太帥了！不過我還是想問，你跟薛庭關係什麼時候這麼好了？」

「嗚，」這個含混不過去，童淮挑能說的說，「暑假遇到一點麻煩，他剛好幫了我一把，我又不經意幫了他爺爺一把。」

「緣分啊，」趙荀恍然大悟，「我說呢，你英文口語和暑假作業都是他幫的忙吧。」

童淮：「我說英文不是你信嗎？」

趙荀：「大白天的這孩子怎麼就醉了？」

跑完操場，還有二十分鐘才上課。

九月初，臨嵐依舊很熱，童淮受不了，躲在樹蔭裡，一路小跑去福利社買冰沙。

腳上的運動鞋穿著不太舒服，也是俞問出的爛辦法，說既然不想暴露，就敬業一點，把戲演好，不然被發現多丟臉。

童淮就把球鞋換了，還不太習慣，站在福利社門口吸冰沙，背上突然被重重一拍。

他「噗」地差點嗆到，抬手擦著嘴，也不看是誰，回頭就踢。

偷襲的果然是俞問，這人暑假沒過幾天就跑去旅遊，今天才見面，老老實實被他踢了一腳，笑嘻嘻地上下打量：「讓我看看我們悲情苦命的貧窮小王子，下節課去不去打球？」

童淮道：「我比較想打你。」

俞問探身進福利社買了瓶冰水，一口氣喝了半瓶，指了指學校後門處：「隔壁那幾個人又皮癢了。」

離三中最近的一所中專，後牆很容易翻進去，老師也不怎麼巡堂。

三中這邊室內籃球場和室外籃球場常有老章勤勞抓人的身影，翹課打籃球的人要是不想被他抓到，最省事的就是去隔壁發展籃球友誼。

當然，能和諧發展籃球的友誼是打出來的。

童淮思索了下，搖了搖頭，撞上俞問疑惑的眼神，咂嘴：「這鞋我穿得難受，影響我發揮。」

「誰讓你自己作。」俞問看戲，幸災樂禍，「打算什麼時間打臉？」

童淮不好意思跟俞問說自己不準備打臉了，而是要考慮怎麼才能讓薛庭不被他氣死。

他又買了杯冰沙，和俞問在福利社道別，回到教室，卻沒見到薛庭。

趙荀趴在座位上，眼睛一亮：「給我的？謝謝謝謝，童哥真好。」

童淮翻白眼：「給薛庭的。他人呢？」

「和班長陳源他們被叫去辦公室了，」趙荀縮起脖子，不敢虎口奪冰沙，「好像是在說競賽的事。」

童淮「哦」了聲，沒太在意，把冰沙遞給趙荀，打算剩餘時間趴一下。關係不錯的化學小老師正好路過，收了疊習題本，看他貌似很閒，連忙喊：「童哥，幫幫忙，沉死了。」

童淮接過一半習題本，跟著去辦公室交作業，進辦公室後，卻只見呂子然。

三人一起走出辦公室，童淮納悶地問：「班長，薛庭和陳源呢，不是跟你一起嗎？」

呂子然猶豫了下，指向走廊盡頭：「陳源去福利社了，薛庭……陳老師把薛庭叫去了小辦公室，還叫上了許老師，我好像聽他們提到了你的名字。」

小辦公室是每層樓都配備的，專給老師和學生單獨談話。

是考慮到學生的心情設置的，畢竟這個年紀的學生年輕氣盛，把臉面看得比什麼都重要，萬一眾目睽睽下拉不下臉，談話效果適得其反就不好了。

叫薛庭去小辦公室，還喊了許星洲，提到他？

童淮滿頭霧水，點點頭，讓他們先回去，自己往那邊走。

小辦公室的門沒關緊，童淮不想偷聽，手指抬起，剛要敲門，裡面傳出陳梧的聲音：「……所以說，許老師，怎麼能讓薛庭和童淮那種學生坐在一起？你也不怕出事？」

童淮指尖一頓，半瞇著眼，仔細品味這句話。

那種學生？

哪種？

過了一陣子，許星洲的聲音才響起來，比起平時的溫和笑意，似乎淡了幾度：「陳老師，你別激動，童淮雖然貪玩了點，但是個好孩子……」

「遲到、翹課、打架、作弊，成績一塌糊塗，還當眾辱罵老師，和二班那個俞問混在一起的好孩子？」陳梧嘆了口氣，苦口婆心，「許老師，你年輕，容易心軟，我教書十幾年，見過的學生太多了，像童淮這種學生，說得不好聽，就是沒救了，只會禍害到好學生。你看班上的陳源，和他走得近，上學期年級排名就下滑了十名。」

許星洲的語氣愈發淡了：「成績下滑是因為狀態不好，陳源考試時在發燒。而且童淮不是已經在課上證明自己了嗎？那孩子容易激動，可能被你這樣說，有些衝動了。二班我也有教，俞問很尊重老師，也經常幫助同學。在我眼裡，他們都是好孩子，不是無可救藥的壞學生。」

頓了頓，他的聲音沉下來：「陳老師，可能是我教學經驗確實淺薄，以成績來判定一個學生的品格和未來，我不太能接受。」
從小到大，童淮最討厭的學科就是國文，直到上了高中，遇到許星洲，才有所改變。
他聽著許星洲的話，心裡一暖，覺得鼻腔酸澀，落在身側的手指抓緊了褲邊，又覺得奇怪。
陳梧和許星洲到底在談什麼？
他再次抬起手，準備敲門，裡面突然響起薛庭的聲音，很平淡，彷彿是天生的冷靜：「我也不贊同。」
陳梧似乎是惱怒於他們兩的反駁：「口語代表不了什麼，他的語法一塌糊塗……好了，說了這麼多，還是看你的意見。薛庭，你要不要換座位？」
童淮的手又僵在了門邊。
原來是陳梧怕他帶壞薛庭，讓薛庭換個座位。
按陳梧一貫的脾氣和許星洲的反應，在他來之前，陳梧應該已經數落許多他的惡劣罪狀。
嘖，怎麼這麼不爽。
一個老師，居然背著學生跟另一個學生說他的壞話。
童淮煩躁地放下手。
他現在敲門進去，如果薛庭想換座位，估計都不好意思開口。
他沒留下來聽薛庭的回答，輕手輕腳離開小辦公室，回到三班，踹開後門走進去。
趙苟正站在後門旁跟人聊天，「砰」的一聲響起，嚇得他一抖，好久沒見童淮發這麼大的脾氣，納悶道：「怎麼了？臉臭成這樣。」

「沒事。」童淮丟下這句話，坐回自己的位置，邊磨牙邊認真考慮國慶就套麻袋打陳梧一頓的可能。

陳梧說了不少壞話吧，薛庭會怎麼看他？

好不容易有個順眼的人坐在旁邊，這就要被換走了。

還有幾分鐘就上課，童淮心煩氣躁，屁股下像被釘了針，坐不安穩。

陳源原本在背古文，見他氣呼呼的，靠過來想聽聽他有什麼倒楣事，好開心一下，被他一記眼刀嚇回去：「離我遠點，我現在看誰都不爽。」

趙苟抱著陳源瑟瑟發抖，哆著聲音：「好可怕，是誰讓我們童哥黑化了。」

「滾。」陳源果斷踢開他。

角落裡持續低氣壓，陳源和趙苟耍寶完，偷偷看著童淮，面面相覷。

童淮是很好相處，但發脾氣也同樣不好惹。

上課前三分鐘，薛庭回來了。

看到他，童淮反而不躁動了，單手熟練地轉筆，目光垂在他桌上。

薛庭坐下來，收起桌上攤著的試卷，往書包裡放。

童淮心裡突然冷冷一跳，很平靜地抬起頭：「要我幫你嗎？」

薛庭不知道在想什麼，漫不經心地把考卷夾進資料夾，鼻音微揚：「嗯？」

「你搬去哪裡，我幫你拿書吧。」

聽到這句話，薛庭的動作頓住，這才轉過頭，發覺小捲毛的表情不太對。

童淮說完話緊緊抿唇，他本來就不太會掩飾情緒和表情，整個人微微緊繃，目光依舊低垂，沒有要與薛庭對視，兩排濃密捲長的睫毛不停顫抖。

像隻即將被人拋棄的小狗。

薛庭心思敏感，腦袋稍微一轉，就猜到了大半部分。

他有點說不上來的想笑，不是笑童淮彆扭的樣子，而是笑他自己也不清楚的某種東西。

他閒散地往後靠，觀察著童淮的表情，心情甚好地指指書包：「好，把化學課本拿出來。」

「啊？」

「啊什麼？」薛庭側過身，手肘搭在椅背上，托起下頷，「不是你說要幫我拿書嗎。」

童淮琢磨了下，品出其他的意味，終於抬眼，遲疑問：「你不是要換座位嗎？」

「誰跟你說我要換座位。」

薛庭盯了他翹起來的呆毛一早晨，此時終於輕笑著，按了按那縷翹起來的呆毛，順手揉了揉童淮柔軟濃密的頭髮：「你剛才在門外偷聽？」

童淮後知後覺地感到丟人，耳垂一下就熱了，渾身不自在地拍開他的手，嘴硬：「我只是來不及敲門。」

「既然偷聽，就要聽到底，半途而廢往往容易滋生誤會。」薛庭恍若未聞，見老師來了，聲音低下去，「我的回答是，不換。」

童淮靜默片刻，一邊自己不想承認的開心起來，一邊又很羞惱：「我又不在意，跟我說幹嘛。」

見他嘴硬，薛庭瞇了瞇眼，有點不爽。
趁班長喊起立時，他故意碰掉筆，踹了踹童淮鞋邊。
替人撿筆是學生時代必經之事，童淮習慣性彎腰去撿，薛庭也隨即彎下腰。
視線裡是桌椅腿和同學躁動不安踢來踢去的腿，課桌下彷彿另一個世界，狹小且窄，兩人離得很近。
薛庭的鼻息溫熱，說話時聲音近在咫尺，童淮忍不住側耳。
下一秒他就後悔了。
教室裡的冷氣不知被誰調到十九度，冷颼颼的，需要穿校服外套。
他耳朵敏感，那股溫熱的吐息徐徐而來，惹得耳朵一陣癢意，蟲子似的從耳道鑽進心底，再由心臟怦怦跳動，順著血液一股股輸送到四肢百骸。
連臉頰也有點發燙了。
「是啊，你不在意。」
薛庭修長的手指越過他，撿起那支筆，兩隻手不小心碰到。
溫熱的、冰涼的、觸感分明。
這人說話時居然還在笑，眼底帶著惡劣的笑意。
「一臉要哭不哭的。」
剛上課，童淮的腦袋就炸了。
薛庭的嘴角勾起，發現這小捲毛很容易臉紅耳朵紅，像是某種惡趣味得到滿足，他又低低笑了聲：「逗你的。」

然後坐回座位，一臉雲淡風輕，彷彿什麼都沒說過。

他從容淡定，童淮就平靜不下來了。

整整十分鐘，他腦袋裡都迴響著薛庭那句「一臉要哭不哭的」。

靠。

這人果然很討厭。

童淮麻木了十分鐘，終於靠冷氣的冷風，將臉上和耳垂上燥熱的紅褪了下去，又重振旗鼓理直氣壯起來，手肘撞了下薛庭，滿心不爽：「你還是換個位置吧。」

薛庭彷彿回到兩人第一次在公車上遇到那個場景。

他餘光都沒斜一下，在筆記本上寫筆記，簡潔回答：「不。」

童淮思考了下，輕聲細語叫：「婷婷。」

薛庭：「……」

薛庭停住筆，望過來的眼神非常危險。

童淮感覺自己贏回來了，見教化學的吳老師看過來，趕緊在書包裡掏了掏。

小吳老師年紀也不大，脾氣好，容易害羞，童淮上他的課會給點面子。

伸手掏了個空，童淮陷入沉默。

薛庭挑了挑眉。

童淮：「……這次是真沒帶書了。」

薛庭還記著那聲婷婷的仇，重新動筆，冷嘲熱諷：「怎麼沒把腦袋也忘在家裡。」

童淮吃了記悶虧，有苦說不出。

今早手忙腳亂，書放在靠山別墅那裡，他哪有時間去拿。

還不是怪薛庭。

身為罪魁禍首，還敢懟他。

眼見小吳老師目光往這邊掃了三回，薛庭看了眼童某人乾淨的桌面，把書推過去，抽出一張物理考卷。

寫了兩道題，婷婷的仇也煙消雲散了，他瞥了眼聽著課頭一點一點又要睡著的童淮，撕下張便簽紙，寫了一行字，揉成團砸他的腦袋。

童淮被砸醒，瞪他一眼，打開那張便簽紙，上面寫了一行字：『**跟你說件事。**』

有病吧。

什麼事直接寫下來不就好了，還要先問候？

便簽紙攤在兩張桌子的交界處，童淮回了個問號。

薛庭：『**想不想打個賭？**』

童淮：『**？**』

薛庭：『**賭下次段考，你能上升一百名。**』

三中重文，高二理組人數不多，加起來五百多人。

按上學期期末的理組分數排名，童淮排五百一十七。

高一人物龐雜，缺考的人很多，升名次容易。高二就不一樣了，而且這個五百一十七，還是童淮考得最好的一次。

童淮：「……」

童淮默然盯著他，緩緩寫了個大大的問號。

兄弟，你知道自己在說什麼嗎？

薛庭當沒看見：『**賭不賭？**』

童淮飛快瞥了眼講臺上的小吳老師，忍不住開口：「您是不是沒看過我成績單？」

「看了，」薛庭悠閒地將便簽紙一折，「陳梧把你每場期中考和期末考的成績單和排名都給我看了。」

「那你發什麼瘋？」

「許老師私下找我提的，」薛庭主動往童淮身邊靠了靠，漆黑的雙眸一眨不眨地盯著他，「你同意的話，他就跟陳梧說。」

瘋了吧。

童淮覺得不可思議：「星哥也跟著發神經？」

「他說你聰明，就是心靜不下來。」薛庭暑假輔導過童淮，跟許星洲觀點一致，「我們都覺得你可以。」

出乎意料的，童淮別開了頭：「不要。」

他知道許星洲是為他好，打賭能勵激他學習，還能讓陳梧扭轉印象。

可這場賭約裡，贏了後沾光的是他，輸了許星洲肯定直接攬下，丟臉的不是他。

童淮不想讓這種事發生，哪怕只是可能。

又不是那麼有必要，陳梧怎麼想他，跟他一點關係都沒有，他也不屑讓陳梧對他轉變印象。

得到果斷的拒絕，薛庭皺起眉，思考片刻，明白了童淮的想法。

有種說不上來的情緒讓他想笑，又想摸摸童淮的腦袋。

看著沒心沒肺，心思卻很細膩。

薛庭不小心盯著童淮看了很久。

童淮的髮絲柔軟，捲起的弧度恰到好處，臉也小，幾縷微捲的頭髮搭在長睫毛上，脣紅齒白，乍一看像個漂亮精緻的娃娃。

童淮彆扭夠了，發現薛庭盯著自己看，咂嘴一聲，揚起拳頭：「怎麼，想打架？」

薛庭突然笑了。

他重新看向黑板，靠著牆，懶散地回：「不想，你猛，打不過。」

上午最後一節課的最後幾分鐘，俞問傳來訊息，約童淮去吃午餐。

北門口外有家烤魚店味道很不錯，童淮和俞問以前經常去。

童淮想了想，戳戳薛庭的腰：「一起出去吃午餐吧？」

「只有你？」薛庭拍開他的手指，側了側頭。

「還有我朋友。」

薛庭頓了頓，眼底那抹饒有興致淡去，視線重新落到黑板上：「我吃學餐。」

「哦。」童淮手指下意識地撓了撓牆，略感失望。

下課鐘聲打響的瞬間，小吳老師做了個請的手勢。

三班的餓狼們一點也不客氣，呼啦一下衝出教室，奔向學餐。

童淮緩慢地拿上手機，跟在薛庭身後走下致遠樓，見他一點也不留戀地隨大部隊走去學餐，撇了撇嘴，走向反方向的北門。

到北門，俞問已經在等他，埋怨他來得慢。

老闆跟兩人熟識，俞問提前預約，到了就能吃。

落筷時，童淮還有些悶悶不樂。

都那麼熟了，一起吃頓飯也不行？

放桌上的手機震了震，童淮拿過手機，傳訊息的是之前認識的那三個「社會人」。

最近過得太充實，好久沒聯繫，差點忘了這幾個人。

蝦米米：『@不捲很直，童哥，好久沒見到你了，最近怎麼樣？』

古惑仔：『過幾天有件有意思的事，童哥來嗎？』

童淮琢磨了下，回了句：『**什麼事？**』

雞哥：『來了就知道了，這週日下午五點，野煙酒吧。』

童淮有點糾結。

上完週五的晚自習，週六一整天空閒，週日七點晚自習。

這三人在遊戲裡經常舍己保他，這回又特地邀請他，他冷落了他們那麼久，再拒絕不好吧？

俞問夾了幾筷子魚肚肉到童淮碗裡，看了眼他的神色：「糾結什麼呢，臉都要皺起來了。」

「幾個認識的人約我出去玩。」

童淮說得含糊，俞問不太贊同他交校外的那種朋友。

「誰？去做什麼？」俞問警覺，「不是那三個人吧，他們就是圖你錢，你離他們遠點。」

童淮左耳進右耳出，點頭想，反正也沒什麼。

他順手查了查野煙酒吧的位置，離西城區不是很遠。

童淮想了想，打字回覆：『**看情況吧，不一定有時間。**』

然後發了幾個紅包作補償，低下頭吃俞問夾來的魚肉。

下午的課童淮都沒帶書，也不準備回去了，吃完飯跟著俞問去打遊戲。

恰好那三人都在，邀請了他。童淮心不在焉，成了敵人的隊友，三人也不生氣，他就更不好意思拒絕了。

玩了一下午眼睛累了，晚自習童淮又跑回去，趴在座位上睡了一下，睜眼一看，薛庭還在寫題目。

為了考回去見女朋友可真努力。

童淮有點說不上的心虛，又想起薛庭說的那個賭約，煩躁地按了一會兒手機，破天荒地拿出了數學習題本。

薛庭一副聚精會神的樣子，卻跟多長了一隻眼睛一樣，稍稍抬眉：「不會的問我。」

童淮「哦」了聲，趴在桌上開始寫習題，他還沒忘記暑假薛庭教他的東西。

陳源也在刷題，卡在一道題上，思考了十幾分鐘也沒找到正確思路，轉身想斗膽請教薛庭，見童淮居然在做題，「嘶」了一聲，反手打了趙苟一下：「老狗，我是不是眼花了？」

趙苟回過頭看到，愣了下，也反手打了他一下：「我靠，你把我打出幻覺了。」

童淮冷笑著捋起袖子：「要不要我把你們打回現實世界？」

兩個俗辣立即轉頭。

寫題時間過得快，晚自習很快下課了，童淮懷念史迪奇和陳阿姨做的宵夜了，飛快收起書包，想先薛庭一步溜走，沒跑兩步，又被薛庭抓住了。

他垂頭喪氣地被迫跟薛庭往腳踏車棚走，思考了一下，不敢置信：「薛哥，你不會準備天天都載我一程吧？」

薛庭輕描淡寫：「爺爺是這麼說的。」

「……這……不好吧。」童淮隱約感到崩潰。

薛庭轉過頭，借著車棚頂熾亮的光，細細打量了下童淮的臉，歪頭疑惑：「你臉皮看起來也不薄啊。」

「您誤會了，我臉皮比你寫的考卷還薄，輕輕劃一下就破了。」

薛庭無言片刻：「公車停了，校車早坐滿了人，你準備走回去？」

不瞞您說我找司機接我回去最差可以打車回去——

可是不符合貧窮人設。

童淮實在找不到合理的理由拒絕，滿心悲傷，老老實實地坐上腳踏車後座，又掙扎了下：「你這樣肆無忌憚地讓我坐你後座，會不會不太好啊，伴侶專座，萬一你女朋友知道……」

薛庭嫌他念叨煩，踩下腳踏板，把話堵回去：「你是小女生嗎。」

童淮生無可戀地垂頭抵在他背上，拿出手機，沉痛地給陳阿姨發訊息：陳姨，麻煩您找個人，明早把我的課本和習題本搬來老屋這邊，我最近可能要住在那了。

薛庭不習慣被人這麼靠著，反手兩指推開他腦袋：「別靠這麼近。」

「我不，」童淮見有戲，趕緊撒潑，「讓我上了你的車，你就需要忍受這些。」說著，得寸進尺地伸手抱緊薛庭的腰，「我沒安全感，不抱著害怕。」

……你昨晚吃了一路的霜淇淋，就差學猴子倒立在後座表演雜技了。

換其他人這麼貼近，早被薛庭掀翻了。

童淮的話……

他奇異地忍了下來，知道童淮那點小心思，偏不讓他得逞，微微一笑：「是嗎？那你抱緊點。」

童淮：「……」

童淮鬱悶死了，乾脆整個人癱在薛庭身上。

薛庭的手冰冷，身體卻很熱，迸發著獨屬於這個年紀的活力與熱度。

他覺得薛庭身上的味道怪好聞的，沒有汗臭味，於是像隻小狗似的嗅了嗅，下意識地用臉頰蹭了蹭他的背。

給點顏色就開染坊，還真不客氣了。薛庭又氣又好笑，正想讓童淮別瞎動，突然聽見童淮小聲開口，聲音沉悶：「星哥是不是對我很失望啊？」
薛庭心裡一軟：「沒有，許老師說猜到了你會拒絕。」
下午薛庭去見許星洲，順便帶給他童淮的答覆。
許星洲的確絲毫不意外，反而笑了笑，說：「和我想的一樣。」
童淮低低地「哦」了一聲。
身體隨著地面的坡度輕微起伏，他貼在薛庭的背上，夜風被擋住了，漏來的風沁涼，很舒服，幾乎能催生睡意。
童淮迷迷糊糊地想，不然悄悄努力一下，等段考嚇死陳梧？
這樣一想，他堵在心頭一整天的鬱氣都散了，直起身子，眼睛明亮，扯了扯薛庭的衣角：「你能幫我嗎？」
「什麼？」
童淮把心裡的想法說出來：「我們低調行動，等段考考好一點，嚇死他。」
風「呼呼」刮過耳邊，童淮隱約聽到了摻在風裡的一聲輕笑。
薛庭眼中帶著自己都沒發現的笑意，點點頭，附和：「好，聽你的，嚇死他。」

第七章

由於想不出正當理由拒絕薛家爺孫的好意，童淮還沒回家住幾天，又搬回了老屋。

自作自受，讓自己像傻子一樣。

跟薛庭的提議雖然是心血來潮，但童淮越想越覺得可行。

陳梧不是覺得成績就是第一，瞧不起他和俞問嗎。

那他就跟著薛庭好好學學，爭取考好一點，到時間拿成績單打他的臉。

薛庭準備數學競賽的空檔，整理了一份數學的必考基礎重點筆記，就當是放鬆鞏固基礎，週五晚自習遞給童淮，順便送了每科精選習題本一本，懶懶道：「新手教學。」

完全沒想到薛庭會這麼用心，童淮愕然地用雙手接過，翻了翻那本筆記。

薛庭的字很好看。

不是那種練字帖練出來的規範的好看，像是專門練過書法，像他的人一樣有棱角，內蘊風骨，一行行鋪開，不花裡胡哨，但看著就賞心悅目。

還真是新手教學，標出來的都是容易得分的點，堪稱保母級。

這樣一本筆記，價值遠超外在。

說謝謝太單薄，童淮指尖摩娑著上面的字跡，一時不知道還能說什麼。

「國文英文靠你自己，」薛庭靠著椅背，隨意道，「剩下的有空幫你整理，段考前總複習。掌握基礎不難，先累積經驗。」

童淮應道：「懂了，這些是小怪，累積經驗升級再打BOSS。」

比喻還挺恰當。

薛庭下意識揉了揉手腕，散漫地點點頭。

童淮的視線也落到了他的手上。

這才多久，薛庭就幫他做出了新手教程，估計手都要廢了。

……何等樂於助人的精神啊！

他心裡微熱，鬼使神差地開口：「你手伸過來，我幫你捏一捏吧。」

薛庭動作一停，目光古怪地移到童淮臉上。

童淮脫口而出後，想起薛庭不喜歡和人接觸，摸摸鼻尖，想含糊過去，免得尷尬，薛庭卻突然伸出了手。

攤在他面前的手十指勻稱修長，骨節分明，在教室的燈光下，像玉一樣冷。

童淮注意到他左腕間長著一顆痣，很小，綻放在白皙的手腕上，卻很搶眼。

童淮稍微猶豫了下，拉過薛庭的手。

他沒少幫童敬遠按摩，熟練地按起他的手腕和手指，順口誇獎：「你手滿好看的，適合彈鋼琴。」

說完就後悔了，薛庭的家庭條件，可能不支持他學鋼琴。

摸過來的手指溫暖，十指連心，指節手腕上細細的瘙癢似乎都竄到了心口。

薛庭不習慣和旁人這麼親昵的接觸，五歲以後，連父母都沒有再這樣牽過他的手。

他沒有讓童淮看出自己的不自然，低聲應道，禮貌回覆：「你也不錯。」

說完瞥了眼童淮的手指，確實好看。

可惜童淮家境不好，不然學鋼琴或小提琴，一定很漂亮。

童淮坐在裡面，薛庭把右手遞給他，姿勢很彆扭，乾脆側過身，調整了一下姿勢，考卷擱在腿上，左手拿著筆，依舊寫得飛快。

考卷是晚自習前數學老師呂參讓陳源拿來的，厚厚的一疊，「啪」地放在桌上，看得童淮心肌梗塞。

童淮回想了下那一幕，又瞥了眼薛庭，才發覺違和，眼睛微微睜大：「你是左撇子啊？」

「嗯，小時候只會用左手，現在右手也能靈活使用。」

薛庭漫不經心，心思大部分落到童淮手指的觸感與溫度上。

忽略掉那點不習慣，確實按得很舒服。

陳源也在做習題本，不巧又卡在一道題上，心想這回一定要克服恐懼，成功提問。

年級第一就坐在背後，怎麼能浪費資源呢。

陳同學大無畏地轉過身：「薛哥，請教一下。」

看清楚背後這兩人在幹什麼，陳源鯁住：「……」

童淮和薛庭同時抬頭：「嗯？」

「沒……沒事，」陳源盯著他們握在一起的手，眉心跳了跳，生怕自己被滅口，立刻轉回去，狠狠打了下趙苟，怒道，「你們雲南人是不是會給人下毒蘑菇，我看到幻覺了。」

趙苟正認真打著微信小程式裡的小遊戲，莫名其妙被他打了下，怒目而視：「屁嘞，童淮不也吃了嗎？不是還好好……」

趙苟說完，回頭看了眼，僵硬地轉回來：「兄弟對不起，可能真有毒。」

童淮：「別管他們，犯病了。」

薛庭垂著薄薄的眼皮，與世無爭：「嗯。」

童淮老老實實揉了片刻，又開始不老實，指尖撓他掌心：「唉問你，她是個什麼樣的人啊？」

能讓青春期男生不打遊戲不打籃球整天寫題目，這就是愛情的力量嗎！

薛庭猝不及防被他撓了一下，手掌條件反射地握起，攥住了童淮作怪的手指，疑惑抬眉：「什麼？」

「裝什麼啊，我都知道了，」童淮八卦地抬眼，眉目在白熾燈光下顯出鮮明迫人的漂亮，臉上有兩個淺淺的酒窩，一笑就顯得很甜，「漂亮嗎？」

……什麼？

薛庭失神一瞬，心口莫名被撞了下。

半晌，他放開童淮的手，心不在焉：「漂亮。」稍微停頓一下，補充，「很漂亮。」

嘖，你個顏控。

童淮猜測得到證實，看薛庭轉回去刷題，手指一勾，拿出手機，在太陽群裡分享八卦。

不捲很直：『重大消息，薛庭有個很漂亮的女朋友！』

趙苟：『你更漂亮！（強）』

童淮：「……」

童淮不喜歡別人說他漂亮，心想想打架嗎，抬腳踢了下趙苟的椅子。

陳源：『我也覺得你更漂亮！』

不捲很直：『……』

田鑫：『你們能不能不要這麼gay？（鄙視）』

田鑫：『不過我們小童確實漂亮。』

童淮懷疑這群人腦袋壞了，茫然地放下手機，壓低聲音，有點緊張：「他們好像喝了假酒。」

「那你控制點，別跟著喝。」薛庭頭也不抬。

下晚自習後，就能回家待一天半了。

住宿生和走讀生紛紛回家，學校門口塞成一片，車燈亮成一片，喇叭聲絡繹不絕，全是來接孩子的家長。

童淮搭薛庭的順風腳踏車到家時，琢磨著這也不是辦法啊。

總不能在找到合適的機會坦白前，一直住這裡吧？

不如他也買輛腳踏車來學，以後讓薛庭先走？

回家洗了澡，童淮擦著頭髮，從冰箱裡拿出一袋牛奶，叼著滑了滑微博。

喜歡的歌手發了動態，演唱會十月二號開始，正在倒計時。

他立刻開心地截圖上傳好友動態，滿足地喝完牛奶睡覺。

隔天，早上九點，臨街的老屋迎來連綿不絕的人聲車聲。

童淮睡夢中被吵醒，崩潰地扔掉沒用的隔音耳塞，被子蒙頭，剛迷糊地睡著，又被手機鈴聲吵醒。

他不想睜眼，更不想管這個電話，結果等了片刻，手機還在響，煩不勝煩地掀開被子，滿臉低氣壓地把手機拿過來，想順著電流鑽過去殺了這個人。

看了眼螢幕上跳動的名字，童淮滿臉騰騰的殺氣消失，深呼吸，按了接聽：「婷婷，這麼早幹嘛，不會是今早要補課我不知道吧？」

薛庭的聲音通過話筒傳來，涼颼颼的，比平時聽起來多了分冰冷質感：「你的嘴可以再欠揍點。」

童淮撇撇嘴：「不就是叫你小名嗎，你要是不高興也可以叫回來，寶寶淮寶隨便叫。」

薛庭一頓，語氣有點說不上來的怪：「寶寶？」

「你還真叫啊？」童淮又不爽了，原地雙標，「只能我爸和爺爺奶奶叫，不准叫。」

「……」薛庭不跟他廢話：「下來。」

「啊？」

「我在你家樓下。」

童淮真懵了，跳下床跑到窗邊，拉開窗簾一看，薛庭還真在樓下，旁邊是他的小四。

週末不用穿校服，男生穿著黑色寬鬆的T恤，身形筆直修長，像根挺秀的竹，高瘦出挑，很惹眼。

似乎是察覺到了視線，薛庭抬頭朝這邊看來。

二樓不高，童淮視力也好，清晰地看到他動了動嘴唇，口型是「三分鐘」。

童淮掛了電話，飛快跑去洗漱，隨便穿了衣服褲子，「噔噔噔」下樓，跑到薛庭身邊：「你來幹嘛？」

「帶你去個地方。」薛庭瞄了眼童淮有些雜亂的頭髮，想起他接電話時聲音沙啞，連著鼻音，說話像撒嬌，後知後覺，「剛起床？」

童淮有氣無力：「你能發現真是謝謝了。」

薛庭滿臉嫌棄，踩起腳踏車：「我特地等到現在才打電話。」

言下之意是猜到了童淮會賴床，只是沒猜到他會賴到這麼晚。

童淮覺得這個人真是令人髮指，天天那麼早起，不知道他們學習不好的學生都是十點後才起床的嗎。

他還沒醒神，沒有嘮叨，垂著眼皮繼續假寐，也不怕薛庭把他帶去賣了。

半路薛庭停下來，提著貓糧去那條小巷。

童淮懶洋洋地跟上去，靠著牆打了個哈欠，看著那窩貓。

一段時間不見，三隻小貓長大了一圈，叫聲細弱，奶聲奶氣。

三花貓依舊一身匪氣，兇巴巴的，對童淮尤其兇。

童淮從小到大人見人愛，從未這麼不招人待見，雖然對方是隻貓。

他不高興了，背抵著牆，手插在口袋裡，彎腰和牠對視片刻，齜牙咧嘴做了個鬼臉：「看你花裡胡哨的，就叫你小花吧。」
三花貓還沒見過這麼欠揍的，也齜牙低吼了聲。
童淮兇不過牠，一癟嘴，扯了扯薛庭的衣角，委屈告狀：「牠兇我。」
……還沒睡醒嗎，這麼愛撒嬌。
薛庭毫不留情，在他頭頂拍了一巴掌，拎著他的後領把他提回來：「誰讓你找死。」
餵完貓，薛庭帶著童淮，繼續往望臻區西去。
童淮也醒神了，猜到薛庭要帶他去哪裡，有點說不出的興奮。除了俞問家，他還沒去過別的同學家。
半路他拽著薛庭的後領迫停，跑到小超市買了點葡萄和西瓜。
道路旁的住戶一點點由多變少，四周逐漸靜下來。過了二十多分鐘，薛庭騎上一個緩坡，停在緩坡上一座更為老舊的老房子外。
童淮好奇地四下打量。
這是一座帶庭院的房子，紅磚砌成的院牆，纏滿爬山虎，院門很老舊，不知道是哪個年代的東西。
……薛庭家境確實不太好。
童淮腦補了一出爺爺靠收廢品和退休金養孫子的苦情戲，又看了看嶄新的腳踏車，忍不住開口：「婷婷啊。」
薛庭投去能殺人的冰涼眼神。

「保護好小四，別再弄丟了。」

童淮語重心長。

一輛腳踏車，對薛爺爺來說，多大的負擔啊。

缺心眼的薛庭，還一連弄丟了三輛！

薛庭：「……」

他面無表情地推開院門，心想：你也喝假酒了。

跨進院門，入目是一片鬱蔥，碧色緩流，蔦蘿簇在牆邊，點綴著星星點點的紅花。

從外面看不出院子這麼大，兩面花牆圍著的庭院內，種滿了花草，梔子花濃郁的幽香陣陣拂來。

和想像中的場景不太一樣，童淮愣了愣。

花草的邊界外撐著一把大傘，薛景揚坐在傘蔭下，手裡拿著工具，在做木工。

聽到聲響，老爺爺抬起頭，看到門邊的兩個少年，登時眉開眼笑。

薛庭把腳踏車停在一邊，低頭把掛在邊上的東西拿起來：「爺爺，又幫你把小捲毛拿來了。」

童淮當著薛老爺爺的面不好發作，吃了個悶虧。

他打算忽略薛庭的嘴賤，兩三步跳過去，蹲在薛老爺爺面前，好奇：「爺爺，您在做什麼？」

「最近腿腳不方便，庭庭不准我出門，閒著又悶，做張椅子。」薛老爺爺笑呵呵的，看童淮仰著小臉一臉眼巴巴的樣子，心軟得不行，喜歡他，「早就讓庭庭帶你來了，可惜你們晚自習上完後太晚。」

薛庭走過來，半彎下身，在童淮頭頂指了指：「您再這麼叫一聲，我先把他丟出去。」

薛老爺爺不高興了：「叫你聲小名怎麼了，小時候多乖多甜啊。都怪你爸媽，把你養成這樣倔強的個性。」

「薛庭小時候是什麼樣啊？」童淮拍開他的手，有了興趣。

說到這個，薛老爺爺也提起興致，比劃出和童淮蹲著一樣的高度：「這麼高的時候，見到我，會邁著小短腿撲過來，奶聲奶氣喊爺爺，還非要我舉高高，唉呦，我的心啊。」

薛庭不冷不熱：「您還是少緬懷過去吧，記憶錯亂了。」

童淮想像了一下那個畫面，再看他冷著臉就想笑，努力憋著：「那是滿可愛的。」

他們待在一起就愛捉弄人，薛庭拿他們又沒辦法，看看時間，快十一點了，果斷鑽進屋裡，眼不見為淨。

童淮把路上買的水果拿過來，拿了張小椅子，跟薛老爺爺坐一起，看他做木工，跟他閒聊。

「爺爺，吃水果，」童淮剝了顆荔枝，餵給薛老爺爺，「還沒謝謝您讓薛庭送我回家呢。」

唉呦，小棉襖，跟家裡那臺製冷機就是不一樣。

薛老爺爺老懷甚慰，邊吃荔枝，邊聽童淮的話，心裡嘀咕。

他讓薛庭送童淮回家？

沒有啊。

倒是開學前，薛庭順口對他說了童淮被小混混攔路搶劫的事，他問小混混出來後對童淮不利怎麼辦，晚自習下課那麼晚，回來的路又黑，小孩孤零零的，多危險。

薛庭當時皺了下眉，隨即淡定道：「我來解決。」

孫子的脾氣薛景揚了解，認真起來比自己靠譜，就沒再多注意。

……感情是自己做好事不好意思，要借他的名義啊。

薛老爺爺斟酌著，怕要是拆臺了，薛庭能給他看三天冷臉，於是笑咪咪地點頭：「這不是不放心嗎，你們順路，有人作伴也好。」

兩人聊了片刻，童淮嗅到股香濃勾人的飯菜香味。

這時間也該吃午餐了，他沒吃早餐，胃部立刻抽搐了下，感到了饑餓。

哪來的飯菜香？

附近似乎只有薛老爺爺住啊。

童淮順著香味飄來的方向，看向身後的二層小樓，冒出個驚悚的念頭：「爺爺，薛庭……在裡面做飯？」

薛老爺爺瞇眼看了下時間：「是該吃飯了。」

童淮：「聞起來，還挺香？」

「庭庭廚藝很好，今天你多吃點。」老爺爺捏捏他的臉，「太瘦了，都沒幾兩肉。」

童淮乖乖被捏臉，內心受到震撼。

他一直以為是因為薛庭的廚藝太過一言難盡，所以每天風雨無阻地去柴叔叔的餐廳。

怎麼現實和他想的不太一樣？

薛老爺爺看出他的疑惑，笑道：「小柴做的飯菜味道，和我老婆的很像，我總是懷念，和庭庭說了一次，他就天天都買給我。」

童淮恍悟。

薛庭這種付諸實際的體貼他也感受過。

一段時間，薛庭做好飯了。

在屋裡吃飯，進屋後，不是童淮想的破舊，屋內很寬敞，窗明几淨，傢俱整齊，五臟俱全，還有冷氣。

薛庭擺了碗筷，桌上都是普普通通的家常菜，五菜一湯，熗炒馬鈴薯絲，魚香肉絲，糖醋排骨，涼拌木耳，香菇油菜，顏色濃郁好看，香氣撲鼻。

薛老爺爺也不主張食不言寢不語，吃飯時大力邀請：「小童，多吃點，多吃點。聽小庭說你一個人住，沒事多來這裡，你們是同齡人，話題也多。」

薛庭不鹹不淡地拆臺：「話多的是你和他。」

薛老爺爺被拆穿，不悅地剜他一眼。

濃濃的家庭氛圍散溢出來，童淮好久沒跟人這樣坐在一桌吃飯了，樂呵呵地看爺孫鬥嘴，自己時不時加入混戰，東打一耙西打一耙，成功搗亂。

他不是沒吃過好東西，大概是氣氛好，肚子也餓，竟然覺得薛庭做的飯菜味道，比他以往吃過的都要好。

老爺爺年紀大了，胃口小，吃不了多少，剩下的菜大半落進了童淮的肚子。

童敬遠、童爺爺童奶奶，還有陳阿姨等人平時就頭疼怎麼讓他多吃點，絞盡腦汁讓他不要剩飯，今天倒是不用哄。

看在薛庭和薛老爺爺眼裡，童淮的飯量卻有另一種解釋。

……這小孩平時是不是都吃不了什麼好東西？

他爹可真不是好人。

童淮渾然不知親爹因他蒙上汙名，吃完飯有點撐，跟著薛老爺爺在院裡散步消食。

片刻後，老爺爺累了，回屋內睡午覺。

薛庭拿著噴水壺，給庭院裡的花花草草澆水，見童淮把目光轉過來，動作停下：「有事？」

童淮的手機陡然響起來，來電人是「雞哥」。

「雞哥」大名孫吉，崇拜山雞哥才取了這個外號。童淮電話一接通，聲音就大喇喇地從那邊傳來：『童哥——五點野煙酒吧——別忘了——』

電話那邊聲音嘈雜，搖滾樂曲幾乎要追著炸進耳蝸，童淮沒想到這麼大聲，嚇了一跳，偷偷看了眼薛庭。

後者臉色如往常一般，平淡看不出表情，不知道聽到了沒。

「沒什麼，」童淮咽下話題，掛了電話，猶豫了好久，才對薛庭道，「你週一去考試是吧？三中理組不太行，老呂他們貌似把希望全壓在你身上了，你別太有壓力，考砸了也沒關係，不過我感覺你肯定能拿獎。」

薛庭站在樹蔭下，漆黑的雙眸似乎比平時溫和：「嗯。」

童淮磨蹭了下：「那我先走了，等爺爺醒了你和他說一聲。」

薛庭又「嗯」了聲。

童淮鬆了口氣，揮手：「不用送了，我正好認一下路。」

薛庭也沒打算送，回過頭，繼續澆花。

走出薛庭家，童淮緊繃的精神徹底鬆下來，找到最近的公車站，到家補了一覺，迷迷糊糊醒來，時間也差不多了。

坐公車去酒吧也就十幾分鐘，童淮以前也跟俞問去過酒吧，覺得自己比較熟悉，並不害怕。到了酒吧外，他辨認名字，確定沒認錯，抬腳走過去。

孫吉流裡流氣地蹲在酒吧門口抽煙，斜睨著來來往往的人，見童淮來了，大喜過望，跳起來想攬肩：「童哥！我還以為你不來了。」

他撲過來時有股嗆人的煙味，童淮不動聲色地退了兩步，避開他的手，抬手跟他擊掌：「哪能啊。」

孫吉沒攬到他的肩，手微微僵硬，隨即又滿不在乎地放下手，折身帶路：「你生日不是快到了嗎，帶你嘗點新鮮的。」

天還沒黑，酒吧裡已經鬧哄哄的了，群魔亂舞，尖叫聲、大笑聲、喊叫聲和爆炸滾動的音樂聲織成一片，酒味煙味四處飄，真正詮釋了什麼叫「烏煙瘴氣」。

童淮就是再喜歡熱鬧，也被吵得腦袋疼。

跟俞問帶他去的安靜的酒吧完全不一樣。

孫吉領著童淮，熟門熟路地鑽到一處沙發卡座邊。裡面已經坐了好幾個人，有陌生的也有認識的。

除了「古惑仔」和「蝦米米」，童淮都不認識。

童淮穿著T恤長褲，長相俊秀乖巧，像個金貴的小王子，和這裡的氣氛格格不入。

其中一個尖嘴巴打量著他，噗嗤笑了：「這就是你們『童哥』？這麼嫩？」

孫吉也笑，笑得讓童淮不太舒服：「你不懂，我們童哥財大氣粗，比誰都豪邁。」

童淮立在原地，皺了皺眉，轉身就想走。

孫吉趕緊推他坐下：「童哥別介意，他說話不好聽。」

「你們說的東西呢？」童淮沒什麼精神，打算看了就走。

孫吉和那個尖嘴猴腮的對視一眼：「不急。」

他給童淮倒了杯酒：「來，先喝點酒，助助興。」

童敬遠曾無數次叮囑過，在外面不能隨便喝別人倒的東西。

平時童淮也沒這麼警惕，此時心裡突然有點奇怪的感覺，靠在沙發靠背上，淡定道：「我未成年。」

其他人：「……」

孫吉無語了：「您還在意成不成年？不是吧，來酒吧還喝果汁？」

「我願意，」童淮向侍者招手，買了杯橙汁，「到底有什麼事，不說我就走了。」

其他幾人嘻嘻哈哈地岔開話題，天南地北地聊起來。

童淮以前還挺喜歡聽這些人吹牛，覺得有意思，現在卻提不起興致，只覺得他們吹得都太假。

真那麼厲害，怎麼不像薛庭一樣，隨隨便便考個第一，還甩第二名一大截。

他百無聊賴地轉著杯子，懶懶地聽他們聊天。

一口接著一口喝了片刻，他有點想去洗手間。

童淮決定回來打個招呼就走，去洗手間折回來，孫吉幾人又吹了幾瓶。

聽童淮說要走，孫吉率先舉起杯：「唉童哥，抱歉啊，東西沒到，讓你掃興了。那碰一杯就散了吧。」

童淮巴不得早點離開，拿起杯子，剛要拿到嘴邊喝，手腕陡然被一隻冰涼有力的手緊握住。

有人站在他背後，聲音冰冷：「別喝了。」

周圍一片鬼吼鬼叫，他的聲音也不高，偏偏很有穿透力，冰冷質感的聲音彷彿就響在耳邊。

童淮怔了怔，轉過頭，薛庭站在他身後，握著他的手腕，話是對他說的，眼睛卻一眨不眨地盯著孫吉，臉色冰寒。

「薛庭？」

薛庭淡淡看了他一眼，並未解釋，上前一步，若有若無地將他護在身後，依舊盯著孫吉。

酒吧裡的燈光五顏六色，本該是絢爛熱烈的，映照在男生眼中，卻襯出那雙漆黑的眼中覆著的薄冰，冷漠的視線有如實質。

周圍的空氣似乎都冷了幾分。

隨著他悠閒地往前走了一步，氣勢逼壓過來，孫吉敏銳地感到一股令他毛骨悚然的恐懼，硬著頭皮叫囂：「你誰啊？出來跳什麼？」

薛庭忽然笑了，雖然笑起來並不比剛才緩和，反而更瘮人了：「我不跳，你喝下這杯果汁怎麼樣？」

孫吉的表情微微一僵，又嚷道：「憑什麼，你當你是上帝？」

童淮就是再笨，也該想明白了。

他去上洗手間時，孫吉往他果汁裡加了東西。

瞬間他簡直氣上頭了。

見童淮明白過來了，薛庭淡淡一哂，拍拍童淮的肩：「走了。」

童淮沒出聲，他拿出手機，封鎖、解散一條龍，然後從桌上撿起一個啤酒瓶。

在周圍人還沒反應過來時，他一酒瓶砸到了孫吉腦袋上。

「砰」一聲響，啤酒瓶和血濺飛開來，孫吉頭破血流，哀嚎著摀住腦袋。

包括薛庭在內，所有人都愣住了。

誰也沒料到一臉乖小孩樣的童淮說動手就動手，半點不含糊，包括薛庭在內。

滿座又驚又怒，跳起來擼袖子拎酒瓶抬椅子。

薛庭站在童淮身後，晃了晃手機，通話記錄停在一一〇：「警察兩分鐘內到。」

一群人沒誰清白沒案底，聞聲臉色驟然一變，再一看薛庭淡定自若的樣子，權衡了一下，拽起孫吉趕緊跑。

童淮出了口惡氣，比了個中指：「我去你大爺。」

「別去他大爺了。」

薛庭收起手機，拉起這個用酒瓶砸人的鬧事群眾，往後門快步走去，「跑。」
溜出酒吧，薛庭就放下了手。
童淮悶頭走了一陣子，從自己的世界拔出來，腳步一停。
薛庭跟在他身邊，保持沉默，耐心等他開口。
童淮愍了片刻，偏頭：「我看起來是不是很傻？」
「是挺傻的。」
童淮倒沒生氣，他確實覺得自己傻，明知道那幾個人不是什麼好東西，還輕易放下戒心，抓了把頭髮，咂嘴：「謝謝啊，你又救了我一次。」
雖然不知道孫吉往他的飲料裡放了什麼東西，但肯定不是好東西。
薛庭看著他沒應聲。
中午他聽到童淮的電話，臨近五點時心神不寧，乾脆出門，先到酒吧等著。
這一帶挺亂的。
這小孩又是一副被人賣了還會幫忙數錢的呆樣，實在沒法放心。
童淮小聲：「我以為你會說我兩句，換做俞問，會把我罵個狗血淋頭。」
「罵你是為了讓你知錯，」薛庭淡淡道，「你不是知錯了嗎？何必多此一舉。」
過了六點，天邊雲霞染成橘紅，層層漸變，像打翻了顏料盤，底下是西區高低錯落的老舊樓群，天空中電線縱橫。
童淮眼珠顏色淺，剔透漂亮，能倒映出整片天空。

薛庭睨著這雙眼，突然想起他怒火中燒的樣子。
和他的眼睛一樣清澈明亮。
在周圍的人已經學會虛偽地掩飾時，他的眼神依舊乾淨得讓人不敢直視。
像個小孩，情緒不加掩飾。
也像一面鏡子。
薛庭在他眼底看到了自己，慢慢垂下眼皮，手指下意識攥緊。
那天下午發生的事，兩人都沒跟別人說。
童淮也不會再和那種人有牽扯了。
週一時班裡三個人去競賽，童淮右邊又空蕩下來，不太習慣。
他看著薛庭給他量身定做的新手教程，老老實實在教室裡坐了一天。
晚上薛庭回來，見童淮有乖乖坐在教室裡埋頭做題，眼底浮過一點笑意，伸手揉了揉他的捲髮。
童淮殺氣騰騰地抬起頭，看到是薛庭，殺氣一收，眼睛亮了：「唉，你回來啦！」
去參加競賽的人不用來上晚自習，陳源和呂子然就沒來。
「嗯，」薛庭看他不像平時那樣一直說話，挑了挑眉，「不問我考得怎麼樣？」
空了一天的座位又有了人，童淮心情很好，手肘抵著桌，托腮笑道：「考了就算了，不問。」
薛庭又揉了揉他的頭髮，翻出考卷，抽出筆繼續寫。
童淮悄悄端詳他。

剛考完試又回來寫題，這人其實不叫大神，叫瘋子吧。

初賽結束，薛庭的時間寬裕了點，在段考來臨前，又整理了物理和化學的筆記。

段考被安排在九月三十號，從早上七點四十開始，考一整天，下午五點半結束，考完就放假。

通知一下來，童淮算了算日期，隱隱崩潰：「不是吧，我生日要考試一整天？」

童淮跟著媽媽那邊過農曆生日，日期每年都會變，今年湊巧是九月三十。

許星洲宣布完時間，教室裡就蜂巢似的嗡鳴起來，一茬茬期待放假和擔心考試的。

薛庭原本無聊地轉著筆，聞聲瞥來目光：「你生日？」

這個年紀的小孩都很重視生日。

趙荀轉過身，興致勃勃：「別洩氣啊帥哥，考完出去玩，叫上大家一起出去玩玩再吃飯吧，考一天都要憋瘋了。」

童淮想了想：「那也行。」

他突然又高興起來，碰碰薛庭的膝蓋：「你還有機會準備禮物。」

「不用準備了，」薛庭微笑，「送你一套五三模擬試題卷。」

童淮：「……那還是別客氣了。」

陳源也轉過頭來：「幹嘛拒絕啊，你最近不是很愛讀書嗎？老狗都嚇得開始認真聽課了，繼續保持。」

為了能打陳梧的臉，童淮最近讀書的態勢很足。

趙荀看神經病似的看他奮鬥了一週，心想差不多了。

等到第二週，他忍不住也開始聽課，言之鑿鑿：「能靠臉吃飯的人都在學習了，我還敢乾坐著？」

陳源說著，忍不住朝薛庭豎起拇指：「厲害還是薛哥厲害，居然能讓我們小童這麼聽話。」

薛庭嘴角輕微勾起，一臉雲淡風輕：「好說。」

薛庭也是最近才發現，要讓童淮聽話其實很簡單。

誇就行了。

完成作業，誇，聽了一節課沒睡著，誇，寫對題，再誇。

只要找對方法，童淮比小孩子還好哄。

認真讀書的時間過得飛快，轉眼到了段考。

考試那天也是童淮生日，薛庭這次沒有先去學校，六點二十就在樓下等，看童淮一臉睏意地下來，送了聲「生日快樂」。

凌晨時童淮就收到了許多祝福，還有童敬遠和爺爺奶奶的電話。

他坐上腳踏車，美滋滋伸手：「禮物呢？」

「在書店，考完帶你去買。」

童淮不想搭理他了。

三中段考是按年級排名安排考場座位，薛庭在第一個教室的第一位，童淮在最後一間教室。

到了學校，分開前，薛庭手賤地揉了揉童淮的頭髮：「裨補闕漏。」頓了頓，睞著眼補充，「好好考，敢丟我的臉你就死定了。」

童淮拍開他的手：「把第一坐穩了，你可是混混老大他爸爸的同桌，丟我的臉你也死定了。」

薛庭懶懶地揮手，徑直走進考場。

童淮和俞問次次都在一個考場，這次也沒例外。

見童淮進來，俞問熱情地朝他招手：「兄弟你來啦。」

童淮謙虛地道：「兄弟我有備而來。」

「你還準備上天啊？」

童淮不確定自己能不能考好，先沉默不言，就不會考不好被俞問取笑。

薛庭的輔助效果顯著，至少拿到數學卷時，童淮不會再和題目相看兩不識了。

就是有的題目薛庭好像教過他，他有印象，卻打死都寫不出來，有些心虛。

早上考完試，童淮又睏又倦，也沒去吃飯，趴在桌上睡了個午覺，醒來發現桌上放著兩個麵包，大概是俞問給他帶的。

就是俞問貌似考到失憶了，忘了他不喜歡吃肉鬆。

下午考完試，全體得到解放。

鐘聲一響，不管考得好不好，全都一窩蜂衝出了教室。

班裡大部分人記不住童淮跳來跳去的生日，早跟家裡約好了，一考完就被接走，只來得及送聲祝福，一起出去吃飯的只有十幾個。

大家振臂一呼，衝出校門，擠上公車，去市中心的商場，激情討論玩什麼。

「玩點刺激的舒緩下壓力吧，」田鑫苦著臉舉手，「作文好難，我寫離題了，現在心虛，吃不下東西。」

其他人紛紛附議：「我數學有道題沒來得及做，是老呂講過的題型，我會被她掛到國旗杆上風乾的。」

公車上碩果僅存的一個位置，眾人默契地讓給了童淮。

童淮順手把身邊的女生林談雅按到座位上，疑惑挑眉：「刺激的？」

「不，你未成年，不是那個刺激，」俞問靠到他身邊，「不然玩密室逃脫？」

大部分人贊同，也有人搖頭：「不然你們去玩，我們正好去電玩城玩。」

童淮眉心一跳，聲音乾癟：「密室逃脫要預約，這個時間沒場次了吧。」

「沒事，隨便玩一間，能釋放壓力就行。」

「我搜到一家可以玩，看封面滿恐怖的。」

「哇刺激，點一下人數，哪些人去？」

童淮聽到「恐怖」兩字表情就麻木了，張了張嘴，欲言又止。

趙苟笑嘻嘻：「怎麼了，天不怕地不怕的你不會怕鬼吧？」

「……誰怕了，」童淮掙扎一瞬，昂首挺胸，「就它！」

薛庭沒興趣參與討論，滑著手機，敏銳地察覺到童淮的語氣不太對，探究地看過去。

小捲毛薄唇緊抿，下意識揪緊了衣角，手指輕微發抖，有一絲不易察覺的緊張。

他靜默片刻，緩慢開口：「我怕。」

童淮大喜：「什麼？那就更要去了！」

薛庭：「……」

帶不動。

你個傻子。

意料之中，童敬遠沒趕回來，轉帳了一和七開頭後面帶一串零的錢給童淮，再次祝他生日快樂，表示內疚。

下公車時童淮才發現訊息。

他更想用這筆錢換童敬遠回來陪他吃飯，不過也知道童敬遠是真的抽不開身。

前幾天，童敬遠還說能抽空回來，結果臨時又有事，本來打算不管不顧直接回來，反倒是童淮勸住了他。

理解歸理解，鬱悶也是真的鬱悶。

童敬遠連續兩年沒趕回來了。

於是童淮發了個非常不高興的扛刀表情符號。

不捲很直：『**你錄一個雙手闔十告罪的短片我就原諒你。**』

洩憤似的傳完訊息，童淮收起手機。

薛庭跟在他後面下車，察覺到他的情緒不好，問：「怎麼了？」

「我爸給我轉了……」童淮急剎車，憋了下，「十七塊錢，祝我生日快樂。」

俞問原本搖搖晃晃走在他旁邊，聽到這句話，腳下劈叉，肩膀抖了抖，在童淮投來的恐怖眼神裡，拚命憋住笑。

十七塊錢是什麼鬼。

童淮心情低落，不過不打算掃興。

最終舉手報名玩密室逃脫的有七個人，其他人分散去電玩區和商場，大家約定了集合的時間地點，就分散開來。

大家跟著負責預約的俞問走，一路買小吃奶茶，打打鬧鬧嘻嘻哈哈。

周圍人來人往，明淨的玻璃牆壁上投射出一群穿著藍白校服的少年，像是一縷縷掠過夏天的風。

俞問預約到的這家店不大，配合氣氛，裝修得很陰森，牆上掛了排鬼面具，工作人員也穿著不同時代不同風格的服裝。

他們預約的劇本寫在木牌上，字是滲人的紅，血跡般暈開些許，立在一旁。

青禾鎮大戶人家的少爺宋英，娶了一個漂亮的外地新娘，叫敏紅。

敏紅懷孕不久，鎮上出現怪病，大夫束手無策，無助的鎮民只能去找神婆。神婆向天禱告後，指了指宋府的方向。

於是鎮裡出現了一個聲音，說這場怪病是因為敏紅和敏紅肚裡的孩子，她懷了個災星，只有讓她謝罪，殺了她和孩子，怪病才會消失。

在鎮民的逼迫下，宋英的父親宋之錦沒有猶豫，將敏紅抓去了柴房，百般折磨。而她寄予期望的丈夫宋英卻一直沒有去看她，甚至已經在外面重新訂親，等敏紅死後就能入門。

敏紅被屈打成招，含恨而死，屍體被一場火燒了。
鎮上的怪病消失了，眾人拍手稱快，果然沒殺錯人。
然而過了段時間，宋府內就開始發生怪事。
敏紅回來了。
劇本爛俗，貫徹國內的恐怖風格。
童淮卻瘆得慌，縮到薛庭身邊，抑制著聲音裡一絲顫抖：「別怕！我保護你！」
薛庭：「……嗯。」
工作人員點了下人數，開始宣讀注意事項：「禁止攜帶照明設備，不能對NPC出手，不能破壞道具……」
童淮聽到第一句，整個人就不太好了。
但面子不允許他退縮。
反正薛庭也怕，他就跟著薛庭走，兩人一起被嚇得瑟瑟發抖，互相丟臉。
說完注意事項，工作人員讓大家抽身分。
俞問第一個抽，看了眼牌子：「家丁。」
「我是神婆。」
「……」
大伙兒七嘴八舌對了身分，俞問發覺少了兩個：「淮寶，你身分是什麼？」
童淮表情木然，嘴唇動了動：「……宋英。」然後他揪緊了薛庭袖子，「你呢？」

薛庭：「你爹。」

見童淮眉毛一擰，抬手就要打人，他拿起身分牌，示意他看。

宋之錦，宋英他爹。

童淮：「……」

吃了個悶虧。

差不多要進去了，童淮把俞問推到人群前：「你開路，我墊後。」

說完深呼吸，躲到人群後面，還不忘拉著薛庭袖子，拍著胸脯：「別怕，我保護你。」

進門後，眼前倏然暗下，身後的大門「嘎吱」一聲，「嘭」地關上。

不知何處的音響放著詭異的背景音樂，大家渾身發毛，立刻貼緊自己人。

俞問膽子大，先開路，還敢開玩笑：「也別貼這麼近嘛，萬一你身邊的不是人呢。」

林談雅嚇了一跳，呂子然趕緊低聲安慰：「別怕。」

趙苟也被他的話嚇得渾身一顫，仔細看了看身邊的人，確定是陳源，趕緊摟緊了：「老大，勞煩您閉嘴。」

薛庭將無聲遠離的童淮拉回來，面無表情問：「你不是人還是我不是人？」

「你吧。」童淮適應了黑暗，看清是薛庭沒錯，謙虛回答。

幾人摸索著朝前走，穿過一條小道，前面不遠處有座大宅，宅門前似乎立著一個人。

童淮頭皮發麻，猛地抱住了薛庭的手臂：「別怕！」

薛庭：「……」

薛庭拖著這條尾巴，無視他的抗拒，一馬當先走上前。

還真是個人，穿著大紅嫁衣，臉色慘白，兩腮抹著兩坨紅暈，見兩人上前，沒有瞳仁的眼睛對準了他們。

這大概就是敏紅了。

見敏紅沒有動起來的意思，其他人屏息靜氣，小心翼翼地繞開她，上前推了推宋府的大門，推不動。

看來得觸發機關。

童淮牙齒打顫：「妳妳妳是我老婆嗎？」

一聲幽幽的嘆息突然響起。

敏紅盯著童淮，哀怨開口：「阿英，當初你就是在這府門前，當著所有人的面將我抱進門的，你說，會疼我愛我一輩子……」

童淮大腦空白了幾秒，放開薛庭，強裝鎮定：「她說什麼來著？」

「兒子，」薛庭拍拍他的肩，語帶同情，「你老婆要你把她抱進門。」

童淮：「……」

劇本裡每個人身分不同，根據線索提示，會分配個人任務和團隊任務。

顯然，這是童淮的個人任務。

俞問抱手熱鬧，起哄：「淮寶，上。」

童淮硬著頭皮上前，借著微弱的光看清敏紅慘白的臉，更覺得滲人，假笑：「老婆，你不會這時候嚇我對吧。」

敏紅依舊直直地盯著他。

眾目睽睽下，童淮拒絕認慫，一咬牙剛要抱起敏紅，薛庭突然開口：「看起來有點重，你一個人抱不動，一起吧。」

敏紅：「……」

不知道是不是錯覺，敏紅殺氣騰騰的眼神似乎轉向了薛庭。

童淮也愣了愣。

薛庭語氣淡淡：「有時限，別浪費時間，走吧。」

「……哦。」

多個人倒沒那麼可怕了，童淮和他一起抱起敏紅，走向宋府。

剛走到大門邊，剛才還紋絲不動的門就徐徐打開了。

俞問領著其他人跟上來，走進宋府四處打量找線索。

童淮還沒那麼傻，故意慢了幾步，落到最後，扯住薛庭小聲：「你不怕啊？」

薛庭沒說話。

童淮後知後覺地想起，之前在公車上，薛庭是看了看他，才說害怕的。

是發現他的臉色不對，所以才那樣說的嗎？

他心裡有點亂，像一池湖水被薛庭不停扔小石頭，漣漪不斷晃蕩。

薛庭總是在某些地方體貼得過分。

不過很快，童淮就沒心思想這個了——敏紅讓宋英一個人去她生前被關押的柴房。

童淮表面上不動聲色，心裡「啊啊啊」，臨走前還頗具大將風度地揮了揮手，讓大家別害怕。

趙荀已經被嚇傻好幾次了，鼓掌聲嘶力竭：「童哥牛逼！一點不怕，不愧是童哥！」

薛庭啼笑皆非，望著童淮的背影，生生看出了壯士一去兮不復還的悲壯。

柴房離大家待的大堂有點遠，四周很安靜，只能聽到腳步聲與不知道從哪來的滴答水聲。

環境太暗，童淮深一腳淺一腳地走著，心裡求神拜佛，走到一半，敏紅還是出現了。

她趴在一面牆後，歪著頭，露出半邊臉，一眨不眨地盯著童淮，臉上有道可怖的燒傷。

童淮僵硬地和她對視片刻，緩緩道：「幹。」

敏紅朝他露出陰森的笑，還沒幹什麼，就見童淮猛地飛竄起來，「咻」地衝進了柴房，像小炮彈似的，追都追不上。

敏紅：「……」

柴房門自動關上，房間深處黑漆漆的，不知道裡面有什麼。

童淮不敢過去，雙腿無力地滑坐到地上，背後冒出層層冷汗。

蹲了會兒，他沒再聽到聲音，小心翼翼地扶著門站起來。

和臉貼在鏤空木窗上的敏紅小姐面對面。

童淮：「……啊啊啊啊！」

他死死抵住門蹲下來，眼淚都要出來了：「薛庭!!」

不知道過了多久，童淮怦通狂跳的心臟平復不少，聽到門被輕輕敲了敲。

熟悉的聲音從外面傳來：「開門。」

童淮一點點抬起頭，確認門外真是薛庭，坐著開了門，抿著唇不出聲。

薛庭也跟著坐下來，瞇眼打量他，發現他眼圈紅紅的。

怎麼把小孩嚇成這樣了。

「別怕，」薛庭遲疑一下，伸手輕輕將他摟到懷裡，聲音沉穩，「都是假的。」

童淮也沒避讓，吸吸鼻子，委屈得不行：「剛剛我老婆跑來嚇我。」

挨得這麼近，薛庭能清晰地感覺到懷裡的身體在輕微發抖，沉默片刻，手下用力：「不怕，她再來，我給你擋著。」

童淮嗓音啞啞的：「嗯。」

「那麼害怕怎麼不和其他人說？」薛庭完全不能理解。

「多丟人，」童淮擦擦眼角，「還掃興。」

薛庭覺得好笑：「嚇成這樣就不丟人了？」

「只在你面前丟嘛，你又不算人。」

「……」

貧嘴了兩句，敬業的敏紅又來嚇人了。

「噠。噠。噠。」

漆黑的房間深處傳來悠長的腳步聲，一聲疊著一聲，彷彿自地獄而來，敏紅身影出現在黑暗中，輕聲叫：「阿英……」

薛庭果斷將童淮的腦袋往懷裡一按，表情平淡地回視這個裝神弄鬼的NPC。

童淮嚇得吱哇亂叫，拼命往薛庭懷裡鑽，恨不能把自己塞進他身體裡去。

或許是緊張過度，他反而注意到了些不該注意的，譬如薛庭有力的心跳聲。

「怦——怦——」

響在耳邊，如他表現出來的那樣，一絲不亂。

夏天的衣衫輕薄，他們緊緊抱著，共享著彼此的體溫與心跳。

過了許久，童淮忍不住稍微抬頭，視線裡是薛庭線條流暢優越的下頷線和突出明顯的喉結。

薛庭的懷抱不像童敬遠那樣寬闊，卻同樣的堅實有力。

有一種……語言難以描述的安全感，好像被他抱著，就什麼都不怕了。

在這種安全感的籠罩下，童淮感覺好點了，不好意思再縮在薛庭懷裡，小聲問：「你看看，我老婆還在嗎？」

嘖，利用完就想跑。

薛庭非常不爽，揚了揚眉，瞥了眼空蕩蕩的前方，回答：「還在。」

想到敏紅陰森的臉，童淮抖了抖，立刻縮回薛庭懷裡，頭抵在他頸窩間，悶聲道：「……那你再給我抱一下。」

溫熱的吐息在脖子處噴灑，柔軟的髮絲蹭著下頷。

有些癢，像抱著隻瑟瑟發抖撒嬌的小動物。

薛庭眼裡閃動著零星的惡劣笑意，下頷不經意蹭了蹭他的頭頂，沉靜地應了聲：「嗯。」

兩人在柴房裡獨自待了十幾分鐘，敬業的敏紅嚇了童淮好幾次，童淮基本都縮在薛庭懷裡，面子不存在了，也就不在乎了，乾脆理直氣壯地抱著薛庭不放。

不知道過了多久，俞問才提著個紅燈籠過來，打開柴房。

他們解決了個團隊任務，其他人被困在了廂房裡，俞問拿到柴房鑰匙，將童淮和薛庭放了出來。

三人暫時脫離團隊，去做另一個任務，去敏紅以前的房間，尋找她最喜歡的東西，放到靈堂裡，交換廂房的鑰匙。

雖說直接導致敏紅慘死的不是宋英，但作為拋妻棄子的渣男，回去的路上，童淮也被敏紅關照了一路。

敏紅的房間也是烏漆麻黑，三人一進門，屋裡的紅燈籠自動亮起，有了一點微光。

非但沒幫助，反而更瘮人了。

俞問左看右看，闔上門，賊頭賊腦地秀出手腕上的Watch，調出手電筒：「就這點難度也想難倒我？」

童淮驚訝：「不是不允許帶照明設備嗎？」

「我偷偷帶進來的，他們絕對發現不了。」

幾乎就在俞問話音剛落的瞬間，屋外的門被敲了敲，響起工作人員毫無感情波動的聲音：「這位同學，禁止攜帶照明設備，請把設備暫時交給我們保管。」

俞問：「……」

俞問垂死掙扎：「是它自己亮起來的。」

工作人員：「這位同學，請遵守規則。」

反駁來得如此迅速，俞問悻悻地碰碰鼻子，摘下來遞出去。

屋裡又陰森下來，他攤了攤手：「沒辦法，在黑暗裡慢慢摸索吧，祈禱別在黑暗裡摸到你老婆冰涼的小手吧。」

童淮：「……」

靠，不說話沒人拿你當啞巴。

「之前得到提示線索，敏紅跟你情投意合，願意嫁給你，是因為你們有共同的興趣，你的興趣是什麼？」俞問在桌上摸摸索索，逗著童淮。

童淮在薛庭身邊，翻了個白眼：「不知道。」

俞問：「問你爹。」

「爹，我興趣是什麼？」童淮興致缺缺地隨口問道。

薛庭淡淡看他一眼，簡潔回答：「字畫。」

「……」

童淮納悶：「你被宋英他爹附身了？」

「之前去過宋英的書房，裡面收藏了很多字畫，上面有敏紅的落款。」

俞問一聽，就去牆上摸索掛著的字畫，睜著眼努力辨別哪張畫與眾不同。

童淮還記著俞問那句嘴賤的話，不敢離薛庭太遠，小步小步跟著他移動。俞問檢查完半面牆了，轉頭見他小碎步靠在薛庭身邊，滿頭問號：「淮寶，你幹什麼呢？」

童淮輕聲細語：「我跟我爹呢。」

「……」

兩人走到最裡面那面牆上，中間垂著一幅畫，在微光裡，畫上女子有些詭異，彷彿在望著這三個不速之客。

童淮直覺這幅畫就是他們要找的，戳戳薛庭的腰：「你摘下來看看。」

腰被戳得有點癢，薛庭瞄了他一眼，好脾氣地什麼也沒說，抬手摘下字畫。

豈料畫幅一摘下，後面露出一個洞。

一隻睜大的眼睛在洞後，眨也不眨地盯著他們。

童淮冷不防和那隻眼相對：「……」

薛庭沉默，反應極快，「啪」地用畫遮住那個洞。

俞問聽到動靜，也摸索過來：「你們找到了？」

「嗯。」薛庭冷靜地點點頭，把畫遞給俞問，側身遮住童淮的視線，「走吧。」

屋裡太暗，離得也不近，俞問沒看到童淮嚇得雪白的臉，高興地接過，去解救其他人。

薛庭和童淮跟在後面，順了順童淮的背：「還行嗎？」

童淮頭皮都炸了，死命咬著牙沒叫出聲，勉強把雞皮疙瘩壓下去，吐出一口氣：「……靠。」

緩過來了，他有點糾結地問：「你那麼塞住，不怕她戳你啊？」

薛庭：「……」

薛庭道：「兒子都戳過了，兒媳再戳下也沒什麼。」

「……」

薛庭看他跟炸了毛的貓似的，有點憐惜，更多的是好笑。

他還沒遇到過像童淮這麼有意思的人。

明明怕得要死，非要為了別人的氣氛和自己的面子硬撐。

等全隊集合後，大家又繼續找線索解謎。

薛庭原本懶洋洋地跟在後面，不怎麼愛說話，不知為何，突然積極了許多，總能在有限的線索裡找出最有用的資訊，拼接成資訊鍊。

團隊解謎速度大幅度加快，沒再在一個關卡上耗時太久等NPC來嚇了。

距離本場結束還剩下十分鐘的時候，大家順利找到了通關的路，也得到了敏紅真正的死因。

原來根本就沒有什麼怪病。

宋之錦是個衣冠禽獸，趁著兒子宋英外出之際，垂涎敏紅的美色，強暴了敏紅，並百般威脅。

不久敏紅懷孕，宋之錦擔心她肚子裡是自己的孩子，更怕事情敗露，乾脆買通了大夫和神婆，一個往鎮民喝水的井裡下藥，另一個散播謠言。

敏紅被屈打成招，無辜慘死，怨氣極重，化為厲鬼復仇，在鎮民們面前揭露了宋之錦的醜惡面目。

然而鎮民壓根不關心真相。

嘈雜的聲音從四面八方響起，「嗡嗡」地讓人心煩意亂，偶爾有幾句清晰的，聽得一群學生氣得罵娘。

「蒼蠅不叮無縫的蛋，不是妳勾引宋老爺，宋老爺怎麼可能那樣做？」

「妳都已經死了，安安分分就好，為什麼還要出來害人？」

「事到如今，真相到底怎麼樣有什麼意義？敏紅啊，妳快走吧，鎮上被妳攪得一團糟……」

不由分說的指責像利劍直刺而來，周遭的聲音越來越大，每個人都在勸她收手、讓她離開，每個人都面目可憎。

敏紅從不可置信到怒不可遏，終於徹底發狂，尖叫著拖著全鎮人給她陪葬。

鎮子在一場大火裡化為了灰燼。

童淮雖然怕，倒順利進入了角色，氣憤地戳了戳薛庭：「原來你也是個人渣。」

「……」薛庭把他手指掰回去，「也字用得很好，渣男兒子。」

劇情雖然俗套，不過大家玩得還挺過癮，大呼完「感謝薛哥罩我們」，嘰嘰喳喳討論著走過通道，回到外面，從工作人員那兒把各自的東西拿回來。

童淮趁著其他人不注意，偷偷扯了扯薛庭的袖子。

薛庭不解地轉過頭。

他朝薛庭彎眼笑了笑，睫毛上浮著細碎的光，眼睛像塊清透的琥珀：「謝謝。」

薛庭一直沒有什麼參與感，之後突然積極起來，顯然是為了能早點通關出來。

「不用謝，」見他笑了，薛庭的也嘴角勾起，低頭靠到他耳邊，「小壽星。」

氣息噴灑在耳廓，他的聲音壓得低低沉沉的，有磁性很好聽。

不知道是因為他靠得太近，還是因為他的聲音，童淮呆愣著，耳朵麻了麻，白皙的耳垂肉眼可見地一點一點漫上紅暈，血色占據雪白。

再紅就要蔓延到脖子上了。

薛庭一手插在口袋裡，愉悅地注視著他的耳垂，輕輕笑出了聲。

要不是怕童淮當場翻臉，他甚至還想惡劣地伸手撥一撥。

童淮原地自燃了三秒，感覺自己有點莫名其妙，疑惑地揉了揉耳垂，瞪了眼顯然是在戲弄他的薛庭，走到另一邊，勾住趙苟和俞問的脖子：「走走走，快集合了吧，我餓了。」

一提餓了，大家也紛紛覺得餓了，結伴下樓，在約定的地方等著。

逛商場和去電玩區的人也陸陸續續到了，浩浩蕩蕩這麼多人，都沒吃晚餐，稍微糾結後，舉手表決吃火鍋。

人多，也熱鬧。

趙苟經常跟人出來玩，熟識本市各大火鍋店，當即一揮手：「附近那個商場的火鍋不錯，老字號，味道正宗，我帶你們去。」

俞問率先反應過來，不懷好意地看了眼童淮，邊走邊擠眉弄眼：「給大家八卦一下，那邊商場的老闆，好像是姓……」

童淮想起這件事，小心覷了眼薛庭，把路邊買的草莓冰糖葫蘆塞到俞問嘴裡，溫和地道：「慢點吃，當心噎死。」

經由俞問那麼一說，進商場時童淮就小心多了。

這個商場是童敬遠名下的。

他初中時經常呼朋喚友，領著一群人來請客吃飯，商場經理認識他，並且還會笑咪咪地配合叫他小少爺，給足面子。

往事想想就不堪回首，要是碰到了，他就完了。

好在一路平安，沒有真的那麼倒楣地遇到經理。

不知有意無意，坐下時，大家都默契地讓出了童淮左右的位置，左邊給薛庭，右邊是俞問。

這間商場消費價格不低，其他人也不知道童淮的家境，雖然開玩笑要他請客，但這麼多人，自然不可能真讓童淮請，點了鴛鴦鍋，又逐個點完菜後，準備平分著付錢。

童淮忍住想請客的衝動，心裡不斷默念我很窮。

點完菜後，俞問又點了酒，啤酒和白酒都有。童淮瞥到跟來的幾個女生和乖乖牌班長呂子然，打開外送平臺點飲料：「喝不了酒就喝飲料，要喝的人來報名。」

一個女生笑道：「我們小童可真貼心。」

趙苟怪叫了聲：「不是我們小童啊，是薛哥的小童。」

「啊？」呂子然呆呆的，沒跟上他的節奏。

陳源也笑：「沒看到我們童哥一直黏在薛哥身邊嗎。」

俞問點完酒了，跟著湊熱鬧：「父子情深啊父子情深。」

全桌哄笑。

童淮聽到身邊的人似乎也低低笑了聲，額上青筋一跳，維持著禮貌的微笑：「給大家準備今晚的最後一道涮菜，趙荀陳源俞問，想吃的給我刀，我把你們切進鍋裡。」

他笑著說話的樣子有點滲人，趙荀縮起脖子，沒骨氣地立刻倒戈：「童哥我錯了，我檢舉，都是陳源指使的！」

還他媽禍水東引。

「滾。」陳源撿起一塊柚子砸到他臉上。

薛庭抱著手，沒骨頭似的靠在椅背上，懶散地看著他們鬥嘴打鬧，目光移到童淮的耳垂上。

那片小巧秀氣的耳垂已經重新變得白皙了。

……紅一點更好看。

晶瑩剔透的，像南紅珠，紅瑪瑙。

他下意識摩挲著指尖，盯著童淮的耳垂看了很久，也不知道自己在想些什麼。

直到俞問轉過對童淮說話，注意到他，他才移開目光。

俞問蹙了蹙眉，總覺得剛才薛庭落在童淮身上的視線不太對勁，像是要吃人，侵略性很強，讓他膽戰心驚。

可仔細一看，薛庭又恢復了平時的疏遠淡漠，彷彿剛才那一瞬間只是他的錯覺。

趙荀未喝先醉，大著膽子cue薛庭：「我看薛哥成天都在寫題讀書，是不是沒喝過酒？」

薛庭隨意笑了下：「喝過，酒量一般。」

「別怕，」童淮一聽這句話就有精神了，拍了拍他的肩膀，「童哥保護你，他們灌你我幫你喝。」

薛庭抬起眉梢，笑意真切了許多：「那就謝謝童哥了。」
說話間，湯鍋酒水和菜一起抬了上來。
童淮被薛庭一聲童哥叫爽了，肥牛下到鍋裡，撈出來全給薛庭。
趙荀沒搶到，一聲感嘆：「果然是父子情深……」
「你再說一句試試，」童淮把湯匙遞過去，掀起眼皮，「我也送肥牛給你，但不確定會送到哪裡。」
趙荀夾著肥牛，笑著認錯：「童哥我錯了。」
吃了一會兒，墊了點胃，俞問開了瓶啤酒，遞給要喝酒的人。桌上有幾個人喝不了酒，就抬起奶茶。
「敬我們今天的壽星，」俞問舉起啤酒瓶，笑咪咪地看童淮，目光很柔和，「十七歲了。」
童淮順手把手邊的多肉葡萄遞給薛庭，舉起啤酒瓶，在眾人的鼓掌歡呼下，一口豪爽地喝了半瓶。
薛庭無奈地扯了扯嘴角，慢悠悠地啜飲奶茶裡的葡萄。
大家邊吃菜邊喝酒，沒多久，陳源就不太行了，趕緊求饒：「等一下，重頭戲還沒上呢，別先把我灌倒了。」
話音剛落，包廂裡燈光一暗。
大家都愣了愣，摸不著頭腦。
包廂門被打開，工作人員慢慢推著推車走了進來，上面是個漂亮的大生日蛋糕，邊上堆簇著精緻的鮮花與禮物。

趙苟愕然，拉著陳源悄悄問：「我們預定的排場好像沒這麼大吧？」

童淮看清了推生日蛋糕進來的是誰，也嚇了一跳。

商場經理！

然而經理似乎沒認出童淮，微笑著朝大家道：「聽說今天這一桌有位客人過生日，本店特地送上生日蛋糕和禮物，本桌優惠打五折，加菜免費，酒水全免。祝這位小同學生日快樂，健健康康，心想事成。」

說著，經理悄悄朝童淮擠了擠眼，留下蛋糕，不多打擾。

童淮愣了愣，下意識拿出手機，果然看到了林祕書的留言。

林祕書：『童先生在開會，中途出來叮囑我，讓那邊經理送蛋糕過去。小淮，生日快樂。（蛋糕）』

林祕書：『他昨天到今天一直在問我能不能將會議和應酬推掉，到剛才還在問我航班資訊。別生你爸爸的氣，他一直記掛著你。』

童淮看著後面這句話，鼻尖一酸，眼眶有點熱。

桌上的空盤被隨後而來的工作人員收了下去，蛋糕擺上桌，插了蠟燭點火，大家回過神，拍手唱起生日歌。

童淮趁其他人不注意，悄悄擦了擦眼角。

隱約間，他察覺到薛庭似乎注意到了他的動作。

他有點緊張，害怕薛庭多問，不知道該怎麼回答。

半晌，薛庭平靜地撇開視線，什麼都沒問。

唱完生日歌，趙苟催著童淮許願。

童淮閉上眼，也不管有用沒用，劈裡啪啦許了好幾個願望。

希望明年童敬遠能陪他過生日。

希望薛庭能儘快找回他女朋友。

希望在座各位都能做想做的事，或者考上心儀的學校。

雨露均沾都照顧到了，童淮睜眼，吹滅蠟燭，笑咪咪地切蛋糕給大家。

蛋糕做得很精緻，明顯是私人訂制，上面的雕花小人都是精心雕出來的，奶油不膩，入口即化，比普通蛋糕店買來的好吃好幾倍。

眾人老老實實吃蛋糕，不扔蛋糕抹奶油，覺得邋遢糟心又浪費，大家都是精緻人。

吃到一半，趙苟想起什麼似的，跑去打開燈，掏出手機，招呼大家合照。

童淮是壽星，頭上戴上紙王冠，被簇擁在中間，左邊摟著懶散沒什麼表情的薛庭，右邊摟著飛快找角度裝酷的俞問，拍了好幾張。

趙苟感嘆一聲真上鏡，傳到微博和好友動態。

吃完甜的，還有辣的火鍋可以吃，正好中和一下。

眾人也紛紛掏出準備好的禮物，新出的遊戲機、隱藏款盲盒、精緻的小胸針、CD唱片，童淮收得開心，然後用手肘打了下無動於衷的薛庭，狐疑地問：「你不會真給我準備了一套五三習題吧？」

薛庭撈了片牛肉，慢條斯理地嚼著：「你說呢。」

「……」

害怕。

吃得差不多了，就開始專注喝酒。童淮在密室逃脫裡是渣男，被敏紅集火攻擊，在桌上是主角，又被所有人歡樂灌酒。

在這種氣氛下，不喝酒的人也忍不住喝了幾杯，沒多久全醉了。

童淮也醉了。

平時那麼吵鬧的人，醉了倒很安靜，雙手放在膝蓋上，乖乖坐得筆直，呆愣地睜著眼，別人逗他就打個小小的醉嗝，然後抿著淡紅色溼潤的唇，用雙水汪汪的眼睛盯著人，眼神乾乾淨淨，清澈得一眼可以望到底。

看得人罪惡感都要冒出來了。

偏偏又越看越讓人想欺負。

薛庭慢慢喝完奶茶，見其他人禁不住地還想灌他，起身擋下。

滿桌人都以為他不會喝酒，哪知道啤酒混白酒，兩杯下肚，他還面不改色，一點醉意也沒有。

趙苟遲鈍地反應過來，同情地看了眼醉得傻乎乎的小童同學。

跟朵小白花一樣，還替人擋酒。

你旁邊那個明明在扮豬吃老虎啊！

最開始起哄的俞問也被灌醉了。

混混老大在學校裡沒人敢惹，同坐一桌，大家才發現他意外的好相處，反正比貌似溫和實則冷淡的大神好招惹，大家灌倒童淮後，不敢灌薛庭，都盯上了他。

俞問迷茫地睜著眼，明明童淮就坐在他隔壁，還胡亂伸手在半空中亂抓：「淮寶呢，我帶他回家，快天黑了。」

他聲音含糊不清，只有薛庭聽到了。

帶童淮回家？

這兩人的關係似乎比他想像的親近得多。

薛庭頓了頓，轉過頭，眼神暗沉：「天已經黑了。」

俞問愣了下：「那可不行。」

「為什麼？」

俞問：「童淮怕黑。」

突然聽到自己的名字，乖乖仔一樣坐了好久的童淮不高興了：「我不怕了。」

俞問抓了抓頭，似乎在回憶，半晌「哦」了聲：「好像是不怕了。」

然後就放心地趴在桌上醉倒了。

沒來由的，薛庭心裡被什麼又細又尖的東西扎了下。

隨後泛上細密的、說不清是什麼的情緒。

童淮以前為什麼會怕黑？

因為家裡沒人？

心裡那點若有若無的不快在持續發酵，薛庭閉了閉眼，猜測到一切的緣由。

童淮長大了，過了理直氣壯怕黑的年齡，所以不怕了。

桌上其他人也差不多都醉了，哼哼唧唧地說起醉話。

「嗚嗚，我作文偏題了，完了，星哥要對我失望了……」

「我媽說段考考不好就沒收我的遊戲機……」

「幹，這個大喜的日子就別說考試了好嗎，想想就頭疼。」

「什麼大喜的日子啊，我們童哥是過生日又不是嫁人。」

「國慶的作業好多啊嗚嗚嗚嗚……」

「你哭什麼！作業有什麼大不了，我才該哭，我今早在考場看到我喜歡的女生給別的男生送早餐，我失戀了!!」

「你這算什麼，我喜歡的女生為了躲我，跟我說她喜歡女生，我都想籌錢去做變性手術了。」

桌上醉態千奇百怪，有幾個醉倒的睡得很香，剩下的全在亂嚎。

這是個想哭就哭，想笑就笑，想交朋友就交朋友，想談戀愛就談戀愛的年紀，一切感情都很純粹，少有雜質，沒有大人世界的虛偽，也沒有刻意的逢迎。

一群人裡，還清醒著的只有薛庭、呂子然和林談雅，呂子然和林談雅無奈地對視一眼：「這群醉鬼。」

呂子然是班長，習慣對所有同學負責，站起身：「小雅，你在這裡看著他們，我和薛庭把男生送下去叫車吧。」

薛庭沒什麼意見，「嗯」了聲，跟著呂子然一個一個把人架下去。都是同學，也沒徹底醉倒，問到住址送回家也不難。

搬完除童淮以外的其他男生，剩下幾個女生由林談雅和呂子然各自送回去。

薛庭扶起還在那乖乖坐著的童淮，後者正一口一口緩慢喝著他離開前隨手塞過去的奶茶：「這個我送回去。」

「那童淮就麻煩你了，到家麻煩報一下平安。」呂子然笑了笑，點點頭，帶著人先走一步。

童淮沒背書包，幸好禮物都不大，薛庭把東西全部收進自己包裡，帶著童淮出了商場。

已經過了九點，夜幕流水般傾倒覆蓋了天空，在城市裡仰望天空，只能看到高聳的高樓大廈與縹緲的雲層，望不到星星。

這一帶繁華如水，此時正是高峰時段，熙熙攘攘，車水馬龍，霓虹燈照耀著整座城市，被碾碎在地上的微光依稀倒映出熱鬧喧囂。

看到那麼多人，童淮條件反射地往薛庭身邊靠了靠，茫然地抓住了他的袖子，眼眶被風吹得微紅：「抓緊點。」

「嗯？」薛庭沒聽清，靠近他，「什麼？」

童淮真的醉了，神智不太清醒，嘟囔道：「抓緊點，別弄丟我。」

你知道你在說什麼嗎？

薛庭垂下眸光，片刻，微涼的手指在他臉頰上戳了下，依言將他往懷裡收了收：「好，不會弄丟的。」

「你還沒祝我生日快樂，」童淮說一句忘一句，又不滿地嘀咕，「唱生日歌時你偷懶了，當我沒注意到嗎？」

醉得自己叫什麼都忘了，這個倒記得清楚。

薛庭覺得好笑。

男生垂下目光，看了片刻懷裡臉紅紅的小孩，嘴唇動了動。

這個年紀的少年多多少少都有這個通病——越是簡單直白的承載祝福與情誼的話，就越是不好意思說出口。

好像只要一張口，固守的驕傲就會原地潰散，灰飛煙滅。

而且還是在人來人往的大街上。

好在童淮也沒揪著不放。

醉後的童淮沒那麼話癆了，對外界也沒什麼興趣，抿緊了唇角，一手抓著薛庭的衣領，捲翹的長睫毛也低垂下來，是一個充滿自我防禦、與他平時那副沒心沒肺的樣子完全相反的姿態。

薛庭突然明白許星洲為什麼說他和童淮很像了。

他叫了輛計程車，回望臻區。

童淮老老實實坐了一路，快到街口時，突然摀著嘴，皺眉戳了戳薛庭：「快停下來，想吐。」

司機一聽，趕緊停下車。童淮連蹦帶跳下車，轉來轉去沒找到垃圾桶，哭喪著臉：「不吐了。」

薛庭：「……」

看不出還滿有公德心。

童淮也確實不想吐了，但車走了，他卻不想走了。

他蹲在地上，委屈得要命，今天走了太多路，腳疼：「不想走路。」

薛庭就站在他身邊，在來來往往的注視裡，淡定地按了按他頭頂翹起的一縷捲髮：「那你怎麼回去？」

「你揹我吧。」童淮仰起臉，像個小孩一樣討好地朝他笑，伸出雙手，像是早就準備好了這個說辭，眼睛亮亮的。

薛庭和他對視片刻，蹙起眉，後知後覺地發現一件很不妙的事。

……撒嬌的童淮，很難拒絕。

像一罐五顏六色的漂亮糖果，撒歡著滾出來，散發著甜香，積極地邀請人嘗一嘗。

誰能拒絕呢。

意識到這一點，薛庭臉上的表情逐漸消失，有點微妙的不爽。他傾身和眼巴巴的童淮對視片刻，冷著臉把他拉起來，放下書包給他揹上，然後背對著他彎下腰。

童淮立刻趴到他背上，雙腳離地，享受地瞇起眼。

臨嵐市已經開始降溫，夜晚沒那麼燥熱，涼涼的風吹在額頭上很舒服，他頭一點一點的，幾乎要沉沉睡去。

就在薛庭以為他已經睡著的時候，童淮突然輕聲開口：「我以前很討厭國文。」

他醉酒後說話有些含糊不清，語氣軟綿綿的，像棉花糖，又輕又軟。

討厭什麼?俞問，還是國文?

薛庭側耳，揚起眉。

他個人比較傾向前面那個。

「國小的時候，」童淮睜開眼，喃喃道，「老師總讓我們寫一篇作文。」

「嗯?」

「叫我的媽媽。」

他每次都留了一卷空白，被嚴肅的國文老師點起來，質問他為什麼沒有好好完成作業。

他從不解釋，昂著脖子站在座位上一言不發。

那時候童敬遠還沒把他接回去，從他爺爺奶奶那裡知道這件事，沉默了很久，來看童淮時眼眶微紅。

爺爺奶奶心疼童淮，勸童敬遠給童淮找個新媽媽，免得小孩在學校一直受委屈——小孩子最是純白無瑕，也最懂一臉天真地傷人，總有那麼幾個，會在聽說閒言碎語後，跑到童淮面前嘻嘻哈哈地調笑。

童淮就經常和他們打架。

童敬遠聽完，認認真真地和年齡尚小的兒子談話，問他想不想要個新媽媽。

父子兩很有默契。

他們都是念舊長情的人，一個不想要新妻子，一個不想要新媽媽，寧願固執地守著別墅後面那座不再有女主人的花園，還有經年陳舊的家庭錄影帶。

童淮還模模糊糊記得，那天童敬遠抱著他，對爺爺奶奶說：「寶寶的媽媽是我花光運氣才遇到的，這輩子也就這麼一次，沒有第二次了。」

薛庭的腳步一停，先前在火鍋店聽到俞問的醉語時的那種細密、讓人喘不過氣的情緒又壓在心口，酸澀柔軟。

他的聲音柔和下來：「不會再有那種題目的作文了。」

「嗯。」

大概是在桌上聽其他人抱怨時提到了作文，童淮才突然想到這麼一樁陳年舊事。

他闔上泛酸的眼皮，整個人像飄在一片海裡，隨著波浪起起伏伏，不知不覺間，意識慢慢下沉，陷入沉睡。

下車的地方離童淮家不遠，薛庭走到他家樓下，想叫童淮，卻發現他已經睡著了。

就這麼把童淮一個人放在家裡，好像不太安全。

新聞上，每年因為醉酒的嘔吐物窒息而死的人不在少數。

薛庭沉思片刻，望了眼遠處的公車站。最後一班車正停在那裡等待，但後面有截路最近在修整，不太平穩，顛簸得厲害。

他抿了抿脣，收回目光，動作很輕柔地將童淮往上托了托，揹著童淮，繼續一步一步往前走去。

安靜的路燈照亮黑夜，燈光拖長了他們的影子，再一盞接一盞，延展至望不到盡頭的模糊邊界。

他突然想起童淮的那句抱怨。

周遭沒有人，越往裡走越僻靜。

背後的人也已經睡著了，呼吸清淺地蹭過他的頸邊。

薛庭低下雙睫，聲音很輕：「生日快樂，寶寶。」

夢中的童淮覺得自己趴在一片羽毛上。

風很溫柔，揹著他的人也很溫柔。

第九章

童淮醒來時，已經是第二天中午了。

灼熱的陽光從窗簾縫隙中擠進來，灑在眼皮上，他迷迷糊糊睜開眼，被陽光晃到，抱怨：「老童你怎麼又拉我窗簾……」

嘀咕完了，眼前漸漸清晰，看見是個陌生的房間，他猛然坐起來。

搭在身上的薄毯滑落下去，童淮迷茫地左右看了看。

這個房間的空間不是很大，床、簡易書架、書桌和衣櫥占了大半空間，但因為收拾得整整齊齊，也不顯得逼仄擁擠。

身下的床不算軟，但也不硌人，被子和床單都是冷淡的灰色，有股熟悉的好聞氣息。床邊是書桌，上面堆疊著幾摞書和試卷、習題本，對面的房門上有個鏢靶。

和童淮亂糟糟的狗窩不一樣，這是個井然有序的房間。

就是生活氣息不濃。

童淮腦袋有點疼，眨了眨眼，隱約想起了昨晚的事。

他喝到一半就醉了，然後薛庭送他回來，之後的事都記不清了。

所以這是薛庭的房間？

童淮很有領地意識，房間只讓童敬遠、爺爺奶奶和俞問進去，進去前還得打招呼，得不到允許也禁止入內。就連照顧了他幾年的陳阿姨，也只能一週去打掃清潔一次。

雖然說不上來，但童淮有種小動物般敏銳的直覺──薛庭和他一樣，也是個很注重私人領域的人，不會允許其他人隨意進入自己的房間。

嘿嘿。

他坐在床邊，腦袋還不太清醒，晃了晃腳，有點說不出的開心，低頭看到地上有雙拖鞋，穿上後在屋子裡到處打量。

薛庭開門時，正好看見走到門邊的童淮：「醒了？」

童淮老實回答：「醒了。」

薛庭指了指隔壁：「去洗漱，牙膏牙刷毛巾都準備好了，洗漱完下來吃飯。」

「哦。」

童淮迷糊時很聽話，往門外走，薛庭卻沒側身讓開。

他過不去，疑惑地抬起眼。

和薛庭狹長幽深的眼睛不同，童淮的眼型和他母親相似，眼角稍圓，弧度柔潤，從這個角度看人，總帶著點懵懂無辜。

……看著就很軟很好欺負。

薛庭心裡像被羽毛頂端輕輕蹭了下，忍不住想欺負他。

他伸出手，將童淮稍長的劉海掀起來，往頭頂按了按：「不嫌遮眼？」

然後折身下樓。

童淮納悶地看了眼這個莫名其妙的人，沒發覺不對，走進隔壁浴室。一照鏡子，就發現自己劉海被捋上去，別了枚亮晶晶的粉色髮夾。

童淮清醒了。

往男人頭髮上別這個？什麼毛病！

童淮把髮卡一把扯下來，飛快洗漱完，氣勢洶洶地下樓，拿著證物要找嫌疑人興師問罪。

薛老爺爺已經坐在飯桌前了，見童淮下來，投來關切的目光：「小童醒啦，喝了那麼多酒，頭還疼不疼啊？」

童淮即將膨脹的小宇宙一秒縮回：「爺爺好。不怎麼疼了。」

薛庭端出最後一盤菜，聲音含著淡淡嘲諷：「爺爺，你誤會了，他喝得不多，就是菜。」

童淮薄怒：「白眼狼，我是替你擋酒！」

薛老爺爺原本笑呵呵的，聽到這句話，疑惑地看向孫子，用眼神詢問：你還需要他替你擋酒？

噓。

薛庭不著痕跡地朝老爺爺使了個眼色，狀似真誠地道歉：「嗯，你不菜，你特別厲害。」

說是道歉，更像哄人。

不過童淮向來好哄。

得到安撫，他咕噥著坐下來，薛庭坐到他旁邊，把手邊的綠豆解酒湯推過去。

宿醉之後腦袋還疼著，童淮這回是真的乖下來了，安靜地埋頭喝湯。

薛老爺爺眼角帶著笑紋，沒留神地開口：「以前薛庭他爸爸也……」

剛起了個話頭，老爺爺猛然住口。

童淮動作一頓，看向聽到爸爸兩個字後，臉色冷淡下來的薛庭。

他還是第一次見薛庭露出這種臉色。

薛庭像一汪湖水，湖底沉著堅冰，表面浮著虛幻的平易近人，總是不動聲色又從容不迫。

而此時，他的眉梢眼角含著隱隱的、掩飾不了的不快與抗拒，像是底下那層堅冰浮了出來。

薛老爺爺像是做錯了事，低聲叫：「小庭？」

「沒事，」不過半分鐘，薛庭又平靜下來，似乎方才臉上的波瀾只是童淮眼花，瞥了眼童淮，「愣著幹什麼，要我餵你？」

童淮重新動起筷子，頗為食不知味。

他突然意識到，薛庭不提父母，緣由可能比他想像的要複雜。

但是薛庭不會告訴他。

吃到一半，童淮重新活躍著飯桌上的氣氛。老爺爺胃口沒年輕人好，仍陪著他們吃完，才揹著手，去庭院裡散步。

老人家的身體比不上年輕人，他的腿到現在還沒完全好，依舊被薛庭禁足，每天只能在庭院裡散步解悶。

童淮有暑假打工的經驗，跟著收拾了下餐桌，看薛庭戴著手套洗完碗，這才從口袋裡把那枚粉色髮夾拿出來：「這是什麼？」

薛庭洗完後，擦擦手：「生日禮物。」

「蛤？」

「感覺跟你很搭。」薛庭回頭一笑，眉眼間是毫不掩飾的揶揄。

搭個屁。

童淮把髮卡砸回他懷裡，決定看在昨晚的份上不跟他計較：「我回家了。」

薛庭擦完最後一個碗放下，站在廚房門口沒說話，看童淮即將越過自己，突然伸了伸腿。

童淮猝不及防被他絆了下，朝前傾倒，慌忙中一把抓住薛庭衣領，腰被托住，整個人轉而倒到薛庭懷裡。

還沒來得及發怒，薛庭插在另一個口袋裡的手動了動，將裡面的東西拿了出來，遞到童淮眼前。

「不生氣，嗯？」

低沉的嗓音落在耳邊，童淮下意識接過，定睛一看。

是他喜歡的歌手的演唱會門票。

位置不錯，離舞臺近，兩張，連號。

薛庭抱著手，眼裡帶著一絲不易察覺的笑，歪著頭看他。

童淮：「……」

不瞞您說。

其實我是VIP貴賓座。

……世事無常，人生離譜。

童淮欲言又止，心裡沉甸甸的，覺得像是托著薛庭那三輛被偷的腳踏車。

演唱會門票早幾個月就賣完了，一票難求，找黃牛收肯定很貴，這兩張還是好位置。

薛庭肯定花了不少錢吧。

這要是俞問也就算了，是薛庭的話……

見童淮盯著門票不說話，薛庭從容的姿態收起，不太確定他是高興還是什麼。

他略蹙了蹙眉，思考是哪裡不對。

前幾天他看到童淮發了演唱會倒計時動態，一副很想去現場的樣子，又點進童淮的主頁翻了翻，發現童淮發過很多條跟那個歌手相關的動態。

演唱會門票，對於小捲毛來說，應該太貴了點。

所以他才找有門路的朋友買票。

找的時間，薛庭順口提了一句，是這邊認識的小朋友喜歡。

對方卻誤解了他的意思，直接郵來兩張門票。

還寫了明信片表示祝福：『薛哥您是什麼人，追人還不是手到擒來，祝您看完演唱會，成功抱得美人歸！』

「謝謝啊，」童淮勉強壓下滿腔的複雜情緒，打斷了薛庭的回想，「花了你不少錢吧。」

薛庭怕他有壓力，實話實話：「不多。」

甚至沒花錢，白送的。

童淮頓時又有點微妙的感動。

唉，還說他要面子呢，這不是也嘴硬不承認嗎？

他思考了一下，想著可以找個機會等價回禮，想完，把一張票塞到薛庭手裡，收好另一張：

「那明天我們一起去看演唱會吧。」

薛庭沒想過去看演唱會，聞言一愣。

轉念一想，票是他送的，他不去誰去？

俞問？

想起昨晚俞問的醉話，薛庭心頭浮上淡淡不爽，慢慢點了點頭。

「那我們明天下午早點去，演唱會在隔壁市，要先坐車過去。」童淮笑起來，臉頰上有淺淺的酒窩，「謝了。」

「嗯。」

童淮跟老爺爺打完招呼，提起裝好的生日禮物，滿載而歸地回家。

回老屋坐下後，童淮趕緊把手機拿出來充電。

開機後螢幕一亮，跳出幾個未接來電，是童敬遠的。

看時間，童敬遠大概是昨晚大家喝酒時打來的，他調成靜音沒注意到。

雖然醒酒了，但宿醉後的疲憊困頓還在，童淮懨懨地打了個哈欠，先回了通電話，沒打通。

老童大概在工作。

童淮又點進微信，發現童敬遠給他傳了幾條則息。

上面幾條沒什麼營養，不是問他在幹嘛，就是讓他少喝點，最後一條是凌晨兩點發來的，是支短影片。

童淮疑惑地點開。

影片背景顯然是在某個辦公室裡，童敬遠穿著正裝，打著領帶，坐在辦公桌前。

嚴肅得像是隨時能上談判桌的童總突然雙手闔十：「寶寶，爸爸錯了，明年就算公司破產，爸爸也要回來給你過生日。不要不理爸爸，好不好？」

童淮：「……」

童淮愣了幾秒，才想起自己昨天好像是傳了句氣話，要童敬遠雙手闔十拍短影片謝罪。

他的嘴角抽了抽，沒忍住拍床狂笑起來，笑了幾分鐘，勉強壓下笑意，抹著眼角淚花，回了個頭戴小粉花、抱臂冷哼的小黃雞貼圖過去。

童敬遠這回在了，立刻打來視訊：『寶寶，不生氣了？』

童淮哼哼唧唧：「態度還算誠懇，勉勉強強原諒了。」

童敬遠笑：『我們寶寶就是大度。』

「你不教訓我在外面喝醉酒嗎？」童淮狐疑地問。

童敬遠：「剛取得原諒，不敢造次。」

說完，父子倆都笑了。

開開心心地聊了一段時間，視訊掛斷後，童淮心底最後那點小埋怨也煙消雲散了。

翌日，童淮一覺睡到十點半才醒，沖澡後換上衣服，去老柴那裡吃飯。

柴立國見到熟悉的人影，「呦」了聲：「稀客啊。」

童淮眼巴巴：「稀客想吃豆角燜麵。」

柴立國搖搖頭，直嘆一個男孩子撒嬌怎麼這麼熟練，嘴上嫌棄著，動作卻很麻利，很快上了份豆角燜麵。

童淮惡習難改，邊吃邊玩手機，估算著時間差不多了，傳訊息給薛庭：『**你餵貓了嗎？**』

薛庭回得還挺快：『**剛出門。**』

童淮三兩下吃完最後幾口：「柴叔我先走了啊，錢轉你微信了。」

沒等柴立國說話，他拔腿就跑。

巷子離柴記餐廳比較近，童淮先到，蹲在巷口等了片刻，聽到一聲清脆的腳踏車鈴聲。

薛庭停到巷口，垂眸看了童淮一眼，遞來一根冰棒：「蹲在這等著被領養？」

「那隻惡霸貓太兇，我一個人不敢進去。」童淮咬著冰棒含糊道。

薛庭看他的樣子，嘴角淺淺勾起，在抗議聲裡揉了揉他細軟的頭髮，推著車往裡面走。

在天氣徹底變冷前要安置好這幾隻小貓，找到領養人——薛老爺爺對貓毛過敏，不能接過去。

童淮自己都照顧不好，更別說貓了。

童淮在微博發布了領養資訊，可惜一時半刻還沒人來問。

走到小貓們當窩的垃圾桶邊，童淮蹲下來，熟練地「喵」了聲。

三隻小貓認得他，依次鑽出來，最後是兇巴巴的小花。

童淮咂嘴，苦口婆心：「小花，你這麼兇，是嫁不出去的。」

薛庭：「……」

「做一隻溫柔賢惠的小貓咪，我們也比較容易為你找主人啊。」童淮說完，又被小花鄙視地看了眼，非常不開心，「你這貓怎麼這樣。」

薛庭拎著他後領把他提起來：「再念下去當心牠撓你。」

童淮聽完，臉色卻詭異起來，看看薛庭，又看看貓，看看貓，再看看薛庭：「薛哥，你有沒有發現，它雖然很兇，但是從沒衝我亮過爪子耶。」

薛庭疑惑：「？」

「這種屬性，統稱傲嬌，」童淮藏著點壞心思，「婷婷，你不覺得和你很像嗎？」

雷點被反復踩踏，薛庭輕吸一口氣，決定看在童淮幫他擋過酒的份上，不跟他一般見識，面無表情：「走了。」

餵完貓後分道揚鑣，下午三點，兩人又靠到了一起，坐地鐵到高鐵站，買票去隔壁市。

演唱會七點半開始，提前一小時檢票，童淮拽著薛庭在附近逛了一圈，過去時時間剛好。

入場坐下後，童淮依依不捨地望了眼VIP貴賓座，再次深刻理解了什麼叫自作自受。

現實也真是奇怪。

跟薛庭的關係越好，他就越不敢主動戳破謊言。

演唱會持續了將近三個小時。

兩人從裡面出來後，童淮就收到了俞問的訊息。

一條夢想當海王的魚：『我靠，兄弟！你紅了！』

有坐在附近的粉絲偷拍了童淮和薛庭。

童淮喜歡的這個歌手叫沈霽，近幾年崛起，男團出道，皮相驚豔沒得挑，因此常被黑粉詬病只能用臉吸引小女生。

粉絲大概是想證明偶像的魅力，拍了影片，傳到微博上：『**來看演唱會遇到兩個帥哥，看看我們家男粉的顏值!!（憧憬）（憧憬）（憧憬）**』

影片有半分鐘，鏡頭晃動著對準了不遠處的童淮和薛庭。

兩人穿著應援T恤，滿身蓬勃欲出的少年朝氣。童淮興奮地朝薛庭說話，後者靠著椅背，神色無波無瀾，只偶爾點頭當作回應，不久似乎是被吵得不耐煩了，抬手按住他腦袋，轉向臺上。

微博是一個小時前發的，已經有三四千轉發量了，留言還在飛速飆漲。

俞問附贈下面的網友留言截圖：

『**看著好嫩，還是高中生吧，沒事，姊姊不嫌你們小，姊姊等你們長大!!**』

『**捲毛小帥哥旁邊那個煞到我了，好像我高中的初戀。**』

『**你們不覺得很有CP感嗎，感覺高冷小帥哥好寵捲毛小弟弟哦。**』

『**我也覺得！捲毛小弟弟一說話，高冷小帥哥就認真聽，最後不耐煩了薅了他一下哈哈哈哈，我的媽，看得我心臟驟停。**』

『**?這不是我們學校的名人嗎！（照片）（圖是從他們班同學微博偷的，不妥刪。）**』

『**校服，夏天，清清爽爽的男生……年輕真好啊，我又懷念起高中生涯了**』

『求微博！姊姊可以。』

『求個屁微博，求學校，姊姊這就考去你們學校當老師！』

『……樓上太硬了。』

童淮被熱情的網友嚇到了。

他目瞪口呆地翻了翻俞問給他傳來的其他截圖，並沒有絲毫被關注的快樂。

以薛庭的脾氣。

看到這些，可能會掐死他。

緊接著，俞問也發來死亡提問。

一條夢想當海王的魚：『等等，你怎麼和薛庭去演唱會不跟我去，我不是你最愛的小魚兒了嗎??』

童淮：「……」

小魚兒人畜無害，身邊這位比較難搞。

兩人正隨人潮退場，周遭都是興奮感未退的粉絲，嘈雜不休，摩肩擦踵。

薛庭又想起那晚離開商場後，在人來人往的大街上，童淮軟軟的、撒嬌似的醉語。

他垂眸盯了幾秒童淮毛絨絨的髮頂，不動聲色地抬起另一隻手，悄無聲息地將童淮護在懷裡，儘量不讓其他人碰到他。

隨即就聽到懷裡傳來聲帶著點討好的：「薛哥。」

一聽這稱呼就知道沒好事。

「……你最近別上網可以嗎？」

看。

薛庭低下頭，和顏悅色地與滿臉期待的童淮對視片刻，以迅雷不及掩耳之勢，拿出手機低頭看。

他身後總是空蕩蕩的，在原來的學校也沒幾個關係親近的人，大概是天生就冷淡疏離的氣場格外推拒人，同處幾年的同學在他面前也有些畏懼，更別說像童淮這樣，和他勾肩搭背地說笑。

轉學以後，唯一還有聯繫的，只有一個國高中都同班的同學，名叫李一修。

同時也是幫他弄來這兩張演唱會門票的人。

微信提醒被關了，螢幕一亮，就彈出十幾條李一修的訊息。

李一修：『薛哥！進場了嗎？』

李一修：『薛哥！到手了嗎？』

李一修：『我靠薛哥你紅了！我關注了一下演唱會，然後就在微博首頁滑到你了！』

李一修：『薛哥我嫂子怎麼是個男的⁇』

李一修：『你只是轉個學而已，爲什麼還轉了個彎⁇』

好了。

不用多看，薛庭就大概知道是怎麼回事了。

他心平氣和地掃了一眼李一修傳來的截圖，點開另一個連絡人，單手點著螢幕，飛快打了幾個字。

隨即收起手機，牽著童淮遠離人潮。

童淮忐忑不安：「那個……」

薛庭以為他在擔心會帶來其他影響，隨口安慰：「別怕，這種熱度不用一天就會退燒。」

童淮也把事情簡短告知了林祕書，拜託他處理，見薛庭沒惱火，悄悄鬆了口氣：「嗯嗯。」

兩人邊沿著街道走，邊試圖叫車。

薛庭不生氣，童淮就慢慢顯露出了得意的模樣：「還是因為我長得太帥。」

薛庭眼底滑過一絲笑意：「嗯。」

「你也不錯。」看他配合，童淮興致高漲，賞臉的跟著誇了句。

「謝謝。」

童淮滑了滑手機，觀察最新情況：「我靠，你不玩微博的吧？老狗之前傳了生日照片，被找出來連帶著翻出了我的微博，漲了好多粉。」

說到這裡，他聲音突然一頓，像是想到了什麼有趣的事，眼睛明亮，喜滋滋的神色裡夾雜著一絲小小的羞澀，指著自己的臉，含蓄開口，「薛哥，你看我有當網紅的潛力嗎？」

「……」

薛庭彎下腰，抬起他的下頜，半瞇著眼，仔仔細細看了片刻，給出評價：「硬件不錯，軟件不行。」

「啊？」

「建議大腦回爐重造。」

這嘴真毒。

童淮氣得夠嗆，悶悶地踢他一腳，關閉響個不停的粉絲提醒。

兩人不打算在這裡多逗留，走了許久，總算到了一條不那麼擁擠的路，叫車去了高鐵站，在凌晨前回到了臨嵐市。

薛庭盡職盡責，把小孩送回家。

童淮剛要進樓道，有所感應，轉頭看了眼。

薛庭沒走。

他站在昏暗的路燈下，背光的臉龐五官深刻，一手插在口袋裡，咬著他硬塞在他嘴裡的棒棒糖，見他回頭，隨意揮了揮手。

童淮眼睛彎彎，心情很好，轉身鑽進樓道。

等二樓的窗戶亮起暖黃的燈光，薛庭慢慢咬碎口中的糖——柳丁汽水味。

他收回視線，手插在口袋裡，徐徐步入深沉的夜色盡頭。

童淮打開窗戶，張口想喊怕擾民，便趴在窗臺上，像薛庭看著他回家一樣，盯著他漸行漸遠的背影，直到消失。

他拿出手機，給薛庭傳了條微信。

不捲很直：『晚安。』

過了半分鐘，薛庭回了個「嗯」。

正如薛庭所說，這種一時的熱度降得很快，尤其是在某兩家人干預後。

第二天醒來，基本就看不到消息了。

唯一受到影響的，就是童淮的微博——此前掛出去沒人理的流浪貓領養微博，咨詢的人數一下子多得數不清，私訊也塞滿了。

童淮想著這也算因禍得福，粗略看了看私訊，堪稱五花八門，千奇百怪。

明裡暗裡勾搭的、問他有沒有意願簽公司當網紅的、傳奇奇怪怪的圖來的變態被他憤而變態回去的、正兒八經諮詢領養的，什麼人都有。

他花了幾天時間，時不時跑去薛庭家蹭飯蹭輔導，一起篩選適合的人。

篩選得眼睛都要廢了，才選定了十幾個符合條件、看起來還不錯的人選。

不過在童淮確定好名單去找薛庭商量前，段考成績先一步出來了。

許星洲把成績排名表傳到群組，傳了個撒花的貼圖，看得出心情很好：『**這是本次段考的狀況，下次是四校聯考，繼續加油。**』

童淮盯著成績單，緊張地咽了咽唾沫，不太敢點進去。

他深呼吸，起身跑去廚房，倒了杯牛奶，「噸噸噸」地喝完壯膽，盤腿坐到沙發上，一抹唇角牛奶漬，點開文件。

最頂上的年級第一映入眼簾，不出意料，還是薛庭，分數很漂亮。

難怪星哥那麼開心。

四校聯考是一中、二中、三中和附中，本市最好的四所中學。

三中重點是文組，年年聯考前十裡能占一半，理組向來墊底，能有幾個人擠進前二十都算超常發揮，一眾理組老師恨得咬碎銀牙。

今年來了個薛庭，說不定能一雪前恥，不再默默無聞。

上下領導和老師們一致認為，殺進前三不敢想，但前十總該有三中理組的一席之地了。

童淮很有自知之明，知道前面翻不到自己，索性點開搜索，輸入自己的名字，進行跳轉。

段考成績緩緩滑入眼簾。

姓名：童淮

國文：93

數學：66

英文：109

自然：159

總分：427

年級排名：367

童淮心跳加速，額頭都在冒汗，手指抖了抖，睜大眼，反反復複確認了好幾遍。

上升了一百五十名！

這個分數，再努力努力，就能到二本[2]的分數線了！

他數學和自然幾乎沒聽過課，接近零基礎，靠薛庭一個月的輔導，居然真能從十幾分的邊緣爬起來。

而且他比其他差生多了個天然優勢，有科作弊似的英文——得益於爺爺奶奶對童敬遠恨鐵不成

2　大陸大學分一本二本三本，是以錄取的批次來區分，又因第一批次錄取都是名牌大學、第二批次錄取略差，來區分優劣。一本大於二本大於三本。

鋼，帶他出國住的那幾年，雖然動筆比口語聽力弱得多，但要學起來也容易。

盯著這個分數和排名發了一分鐘的呆，童淮反應過來，急促地喘了一口氣，第一件事就是撥通了薛庭的電話。

這還是童淮第一次主動給薛庭打電話。

電話響了一聲就接通了，彷彿對面的人在矜持地等著他。

童淮沒發現不對，興奮地叫：「薛哥！你看到我分數了嗎？」

「嗯，」薛庭嗓音沉靜，嗓音含著淡淡笑意，「和我預估的差不多。」

童淮一句「我好厲害」剛要衝出喉嚨，猛然想起這位接近七百的分數，清咳一聲，硬生生換了個主語：「你好厲害。」

薛庭不置可否：「題目不難。」

他的笑意明顯了許多，語氣堪稱愉悅。

屋裡開著窗，臨嵐市晚上風大，風聲掠進屋中，穿過耳機時，摻雜進淡淡笑聲，童淮腦中閃過模糊影像，覺得這一幕似曾相識，對面的人還說了句什麼。

可惜那點靈光稍縱即逝，他想起還得告訴童敬遠，跟薛庭道別後，回到微信，將成績截圖傳給童敬遠看。

等待老童回覆的期間，三班群裡炸開了鍋，此起彼伏地響起和諧的「哇靠」：

對自己分數的「哇靠」。

對薛庭分數的「哇靠」。

以及對童淮的「哇靠」。

趙荀：『哇靠，我死了。』

陳源：『哇靠，薛哥厲害。』

齊明勇：『哇靠，童淮成精了。』

一串點點後，眾人注意到童淮的成績。

於是一群人開始洗版「哇靠，童淮成精了」。

不捲很直：『……』

許星洲這個班導非但不管，反而跟著湊熱鬧：『**小童表現很好，爭取下次繼續讓大家哇靠（鼓掌）**』

下面繼續跟著複製「小童表現很好，爭取下次繼續讓大家哇靠（鼓掌）」。

童淮：「……」

放棄跟複讀機戰鬥。

班級群裡十分熱鬧，其他科老師也進來參與討論。

一年四季只穿裙子、高冷女神路線的數學老師呂參也滿驚喜，難得發言：『**童淮不錯啊，再努力一下就能及格了。**』

童淮翻身，趴在沙發上，都要得意忘形了。

恰好童敬遠忙完工作，看到成績單，立刻打電話過來，又驚又喜：『寶寶，是這次段考的成績單嗎？』

得到肯定回答，童敬遠毫不吝嗇讚揚之詞：『太棒了，進步這麼快，爸爸都要刮目相看了！』聽得出他特別高興。

童淮抱臂靠著沙發，耳垂發燙，鼻腔裡輕微地「哼」了聲。

『寶寶，這次考得這麼好，想要獎勵嗎？』

童淮思索了好一陣子，慢吞吞地開口：「我想要一輛……」

『車嗎？什麼車？法拉利奧迪藍寶堅尼賓利保時捷？』童敬遠得意忘形，一時忘了自己的育兒寶典，忍不住開始溺愛，『爸爸什麼都答應你。』

童淮表情麻木：「……」

老童你完了。

你嚴父的人設崩了！

在一輛輛豪車的誘惑中，童淮不為所動，補充完樸素的願望：「我想要一輛腳踏車。」

童敬遠話音一頓，心裡充滿了落寞和失望：『寶，你會騎嗎？』

「區區腳踏車而已，學兩天就會了，難不倒我。」童淮信心滿滿。

電話那頭小孩的語氣輕鬆飛揚，童敬遠幾乎可以想像到兒子得意的模樣，沉默下來。

別人家的孩子幾乎都會騎腳踏車，只有童淮不會。

因為最開始學腳踏車，需要一個幫他扶著後座的人。

那個人可以是父母，可以是朋友，但他總是不在童淮身邊，倔強的小孩也不可能找其他人幫忙。

『嗯，好，』童敬遠胸腔裡翻湧起一股酸熱的愧疚，握緊了手機，聲音沒有什麼起伏波動，依舊笑著，『等爸爸回來教你。』

童淮不以為意。

看薛庭騎得那麼輕鬆，能有多難，他自己來就行。

何況等童敬遠回來，都是什麼時候了。

聊了許久掛了電話，童淮躺回沙發上，光顧著高興，差點忘記他成功打臉陳梧了。

原本是抱著這個目的才嘗試努力，真成功了，那些發自心底的開心與成就感，反而與目的並無太大關係了。

童淮回到群裡，翻了翻記錄，想看看陳梧說什麼了，意外發現他沒出來發言。

不知道是不是臉疼。

國慶假期轉瞬即逝，假期最後一天，新集結起來的「趕死隊」又在沒有老師的群裡招兵買馬。

童淮近水樓臺先得月，作業提前在薛庭的輔助下完成，在趙苟邀請自己時，拍拍胸脯驕傲地拒絕。

小隊長趙苟面對著曾經的大隊長感到震驚：「我真沒想到，你這個濃眉大眼的人也會背叛革命。」

童淮正在給花澆水，手一撐坐到旁邊窗臺上：「你家和老源家不是很近嗎？讓他教你寫作業不就行了。」

「行什麼行，」趙苟話音悲憤，「他不給我抄就算了，講起題來比他媽的鍾馗還恐怖，沒多久就要滅了我。你體會過的吧？薛哥那樣的人，可能比閻王還嚇人。」

童淮默了默，真摯地說：「對不起，我可能無法感同身受。」

薛庭的聲音很好聽，湊巧童淮一開始喜歡沈霽，就是因為他嗓音好聽。

他講題時，聲音會略低一些，磁性的嗓音很有質感，非但沒有平時的冷淡，反而彷彿藏著一絲溫和。

所以就算薛庭經常滿臉「這道題這麼智障你為什麼比它還智障」，他也沒掀桌而起發動革命。況且薛庭再怎麼臉色不耐，講起題來卻很耐心，會轉換成他聽得懂的解法，剖析得比老師還詳細透徹。

所以童淮暫時還沒體驗過趙荀的地獄經歷。

趙荀：「……我懷疑你在炫耀。」

童淮：「謝謝，我就是在炫耀。」

趙荀翻了個大大的白眼，罵罵咧咧地掛斷了電話。

長假結束，又該上課了。

童淮賴床好幾天，實在沒毅力早起，本來打算晚點去坐公車，不料六點二十就被電話吵醒了。

他懵懵地摸出手機，螢幕上跳動著的名字是薛庭。

對方的聲音一如既往的沉穩清冷：「起床了。」

童淮癟了癟嘴，非常委屈，思想上很想倒頭再睡十分鐘，身體倒是誠實地爬了起來。

陳阿姨擔心童淮一個人在這邊照顧不好自己，三五天來一趟，冰箱裡塞滿了食物。

童淮飛快洗漱完，拿了瓶牛奶，叼著片麵包跑下樓。薛庭戴著耳機，倚靠著路燈柱等待，兩條長腿旁邊，是乖巧等騎的小四同學。

天亮的時間漸漸推遲，這個時間天還黑著，路燈明亮。

童淮覺得這個人簡直喪心病狂：「你不會天天都這麼早起吧？」

「早嗎？」薛庭疑惑的表情竟然絲毫不做作。

童淮噎了噎，默默坐上腳踏車，兩三口將麵包吃了，不和這人說話。

他「咕嚕咕嚕」地喝了幾口牛奶，看到薛庭的耳機，突然有點好奇他在聽什麼歌，做賊一般拽過一隻耳機戴上。

薛庭睨他一眼，沒說什麼。

童淮對這首歌興致缺缺，有一句沒一句地跟薛庭說話：「你明天要去集訓了吧？」

「嗯。」

「我會幫你擦乾淨座位等你回來的。」

歌曲結束，跳轉到下一首，是首英文歌，旋律動聽，陽光飛揚。

童淮又灌了口奶，跟著哼了兩句，戳戳薛庭的腰：「這是什麼歌？」

薛庭沉默片刻：「《Two Is Better Than One》。」

童淮愣了下，心跳莫名漏了一拍。

他含糊地「嗚」了聲，垂下眼睫，慢慢喝著他的牛奶，沒再嘮叨了。

歌曲逐漸接近尾聲，歌手富有磁性的嗓音唱著最後兩句歌詞：

「Two is better than one two is better than one。」

清晨的空氣微涼，腳踏車越過寂靜筆直的街道，穿破晨霧與昏暗的路燈光。

兩人都沒有再說話。

進教室時，童淮一路被圍觀到座位。

薛庭跟在他旁邊，連帶著也被行注目禮，偏頭皺著眉，很想把童淮團一團放進口袋塞好，免得又殃及他這條無辜的池魚。

好在兩人來得不早，早自習鐘聲響起，冷冰冰的呂參走進教室，連趙苟也沒敢轉身說悄悄話。

早自習結束，第一節課是國文。

許星洲拿著列印出來的成績單，提前幾分鐘進教室，滿臉春風——年級前十裡，三班占了一小半，四門科目平均分數第一。

他講了講大致的情況，慢悠悠繼續說：「除了這些，我們班還有兩個第一。」

眾人心領神會，紛紛看向角落那兩位知名人物。

「薛庭年級第一，」許星洲頓了頓，眼神含笑望著童淮，「還有童淮，進步速度第一。」

童淮剛才進教室時臉皮還挺厚，爭分奪秒地跟趙苟吹噓自己時也吹噓得毫不含糊，現在被許星洲當著全班的面這麼說，反倒害羞了，強撐著臉色不變，耳垂悄悄紅了。

薛庭隔得近，托著下頷，觀賞片刻，嘴角彎了彎，心頭跳出兩個字。

可愛。

許星洲沒有浪費太多時間說成績，發下考卷，開始講解。

國文課結束是英文。

這次英文比較難，高分少，童淮懶得背單詞，語法也不太行，全靠外掛，考得不高。年級第一就在班裡，陳梧的臉色卻不太好看。

一節英文課沒什麼波瀾，陳梧既沒有誇獎童淮，也沒挑刺點他起來回答問題。

大課間是跑操場，早上早起了十分鐘，童淮還很睏，跑完想回教室補眠，被呂子然叫住：「童淮，陳老師叫你去趟辦公室……他臉色不太好。」

童淮：「……」

這似曾相識的一幕。

薛庭聽力敏銳，都要走遠了，捕捉到這一句話，腳下一頓，回來抬手按到童淮肩上：「我陪你去。」

童淮猶豫著點點頭。

走上致遠樓，兩人朝高二的教師辦公室走去。

童淮壓低聲音：「我預感他又要發瘋了。」

果然，走進辦公室，就看陳梧一臉風雨欲來。

辦公桌上擺著成績單，他抱著手靠在座椅上，姿態並不平和，見薛庭也跟來了，皺了下眉。

「找我有事？」童淮懶得再跟他客氣。

尊重是互相的，就算是師生也一樣。

陳梧最看不順眼的就是他這副態度，點了點成績單，語氣冰冷：「這次又是怎麼考的？」

童淮還以為他是被打臉不爽了，聽到這句才反應過來——原來是陳梧又懷疑他作弊了！

總有些老師，對學生抱有極度自我的偏見。

童淮也沒想過陳梧會消除偏見，但被三番兩次沒根據地懷疑，他也惱怒了，臉色冷了下來：「就算我是不良學生，懷疑我作弊也要拿出證據，無憑無據地汙衊學生你也不臉紅？有這空在這講屁話，怎麼不去看監視器。」

陳梧的怒火被他一句話點燃：「對你這種學生……」

在他說出難聽的話之前，一道冷漠的女聲橫空傳來，打斷了他的話：「陳老師。」

三班的數學老師呂參推門而入，大概是在門外聽了一陣子，神色不虞：「我聽其他老師說過，上次你毫無根據地說童淮作弊，怎麼，現在又要歷史重演？」

「呂老師，」陳梧皺了皺眉，不太明白她為什麼袒護童淮，「童淮的成績單你看過，每次總分兩百多，這次居然考了四百多分，怎麼可能？」

前段時間，班裡有幾個人準備數學競賽，包括薛庭。

呂參時不時過去發模擬試題，見過薛庭指導童淮，心想這他媽怎麼就不可能了，也不看看他坐誰隔壁，人小孩又不傻。

她掃了圈在辦公室裡休息的老師，各個都張著耳朵在偷聽。

呂參清了清喉嚨，含蓄地把「他媽」兩個字從說辭中刪掉，剛要幫童淮解釋，一直沉默不語的薛庭突然開口：「陳老師不信童淮的分數是自己考的？」

見他開口，陳梧的眉頭皺得更緊。

差生在他眼裡就是沙子，但比起容不下的沙子，他更不喜歡好學生跟差生混到一起。

畢竟比起近朱者赤，近墨者黑要更快也更容易。

童淮不耐煩了，冷笑一聲：「他愛信不……」

「不如這樣，」薛庭上前一步，截斷童淮的話，擋在他面前，「學校的段考考卷肯定有備選，題型基本一致。您要是不信，就把考卷拿來，讓童淮重考。」

合情合理的要求。

附近偷偷聽八卦的老師們紛紛點頭：「老陳，小呂老師說得也對啊，怎麼能無憑無據地懷疑學生？照薛庭說的，讓童淮重考也可以？到底會不會做，是不是自己考的分數，給支筆盯著他寫，不就真相大白了？」

陳梧猶豫不決地瞪著童淮，半晌一咬牙：「行。」

他拿出手機，不知道打電話給誰，沒多久，一個老師送來了幾份考卷。

整整六科，讓童淮全部做完當然不可能，到底是不是憑自己的本事，圈出一些題考一考就知道。

陳梧還有點理智，先排除了童淮一向穩定的國文。

其他科的老師靠過來，對照著電腦上童淮每科考卷的得分情況，「唰唰唰」地在剩下五科考卷上勾了一些題。

「我向校長申請了，你做完這些題再回去。」陳梧把考卷和筆一放，抱著手，彷彿勝券在握。

薛庭不緊不慢地再次開口：「等等。」

所有人的目光又轉到這位年級第一身上。

薛庭的嘴角彎起淺淺的弧度，像是在笑，眼裡卻沒有笑意：「陳老師兩次斷定童淮作弊，把他叫到辦公室當眾責罵，對他的影響很大。要是童淮沒作弊，您是不是該給他道歉？」

陳梧道：「他要是真沒作弊，道歉也不是不行。要真是作弊……」

他頓了頓，「哼」了聲，沒繼續說。

整個過程，童淮沒能插進一句話，只來得及和薛庭對視一眼。

站在他身前的人瞳眸漆黑，眸底的那層堅冰不知何時消融了，他看到自己在薛庭眼中的倒影，像是浸在一池柔和的春水中。

「加油。」

錯身而過的瞬間，薛庭握了握童淮的手，掌心溫涼，感覺跟他本人一樣沉穩冷靜。

童淮心裡安定下來，坐下來拿過考卷和筆，埋頭開始寫。

這幾張考卷上的題目和段考考卷的題型大同小異，很多題甚至這是改了數字。

段考剛過不久，前幾天薛庭還在輔導童淮寫作業，教他答題技巧，況且上節課是英文，陳梧講題時，他不小心聽了一點，英文考卷花費的時間很少。

剩下四張考卷圈起來的題也不算多。

童淮回憶著薛庭教他的，不會的直接跳過，「唰唰唰」寫得飛快。

辦公室外的鐘聲響了又響，上課又下課，熱鬧與安靜交替，陳梧一直盯著童淮。

將近下午兩點時，童淮寫完最後一道化學題，檢查了一下，放下筆，學著陳梧的姿勢，將考卷一放。

看熱鬧的老師們紛紛靠過來，各科老師拿起各科的考卷，拿起紅筆，七嘴八舌地邊討論邊勾畫。

陳梧拿著英文考卷，越改臉色越難看。

其他科的老師也此起彼伏地發出「哇——」、「哦——」、「不錯不錯」的聲音。

童淮翹著腳，晃悠著小腿，慢悠悠等待結果。

大約過了五分鐘，效率極快的老師們檢查完考卷，和善地開口。

「不錯，童淮在段考裡答對的題型，和這張考卷幾乎全部對得上。」

「小童啊，這道題你漏了過程，下次要小心。」

老師們討論完了，默契地看向沉默不語的陳梧，目光隱隱帶有責備，又礙於都是同事，對方又是校長親戚，不好說什麼。

童淮接過一位老師好心遞來的水杯，說了聲謝謝，一飲而盡，歪頭問：「陳老師，怎麼樣？」

陳梧放下英文考卷。

上面童淮答過的題上，全部都是紅勾。

打了漂亮的勝仗。

童淮的心情頓好。

他坐了幾個小時，腿都麻了，站起來說：「應該不用我再證明什麼了吧。」

陳梧的臉色霎時由青轉紅，臉皮緊繃，盯著少年吊兒郎當的高瘦背影，張了張嘴，聲音乾澀：「……對不起。」

還真道歉了？

童淮一愣，沒回頭，平淡地「哦」了一聲，徑直走出辦公室。

不久就要上課了，走道裡卻擠滿了人，全是聞訊趕來看熱鬧的，以三班和原三班的人居多。

見童淮走出辦公室，所有人都盯著他，剛剛還鬧哄哄的走道安靜下來。

薛庭和陳源、趙苟、呂子然、林談雅幾人也等在外面。

童淮一眼就看到了薛庭，故意繃著臉走近，迎著對方氣定神閒的注視，忍不住笑了笑，語氣輕鬆：「贏了。」

眾人呼吸停頓，下一刻，爆發出一陣歡呼：「童哥厲害!!」

「童哥威武霸氣！」

「就知道我童哥不可能作弊！」

「喂喂喂剛剛打賭的那些人呢，賠錢啊。」

整個走廊吵吵鬧鬧，全是尖叫大笑和口哨聲，裡面的老師也不管。

童淮甩了甩寫得酸痛的手，嘀咕：「你就那麼自信啊，張口就說重考，不怕我考砸了？」

兩人並肩走在前面，領著浩浩蕩蕩的一群人朝三班走去。

薛庭不知道在想什麼，語氣散漫：「我不是自信。」

「啊？」

他說：「我是相信你。」

第十章

童淮和陳梧的事在學校裡沸沸揚揚地傳了一週也沒有停止。

被陳梧冷言冷語奚落過的差生們熱淚盈眶、揚眉吐氣，見到童淮就立正喊「哥」，圍觀人數倍增。

好在薛庭第二天就走了，錯過了被波及的高峰期，否則可能會把童淮團一團塞到抽屜裡。

旁邊的座位一下空下，不用再每晚被載回望臻區那條街了，童淮大感解放，回到正兒八經的家，抱著心愛的史迪奇睡得天昏地暗，醒來還有陳阿姨精心準備的早晚餐和宵夜。

沒心沒肺地開心了三天，第四天下課時，童淮懶懶地趴在桌上，捧著手機滑到一條有趣的笑話，笑著轉頭叫道：「薛庭你看……」

教室裡人來人往，這個年紀精力旺盛，男生們下課後打打鬧鬧，女生們聚在一起說話。很熱鬧。

但是他身側空蕩蕩的。

童淮愣住。

沒來由的，他心底突然感到絲絲縷縷很熟悉的情緒——就像小學時開家長會，在等童敬遠過來時，他乖乖坐在座位上，看著班裡的同學牽著爸爸媽媽的手走進來，或沮喪或興奮或惴惴不安，聲音嘈雜。

他沒什麼興致，因為和他無關。

趙苟在那邊當交際草，回頭見童淮盯著自己，笑著揚手：「唉，童哥，當望同桌石呢？老田下載了一個很有趣的遊戲，一起玩？」

「……不了。」童淮回過神，轉了轉手機，垂下眼，點開薛庭的微信。

薛庭在集訓營很忙，晚上才能擠出點時間，回覆訊息也很慢。

兩人最後的聊天記錄在昨晚十二點半，童淮哈欠連天，腦袋渾渾噩噩的，睏得眼睛都睜不開了，眯眼胡亂打了一堆錯字亂碼，沒等到薛庭回覆，就趴在床上睡著了。

不捲很直：『我法線陳嗚態度變了耶都不太敢看我了。』

不捲很直：『你載幹嘛啊。』

不捲很直：『睏，ㄨㄢ啊ㄣ』

薛庭兩點才回訊息。

XT：『**嗯。**』

XT：『**寫題。**』

XT：『**晚安。**』

每則都回覆了，和以往一樣，簡短又精煉。

童淮反覆看了幾遍這段對話，突然很想和薛庭說說話。

說什麼都行。

他腦袋裡一瞬間冒出很多亂七八糟的廢話，點出鍵盤，細長的手指飛快打字。

「我剛剛看到一個很好笑的笑話」還沒傳出去，頓了頓，又一個字一個字刪掉，換成「你幾點睡的？那麼晚回訊息」，感覺又太過沒話找話。

他刪刪減減，最後自己都不耐煩了。

上課鐘聲響起，呂參穿著新買的米白色長裙款款走了進來，雷達般精準掃來冰冷又威脅的一眼。

童淮咂嘴，把手機扔回書包裡。

要說想薛庭，也不是很想。

就是旁邊空了一年的座位，好不容易有個順眼的人坐在旁邊，現在又空了下來，晚自習放學也沒人載他回家了。

不習慣而已。

童淮抱著這種奇奇怪怪的心態，磨蹭了兩天，又跑回老屋了。

正好這樣就不用每晚讓司機繞路去那條小巷餵貓，薛庭下週五才回來，他週末還能去陪陪薛老爺爺。

氣溫在逐漸下降，教室裡的冷氣從十幾度被調到了二十幾度。

童淮悄悄掰著指頭，數著薛庭回來那天，準備去他家蹭飯。

未料週五還沒等到薛庭，先盼來了童敬遠。

童淮下課接到電話，眼睛「刷」地就亮了，把去薛庭家蹭飯吃的事拋到腦後，飛奔到校門口，看到熟悉的車，興奮地撲進去：「爸！」

童敬遠穿著西裝，打著領帶，開著車內的閱讀燈，戴著副眼鏡在看文件。見童淮來了，他摘下眼鏡，一把摟住兒子，仔仔細細地觀察了一遍，笑著說：「呦，寶寶長高了。」

暑假時童敬遠也就抽空回來過兩三次，兩人好久不見，童淮心裡高興，聽到這句話就更高興了。

還是親爹好，不跟薛庭那種企圖壓低他身高的惡劣的人同流合汙。

童敬遠：「看起來有一七六了吧？」

童淮：「……」

童淮從牙縫裡擠出一句：「你還是回去吧。」

司機笑著聽後座那對父子互懟，轉過方向，去了父子以前常去的私房菜館。

童淮的興奮感過去，靠著椅背看著童敬遠，看他點了滿桌自己喜歡吃的，感覺了點其他意味。但他沒出聲，吃了六分飽。

果然，吃完晚飯，廚師又上了精緻的小蛋糕，上面插著代表十七的蠟燭。

童淮抬了抬眼。

「寶寶，生日快樂。」童敬遠很好地藏起了眼底的一絲疲倦，在童淮面前，他總是笑著，「抱歉，爸爸今天才趕回來。」

童淮心底的那點小埋怨早就煙消雲散了，大度地揮手：「算了，你又不是故意的。」

父子分食了小蛋糕，勉強算是給童淮補過了生日。

落日熔金，暮色輕擦，城市的喧鬧聲隨著炫目的霓虹燈光四溢。童敬遠從陳阿姨那裡得知童淮最近都在老屋那邊，和司機一起送他過去。

平常人家此時正是吃飯的時候，老屋附近的家家戶戶都傳出人間煙火氣與飯香。

車停到樓下，童敬遠沉默地看了片刻二樓老舊的窗戶，眼裡閃過點點懷念與傷感。那間老屋對他和童淮而言有特殊的寓意，他也沒問童淮為什麼想住這裡，怕傷到小孩的心。

童敬遠抱著兒子尚且瘦弱的肩膀，往那邊走：「這裡地方小，不方便放東西，禮物和腳踏車都在那邊的家裡，記得去拿。」

童淮卻沒動。

天光暗淡，路燈還未亮起，童敬遠一時看不清他的表情：「到這裡就行了，你不是要趕飛機嗎？快去吧。」

童敬遠的動作一頓。

童淮抬眼，撇了撇嘴，似乎很不耐煩又很嫌棄：「一路上偷偷看了多少次手錶，以為我沒注意到？看你眼睛裡的紅血絲，多久沒睡覺啊？去機場的路上滴一點眼藥水，上飛機後睡一覺，別總是拚命壓榨自己，你不是壓榨人的資本階級嗎……」

小孩嘀嘀咕咕地碎碎念，童敬遠呆愣地看著他的兒子，直到童淮停止了念叨，他才恍然驚醒。

他家淮寶已經不是小時候那麼小的一隻了，需要時時刻刻盯著，小心翼翼地護著。

他長大了，一手插在口袋裡，校服敞開，高高瘦瘦，乾乾淨淨，是在學校裡呼朋喚友地跨過走廊，吹個口哨就能讓小女生臉紅的美好年紀。
作為父親，他理應參與童淮的每一步成長。
但他顯然是不稱職的，不知不覺就錯失了許多。
童敬遠喉間酸澀，輕輕吸了一口氣：「寶寶，對……」
「好了好了，從小到大說過多少次了，我都聽膩了，對你自己好點就行。」童淮仰著臉，淺褐色的眼睛像塊琥珀，清澈透亮，「快去吧，今年過年紅包給多一點啊。」
童敬遠沉默半晌，微不可查地嘆息一聲。
分明任性鬧彆扭的總是童淮，但不斷被包容的反而是他這個父親。
趕飛機確實快來不及了，說不了什麼，能說的也說過了無數次。
童敬遠揉了揉兒子的小捲毛，溫聲應了「是是是」，最後抱了抱他，才回到車上。
童淮站在薛庭經常等著他的路燈下，目送那輛車消失在街尾，慢悠悠挎著書包上樓。
他沖完澡後，癱在沙發上，心裡其實不太開心，悶悶地什麼都不想做，也懶得去開燈，乾脆就在逐漸吞沒光線的暮色裡，閉眼睡過去。
屋裡浸在沉寂的黑暗中，只有輕微的呼吸聲。
直到手機突兀地震響起來。
童淮猛然從睡夢中驚醒，不知道自己睡了多久，迷迷糊糊地抓了一下頭髮，從地上撿起手機。
來電人是薛庭。
對了，薛庭今天回來！

罕見的多愁善感瞬間消失，他脣角噙起微笑，接起電話：「婷婷！你回來啦！」

「……」手機裡薛庭的聲音異常冷漠，「下次段考自己努力。」

童淮誠懇地叫道：「庭哥。」

薛庭輕輕嗤笑了聲，他聲音好聽，連嗤笑都彷彿一把小鉤子，鉤得童淮的耳朵一陣發癢。

他不太自在地換了個姿勢，隨即就聽薛庭問：「你在哪？」

「啊？」童淮茫然，「我在家啊。」

「……我在你家樓下。」

童淮呆呆地「啊」了聲，看了眼隱約透光的窗戶，猛地跳起來，沒來得及換衣服，穿著洗完澡隨便套上的短袖，急忙跑下樓。

薛庭等在那盞路燈下。

他側對著童淮，半邊臉龐陷在黑暗中，明暗界限模糊，眉高眼深，表情冷淡，渾身上下散發著一種疏離又冷淡、拒人於千里之外的氣質。

明明就幾步路，童淮額頭上卻冒出了一點熱汗，一口氣跑下來，看著那樣的薛庭，又不太敢靠近。

晚上十一點，這邊街區已經很安靜了。

童淮的腳步聲尤為明顯。

薛庭側頭看來，視線定在童淮身上的瞬間，籠罩在周身的那種疏離冷淡的氣場突然散了。

薛庭又是那個熟悉的薛庭了。

童淮立刻靠近。

薛庭漫不經心地伸手揉了揉他的頭髮：「走吧，去餵貓。」

童淮「嗯嗯嗚嗚」地跟上，話匣子不用鑰匙就「叮」地打開，許多在微信上說不清楚的話傾倒出來，眉飛色舞、語速飛快。

薛庭推著腳踏車，也不打斷他，偶爾沉穩地回應一聲「嗯」。

「對了，昨晚我過去時，小花不在，」童淮疑惑，「牠平時不都在那裡嗎？還會去哪裡？」

薛庭也不知道，沉吟片刻：「可能是去巡視領地了。」

到了那條窄巷，兩人一前一後走進去。

這條巷子兩壁很高，遮擋著天光，因為太深，路燈光也照不進來，看起來空蕩蕩的。

別說晚上，白天一個人走在這種小巷裡，都難免會想到些鬼怪傳說。

童淮雖然不怕黑了，還是有點膽小，每晚來餵貓時都循環播放著大悲咒，餵完貓就跑。

有天離開時，他不經意回頭，發現小花居然跟在後面，見他看過來，轉身就走，背影冷酷無情。

再之後的幾天，他離開時都會偷偷往後看。

花裡胡哨的三花貓邁著輕盈的步子，警惕地左顧右盼，跟在他身後。

不知道是送他離開，還是看出他膽小，護送他走這段路。

發現這一點後，童淮感覺小花的性格簡直是薛庭本婷。

到了後，童淮打開手機的手電筒，接過貓糧放下。

三隻小貓一如既往地鑽了出來，卻沒有去吃貓糧，反而「喵喵」叫著，圍著童淮和薛庭轉個不停。

童淮查看垃圾桶：「小花今晚也不在？」

薛庭蹙起眉，不知道想起了什麼，突然拔腿離開，開著手電筒，蹲下來仔細地四處查看，不久，他在二十公尺外停下，盯著牆角：「你來看。」

「怎麼了？」

童淮跑過去，跟著蹲下來。

薛庭掌心向上，托著一撮柔軟的貓毛。

花色很眼熟。

因為位置太偏狹，四周又黑漆漆的，童淮不敢在這種地方多待，昨晚就沒注意到。

兩人對視一眼，童淮也皺起眉：「是不是又被那些熊孩子抓去了？」

薛庭搖頭：「不確定。」

三隻小貓探頭探腦地跟過來，繞著那撮毛「喵喵」直叫，彷彿在確認什麼。

夜風冰涼如水，童淮輕微打了個寒顫。

昨晚這幾隻小貓也蹭著他喵喵叫，他卻沒在意。

說不定那是求救。

他心底湧上自責的情緒，皺起眉想說點什麼，身上突然暖了起來。

一件尚帶著體溫的外衣當頭罩來，擋住了習習夜風，驅散了絲絲涼意。

薛庭脫了外衣，只穿著T恤，將三隻貓分別拎起，抱到懷裡，沒看童淮：「別多想，不一定是出事了。今天太晚了，這附近治安不好，明天再找，你先回去吧。」

童淮遲疑了下：「這三小隻……」

「以防萬一，我把他們帶回家。」

「爺爺不是貓毛過敏嗎？」

薛庭做事永遠很妥當：「暫時養在空著的房間裡，我會照顧。」

童淮猶豫片刻，還是很有自知之明地沒有硬要照顧。

他自己照顧自己都夠嗆，更別說三隻柔弱的小貓了。

回到巷口，童淮看了看薛庭，伸手接貓：「我來抱吧，你騎車。」

薛庭瞥了瞥他，想了片刻，把三隻貓放到了他懷裡。這幾隻貓都很乖，趴在童淮懷裡，不掙扎也不叫。

從這裡到薛庭家有二十多分鐘的路程，童淮抱著貓，一路都在思考小花會去哪裡。

到了那座熟悉的院子，薛庭把貓接過來，按住童淮：「在這裡等我。」

童淮也沒打算走回去，乖乖在外面等著。

不過三分鐘，薛庭又走了出來，重新騎上車：「上來，送你回家。」

「哦。」

童淮很熟悉薛庭腳踏車的後座，裹緊外套，坐上去繼續思考。

都不念叨了。

薛庭不太習慣。

回到童淮家樓下時，已經過了十二點，童淮下車後，準備脫下外套還回去。

「你穿著。」薛庭沒要。

有那麼一瞬間，童淮心底竟然產生了一絲猶豫。

夜風很涼，被他體溫摀熱的外套罩在身上，寬大溫暖，像小時間的下雨天，童敬遠難得來接他，將衣服披到他身上，能阻擋一切風寒。

他有一點小小的不捨。

但童淮最終還是脫下了外套，踮起腳，披回薛庭肩上：「離我家只有幾步路的距離，謝謝薛哥啦。」

薛庭的目光在他臉上停留片刻，淡淡「嗯」了聲，神情毫無異樣。

童淮卻直覺他似乎不是很高興。

他滿頭霧水，抱持著有話直說的原則，清了清喉嚨：「薛哥，不知道是不是我的錯覺，你好像不太……」

薛庭鳥都沒鳥他，伸手穿上外套，踩下腳踏車。

直接走了。

童淮：「……」

幹。

兇巴巴的三花貓神祕失蹤，只留下了一撮毛。

童淮作了一晚上惡夢，沒睡好，第二天清晨七點就醒了。

難得的週末，他沒睡懶覺，洗漱完穿好衣服，再給陽臺上的花澆水，就出門了，準備以那條巷子為中心，展開搜索。

他到的時候，薛庭也剛到，見到童淮，揚了揚眉，滿臉見鬼的神情：「你居然能為了小花這麼早起床？」

「……」童淮懶洋洋的，沒好氣地說，「誰讓牠長得好看，我是顏控行了吧。」

好看？

薛庭若有所思：「原來你這麼沒原則。」

「你該慶幸我是個這麼沒原則的人，」童淮磨了磨牙，「要不是你這張臉，你早被我揍了。」

薛庭：「哦。」

他平淡地補充：「你打不過我。」

「……」

靠。

兩人開始搜索附近的大街小巷。

沒人把早餐送到嘴邊，童淮是不會吃早餐的，走了許久，被折騰半天的胃開始不舒服。他避開薛庭視線，不易察覺地揉了揉胃。

薛庭眼睛沒動，腳步停下，目光在四下環視一圈，丟下一句話：「在這等我。」

童淮愣愣地「哦」了聲，看著薛庭穿過斑馬線，轉過拐角，不知道去了哪裡。

又等了五分鐘，薛庭回來了，提著幾個包子和兩杯豆漿。

童淮知道自己的小動作被發現了，摸摸鼻尖假笑了一聲，靠過去低下頭，在薛庭手邊嗅了嗅。

薛庭：「……你幹什麼？」

童淮挺直秀氣的鼻子皺起來，仰起臉：「我不吃胡蘿蔔。」

包子只剩下三種口味，薛庭各買了兩個，分別是豆沙包、鮮肉包和冬菇胡蘿蔔包。

看童淮敏捷地叼走一個豆沙包和鮮肉包，他無言地掰開剩下那種一看，餡料果真是冬菇胡蘿蔔，頓時又氣又笑：「你是狗嗎？」

「這叫原則。」

薛庭緊抿了一早晨的嘴唇終於鬆動，嘴角輕微上揚，把豆漿遞過去。

童淮不好意思說自己早上只喝牛奶，迫不得已喝豆漿的話也只喝手磨豆漿，接過來糾結片刻，覺得還是要給點面子，咬咬牙吸了兩口——意外的不錯。

望臻區的民眾賣的豆漿還滿真材實料。

薛庭沒注意到他偷偷摸摸的小動作，打量著被嫌棄的冬菇胡蘿蔔包：「假如這是隻長得很好看的包子呢？」

童淮一抹唇角的豆漿漬，冷酷回答：「我不可能為了胡蘿蔔背叛我的原則。」

薛庭：「……」

那你滿有原則的。

吃完早點，兩人分開搜尋。

可惜找了一早上，也沒找到一根貓毛。

童淮昨晚回家就發了尋貓啟示，也一無所獲。

中午兩人約在柴記餐廳見面，打算吃完飯繼續找小花。

柴嬸嬸已經出院回餐廳了，見到童淮，「嘿」了一聲：「老柴！出來看看，外面有個寶貝！」

柴立國一向聽老婆的話，從廚房探出頭看：「呦，還真是個寶貝。」

說著，他擦擦手走出來，給童淮清理出一張空桌。半分鐘後，薛庭也來了，走到童淮身邊，禮貌地叫了聲「柴叔叔」。

柴立國看了看沒精神的童淮，再看向比平時緊繃許多的薛庭，滿臉疑惑：「你們兩怎麼了？」

薛庭當然不可能開口，童淮接過柴嬸嬸遞來的水，潤了潤喉，將事情大致講了講。

原本沒抱希望，未料話音剛落，柴立國的眉頭鎖緊：「有那隻貓的照片嗎？」

童淮和薛庭對看一眼，趕緊拿出手機，翻出照片給他看。

「……我不太確定是不是這隻貓，」柴立國觀察片刻，在他的世界觀裡，所有三花貓都長一樣，「不過我昨晚關店離開時，看到一隻瘸腿的貓，特別兇，我想餵點火腿腸，理都不理我就跑了。」

兇巴巴的三花貓！

童淮直覺就是小花：「叔，你在哪裡看到的？」

「離你家不遠。」柴立國指了個方向。

童淮心裡大喜，立刻就想離開，被薛庭拎著後領、按著後頸按回座位。

薛庭臉色平淡，點了點柴嬸嬸剛端上桌的揚州炒飯：「先吃再找，不差這幾分鐘。」

童淮力氣沒他大，抗議幾聲，被再次鎮壓，只能老實坐回來，匆忙往嘴裡塞飯。

柴立國夫婦面面相覷。

他們算是看著童淮長大的，還從沒見童淮這麼聽外人的話過。

童淮不喜歡吃飯，瘦得有些單薄，出門時隨手抓來的T恤領口很大，坐著低下頭時領口空蕩蕩的，後頸突出一小塊骨頭，十分明顯。

薛庭克制著收回視線，下意識摩娑了一下指尖。

短短幾秒的接觸，對方皮膚與骨骼的溫度與觸感就像黏在了手上，難以忽視。

他閉上眼，心煩意燥，緩緩呼出一口氣。

莫名其妙。

要命。

童淮心無旁騖地吃完半碗炒飯，吃不下去了，起身拉著薛庭就跑。

柴立國夫婦在後廚說話，注意到人跑了，看看那兩個少年一前一後的高瘦背影，搖搖頭。

柴立國拖長聲音，咂嘴道：「還說不是朋友。」

老柴指的那條巷子和老屋就隔了一條街，周邊都是低矮錯落的房屋，破破爛爛的，據說明年之後要拆遷，現在已經沒什麼人住在這裡了。

附近有個小超市，偶爾童淮犯懶，不想跑去很遠的合合樂，就來這裡買東西。

望臻區這種巷子很多，有寬有窄，寬的可以開輛小客車進去，窄的身材胖點都很難擠進去，住在這裡的人三教九流都有。

童淮和薛庭拿著小花最喜歡的罐頭，又仔細地搜了一圈。

然而直到月上中天，兩人依舊一無所獲。

找了一整天，身體上的疲憊比不上精神上的失落與擔憂，童淮心裡沉甸甸的，蹙起眉，低聲問：「薛庭，你說小花會不會……」

薛庭望著他的眼睛，黝黑的瞳孔安寧深邃，彷彿一汪永遠不會有波瀾的深水：「會找到的。」

他的語氣很堅決，童淮覺得他薛哥一直很靠譜，於是很相信地點了點頭。

兩人並肩沉默地走出巷子，恍惚間，童淮好像聽到了一聲貓叫，回頭看去，身後又空蕩蕩的，彷彿只是錯覺。

分道揚鑣前，薛庭拉住童淮，語氣嚴肅：「晚上不要一個人偷偷過來找，不安全。」

「嗯，」童淮悶悶地應聲，「我又不傻，這邊晚上那麼亂。」

暑假時他住在這裡，柴立國為了讓他晚上別亂跑，給他講了許多望臻區的故事。

什麼深夜小巷裡的鬼影，提著砍刀的黑社會，拿著人骨頭做的棒子深夜巡街的老太太……

雖然多半是老柴瞎編的，不過童淮還是毛骨悚然，晚上盡量不出門。

回到家，童淮先洗澡換了一身衣服，桌上有陳阿姨送來的飯，微波爐熱一下就好。

他慢吞吞地吃完飯，頭髮也被冷氣吹乾了，在屋裡走了一下，坐立難安。

想了片刻，童淮點開微博和好友動態，一則則地看著微博私訊和留言，試圖找到一點有用的資訊。

看了不知多久，再抬頭時，腦袋有點暈，時鐘已經指向十一點半。

童淮打了個哈欠，打開冰箱門，驚覺自己忘記補牛奶了，冰箱裡空蕩蕩的。

多年習慣使然，他不喝牛奶睡不著，「嘖」了一聲，「嘭」地關上冰箱門，披著外套下樓，去附近的超市買。

還好在結帳人員離開前，童淮買到了最後一箱常溫牛奶，趿著拖鞋，一邊琢磨要不要找林祕書幫忙，一邊提回家。

路過傍晚搜過的那條小巷時，他又聽到了一聲貓叫。

這回真切了許多，不像幻覺。

童淮一向敏銳，瞬間嗅到有什麼不對，遲疑了一下，把牛奶放在路口，循聲往巷子裡走。

空蕩蕩的巷子回蕩著拖鞋踩在地上的聲音，「啪嗒啪嗒」，一聲比一聲拖得長。他有點害怕，忍著害怕轉了個彎，四周暗下來，像是某部恐怖片的拍攝現場。

微弱的貓叫聲更清晰了。

童淮硬著頭皮，鼓起勇氣，停在了一戶人家的院牆前。

見大門緊閉，他咽了口唾沫，拿出逃課時翻牆的本領，找到個能蹬的角度，踩著拖鞋爬上去，扒在牆上往裡一看——

小花就在裡面。

瘦弱的貓被細細的鐵絲勒著，掛在晾衣繩上，血深深淺淺的濡溼貓毛，要不是偶爾有微弱的叫聲，甚至讓人懷疑牠是不是已經死了。

童淮霎時睜大了眼，心臟猛然一陣緊縮，像被一隻無形的大手攥住了，腦袋裡「轟」地一聲，跳出三個字：

『虐貓狂？』

他從小到大還沒見過這種場景，渾身寒毛都豎起來了，生生扼制住喊出聲的衝動，手一鬆差點掉下去。

那邊屋裡黑漆漆的，他飛快拿出手機，對準小花，拍了張照，和定位一起發給薛庭，傳了句語音：「我找到小花了！」

隨即童淮看了眼這處庭院——這面院牆下是一堆啤酒瓶，往裡看去，整座庭院雜草叢生，另一個角落的大罈子上積滿灰塵，連窗戶上都浮著一層厚厚的泥垢，不像有人居住。

他翻身躍下，跳進這間極窄的庭院裡，穿著拖鞋行動不便，險些被啤酒瓶絆倒，他穩住身形，兩三步衝過去，細長的手指正在發抖，小心翼翼地解開勒進小花肉裡的細鐵絲。

小花睜開眼，又微弱地叫了一聲，半死不活地看向他，似乎是認出他了。

平常對他兇巴巴的貓艱難地眨了眨眼，往他臂彎裡靠了靠，皮毛上的血頓時蹭到他的衣服上。

白天童淮和薛庭經過這裡時，喊過小花的名字。

但他們完全沒料到，小花竟然就在一牆之隔內，被以這樣殘忍的方式捆束著。

要是童淮晚來一步，說不定小花已經死了。

這絕不是那幾個熊孩子能做出來的。

童淮心底燃著怒火，強壓下來，剛把細細的鐵絲拿掉，身後的門突然「嘎吱」一聲響起。

他後背一寒，頭髮都要炸了，抱著小花盡力朝前撲倒。身後「砰」地一聲，童淮直覺認為這個人和他打過架的那些小混混都不一樣，克制著恐懼回頭一看。

地上是摔碎的啤酒瓶，一個滿身肌肉的高大男人從屋裡走出來，腳步搖晃，還未靠近，一股濃烈的酒臭就撲面而來，他提著另一個酒瓶，看過來的眼神兇狠異常。

「他媽的哪裡來的小偷，敢來老子這裡偷東西，不知道你豹哥的大名？」

說完，他睇眼看了眼童淮懷裡的小花，露出一個嗜血的笑容：「哦……原來這隻小畜生是你的，媽的，小畜生，敢咬老子，老子非把牠掛在這風乾不可！」

小花雖然很兇，但不會亂咬人。

然而不等童淮多想，男人不由分說，罵罵咧咧地又砸啤酒瓶過來，角度也刁鑽狠毒，一看就知道是老手，力道巨大。

童淮連忙抱著小花躲閃，帶著貓又不好反擊，放下貓更不放心。

好在男人喝得醉醺醺的，動作稍有遲緩，但即使這樣，他還是很快就被逼到了牆角。

酒瓶「砰」地爆裂在他耳邊，細碎的玻璃飛擦過去，他感到浸骨的寒意，一片碎玻璃似乎劃破了臉頰，感到細微的疼痛。

童淮被逼出狠意，想也不想，狠狠踢他的下三路，男人避開，卻被踹中了大腿，痛嚎著倒退了幾步。

他趁機靈活地矮下身，狂奔向大門。

靠近大門的瞬間，身後「呼」地響起破空聲，來不及閃躲，小腿感到劇痛。

童淮全力咬著牙沒出聲，倉促間匆忙低頭看了一眼，發現白色的褲子已經被血浸紅——那人將破酒瓶擲來，剛好扎到了他的小腿，劇痛讓他腳下一個趔趄。

「咔」地一聲。

腳崴了。

靠，老童知道了要心疼死了吧。

童淮心裡想著，強忍劇痛，紅著眼拉開門閂，衝了出去。

可惜腿腳受傷，童淮沒跑多遠就被追上了。

他呼吸輕顫，抱著奄奄一息的小花，和男人面對面對峙，腦中轉動著無數個念頭。

那間院子裡沒有任何生活氣息，他沒想到屋裡有人，還這麼兇殘。

早知道進去前直接報警，找薛庭有屁用。

奇怪了，發現小花的瞬間，他第一反應是找薛庭，唯一的念頭也只有告訴薛庭。

天空中寒星點點，小巷幽深死寂，氣氛僵持不下。

男人似乎對自己把人逼到絕境很滿意，露出很有興致的表情。

就在此時，一道影子突然飛竄而來，快得童淮都沒看清。

下一刻那人就被狠狠一拳砸中臉頰，鼻血長流，「嗷」地慘叫著彎下腰。

小巷外傳來紛雜的腳步聲，強光手電筒照過來，嚴厲的暴喝聲響起：「不許動！警察！」

得救了。

童淮腦袋裡閃過這個念頭，頓時身體鬆懈，背後還流著冷汗，腳上的劇痛一陣陣襲來，站不穩。

薛庭甩了甩手，沒再管那個男人，沉著臉大步走過去，扶住童淮的腰，借力讓他靠著。

他的頭髮淩亂，氣息不穩，還在微微喘氣，似乎是跑來的，抱住童淮的力道也很大，一向風輕雲淡的神色，化為了疾風驟雨。

認識這麼久，童淮就沒見過薛庭臉色這麼恐怖。

「你傻的嗎?我不是讓你不要一個人出來?稍微等等我再行動不可以嗎!」

「我錯了……」童淮痛得不行，自知理虧，軟下聲音舉手投降，「我看小花快不行了……完全忍不住。」

他的聲音在薛庭冰冷的眼神中越來越小，害怕地縮起脖子，討好地扯了扯他的袖子：「庭哥，先別發火，還有兩個傷患等著您領養呢。」

被他仔細護在懷裡的小花不負期望，對薛庭虛弱地「喵」了聲。

趕到之前，薛庭腦袋裡有一根繃直的筋，一直跳個不停，跳得他頭痛欲裂，很想抓著不聽話的童淮狠狠打一頓。

可是看到對方這麼狼狽，他又有點說不出來的心疼。

薛庭低垂眼眸，撞上童淮清凌凌的目光，那股讓他著急忙慌、四處飛竄著火氣的怒意突然消了大半。

他抿緊唇，烏黑的眉眼依舊深沉，一言不發地轉過身，在童淮面前蹲下來：「上來。」

趕來的警察是熟人——上次童淮被攔路搶劫，薛庭幫他一起揍人，隨後報警。這次來的還是那批警察。

警察姊姊只比薛庭晚了一步，一馬當先衝到現場，看到地上的血跡，勃然大怒。

虐貓狂七葷八素，剛從薛庭的那一記狠拳裡回過神，又被她騰空一記飛踢直接踢倒，悶哼一聲，「砰」地摔在地上，差點暈過去。

趕在後面的淡定大叔搖搖頭：「警花，我們淡定點可以嗎？當心人家告你暴力執法……」

警花手忙腳亂地接過小花，看到小花身上的毛被血浸成一綹一綹的，又看到趴在薛庭背上臉色蒼白、小腿還在流血的童淮，餘怒未消：「淡定個屁，有本事就去告！你趕緊送這個小弟弟去檢查，我送這隻小貓去寵物醫院。」

「好的。」

員警大叔用手銬拷住虐貓狂，讓其他人帶走，然後看向臉色難看的薛庭和童淮：「又見面了啊。」

薛庭心情不好，略一點頭，揹著童淮疾步走向巷口。

大叔甩著車鑰匙跟上去，突然看到原本無精打采地趴在薛庭背上那個小孩一抬手，指了指巷口的那箱牛奶，氣若遊絲：「我的牛奶……」

薛庭：「……」

大叔：「……」

都什麼時候了，還想著牛奶啊。

警察大叔嘴角抽搐了一下，俯身提起牛奶：「帶著呢，安心吧。」

等兩人上車，他直接開去最近的醫院。

狂跳的心臟終於平緩下來，一鬆下那口氣，小腿和腳踝上的疼痛就順著每一根神經脈絡爬上來，越在意越疼。

童淮淚眼朦朧，半靠在薛庭身上，緊緊抓住他的衣領，胡言亂語：「庭哥，我腿會不會廢了啊。」

薛庭默不作聲將他往懷裡按了按，臉色仍舊冷淡：「再來一次就該廢了。」語氣冰冷。

童淮縮了縮脖子，不敢說話了。

到醫院後，醫生幫童淮檢查過後，先幫他消毒，把扎進小腿裡的碎玻璃渣撿出來。

童淮痛得一直慘叫，緊緊抓住薛庭袖子，把頭埋在他懷裡不敢看。

醫生還沒見過這麼嬌氣的男孩子，手穩定地挑出碎玻璃，覺得好笑地說：「男孩子要堅強點，一點小傷就叫成這樣，不會有女孩子喜歡你的哦。」

童淮撇撇嘴，抬起臉來，聲音帶著鼻音：「男孩子怎麼就不能怕痛了，我就這樣。」

連肚子被踢了一腳，一點瘀青都要死要活的，受了這種傷，肯定很疼吧？

薛庭不出聲，目光籠罩在童淮格外蒼白漂亮的臉龐上。

童淮是真的很痛，醫生動一下，他就蹙一下眉，兩道濃睫顫抖，雖然嘴硬，但可能是覺得丟臉，抿著嘴唇不再出聲了。

薛庭稍微移開目光，臉上依舊沒有表情，心底卻像不斷膨脹的氣球，說不定下一刻就會爆炸——那是暴怒之下，被死死壓抑住的近乎冰冷的冷靜。

從小到大，他在那個家裡學會的就是壓抑情緒，壓抑興趣，很少會為某件事或某個人產生這種情緒。

就算是對薛頌薄和余卉，也沒有過。

消毒時更痛，童淮痛得不停顫抖，又從薛庭懷裡探出頭，聲音顫抖：「醫生叔叔，我腿會不會廢了？」

「……」

薛庭心裡升起淡淡的不爽，托著他的下頷，把他的腦袋轉回來，力道不小，藏著一絲自己也沒發覺的強勢。

醫生笑著說：「哪有那麼容易廢，沒傷到靜脈和骨頭，腳崴得也不嚴重，好好休息，半個多月就能走路了，你們年輕人身體好，恢復得也快。」

說著好奇地看了眼一直在旁邊護著童淮的薛庭：「這是你弟弟？」

「不是，」薛庭進醫院後第一次開口，語氣不鹹不淡，「我弟不會這麼蠢。」

童淮的小腿在醫生手裡，自己在薛庭懷裡，沒法反抗，悻悻地瞪了他一眼。

處理好最嚴重的小腿，醫生又為他擦了擦臉上的傷：「別怕啊，不會破相。脫衣服我檢查一下其他傷處。」

「哦。」

童淮脫下衣服，醫院裡的燈光泠白，少年一截細窄的腰暴露出來，潔白晃眼。背後幾道擦傷瘀青像不小心打翻在雪地上的顏料，觸目驚心。

明明都是男生，格外嬌氣的童淮卻像有哪裡不同。

薛庭目光一掠而過，收回視線，抬步往外走。

童淮心慌，趕緊抓人：「你去哪裡？」

「打個電話。」

童淮看看時間，已經一點了，薛庭是打電話給薛爺爺吧。

確定薛庭不會跑，他放心地躺了回去。

不是兄弟，一個依賴，一個關心。

醫生見多了世面，看看那個又看看這個，吹了聲口哨，感覺自己彷彿明白了什麼。

薛庭沒離開太久，回來聽醫生說完注意事項，把哼哼唧唧的小孩再次揹起來。

警察大叔墊付了醫藥費，提著醫生開的藥問：「還得去做個筆錄，小孩，撐得住嗎？」

童淮哼哼唧唧地點頭，又叫了聲：「小花……就是我那隻貓，怎麼樣了？」

「警花剛剛打電話來，小傢伙命很頑強，不用擔心。」大叔莞爾一笑，「還擔心貓呢，不擔心自己？知道那醉鬼是誰嗎？以前混黑道的，提著砍刀砍人的那種，有過很多案底。」

童淮調整了一個舒服的角度，趴在薛庭肩膀上，嘀咕：「還不是被我薛哥一拳打趴了。」

還即將被林祕書往死裡整。

坐回警車裡，童淮忍著疼，戳戳薛庭，小聲說：「謝謝你。」

頓了頓，他說：「第三次了。」

薛庭瞥他一眼，沒說話。

做完筆錄已經過了凌晨兩點，天幕黑壓壓的，無星無月，放眼望去，整片大地似乎只有路燈還亮著，一朵一朵地綴在光禿禿的路邊。

大叔負責開車送兩人回家，抽出一根煙，看見童淮頗為抗拒的臉色，聳了聳肩，叼著沒抽。

童淮對別人的好格外敏感，禮貌地說了聲「謝謝」。

他又睏又累又痛，在座位上蜷成一小團，迷迷糊糊閉著眼，腦袋不斷點頭。

口袋裡的手機振動，薛庭拿出手機，垂眸看去。

薛頌初：『破天荒啊小庭庭，居然找叔叔辦事，這小流氓怎麼惹你啦？』

薛頌初：『安心吧，他今天穿的是什麼顏色的內褲我都查到了，是個作姦犯科的人，保證牢底坐穿，你下半輩子都不會見到他了。』

薛頌初是薛庭的叔叔，也是在他經歷了父母的一連串無厘頭的破事後，幫他辦理了轉學手續，讓他過來找薛老爺爺的人。

親叔姪明算帳，上次幫他，抵消了他欠薛庭的人情，這次幫他，薛庭欠他一個人情。

薛庭沒回覆，放下手機，偏頭看了眼睏得東倒西歪的童淮，伸出一根手指，輕輕一戳——

童淮軟乎乎的，一戳就倒，順著靠到了他懷裡。

薛庭嘴角的弧度略微往上揚。

他看著車窗外，路過童淮家時也沒出聲提醒，直到員警大叔上坡後，將車停在薛老爺爺的院門前，才把人提起來，朝大叔點點頭：「謝謝。」

大叔咬著菸，懶洋洋地揮手：「把人叼回家了就好好照顧，他在醫院裡叫得我都痛了。」

童淮披著薛庭的外衣，被扶下車時，還是被迎頭的夜風吹得打了個寒顫，迷迷糊糊睜開眼，回頭看了眼離開的警車：「啊，坐過站了，大叔怎麼都不停一下。」

薛庭不動聲色，揹起他往裡走。

院子裡寂靜漆黑，薛老爺爺已經睡了。

老爺爺的房間在一樓，薛庭揹著不沉的童淮，輕手輕腳地上樓。

上次在薛庭房間裡過夜，是醉酒狀態，童淮被放到椅子上坐下時，頗有點手不是手、腳不是腳，正想著要不要主動去樓下睡沙發，立在衣櫃前的薛庭就扔來了乾淨的棉T恤和居家褲。

隨即不知從哪裡找出一個透明塑膠袋，半跪在童淮身前，抬起他受傷的那條小腿，仔仔細細地將他的小腿包好。

童淮吸了吸鼻子：「我走不動。」

薛庭睨了他一眼，一手越過他的膝彎，一手攔腰將他抱了起來。

童淮又念叨：「公主抱，男人的尊嚴沒有了。」

「單腿跳過去痛得要死要活哭唧唧的時候就有尊嚴了？」薛庭冷嘲熱諷。

童淮縮起脖子，小心眼地瞪他。

薛庭不跟他計較，大步流星走進浴室，找了張小板凳將他放下，調試水溫，把蓮蓬頭塞在他手裡。

然後他傾身靠近，指背抵著童淮的額頭，輕輕彈了一下：「有事叫我。」

童淮呆愣地說：「哦。」

坐著不太方便洗澡，但身上又是血又是塵的，童淮自己都受不了，慢慢地洗完澡，又艱難地擦乾換上薛庭的衣服。

他自己不能移動，怕吵到樓下的老爺爺，小聲叫道：「薛庭！我洗好了。」

薛庭好像就等在門外，聞聲推門而入。

童淮扯了扯寬鬆的領口，又嘀嘀咕咕地抱怨：「你衣服太大了，沒有小點的嗎？」

浴室裡水汽氤氳，熱氣蒸騰，滿室都是沐浴露的味道，藍風鈴的清香撲面而來。

剛浸過溫熱的水，童淮臉上恢復了一點血色，領口鬆垮垂下，露出半截精緻凸顯的鎖骨，白皙裡泛著沐浴後的粉色，衣襬和褲腿都很長，被他塞進褲腰，一截纖薄的腰晃來晃去，坐姿乖巧地等待被抱。

薛庭停在門把上的指尖僵硬，身體有一瞬間繃緊。

童淮還在低頭往褲腰裡塞衣襬，薛庭別過頭，閉了閉眼，將剛才那一幕從腦袋裡抹去。

他一把撈起童淮，回房間放到床上，全程動作流暢自然，只是聲音略微沙啞：「我去洗澡。」

童淮渾然未覺異樣，見薛庭走了，趕緊抓起手機，打開螢幕。

手機還剩百分之五的電量，他飛快點開微信，找到林祕書，劈裡啪啦敲下一串字，把自己受傷改成薛庭受傷，把自己救貓改成薛庭救貓，把薛庭救人改成自己救人，檢查了一遍沒錯後傳給林祕書，讓他幫忙教訓那個人。

訊息剛傳出去，手機電量也耗完了，自動關機。
童淮放下手機，發現醫生開的藥都在桌上，還有杯溫水。
他給腫脹的腳踝噴了藥，跟溫水把藥片吞下，然後撐著一條腿風乾，昏昏欲睡地等薛庭。
不知道過了多久，薛庭才回到房間。
童淮靠在書桌上都要睡著了，被開門聲驚醒，揉著眼睛撐起身，迷糊地抱怨：「你開飛機繞著太平洋轉圈去了嗎？我都快睡著了。」
薛庭：「……」
他就是故意的，想等著童淮先睡著。
計畫失敗，薛庭頗為無奈，擦乾頭髮，調了一下室內的冷氣溫度，坐到床邊組織語言。
童淮突然轉過身，背對著他開始脫衣服。
薛庭的眼皮狠狠一跳，聲音不易察覺地發緊：「你幹什麼？」
「啊？」童淮茫然地回頭看了眼，俐落地脫下衣服，趴下來，理所當然地道，「醫生不是讓我洗完澡擦藥嗎，我擦不到後背啊，在等你幫忙呢，你磨蹭那麼久。」
薛庭：「……」
薛庭面無表情：「哦。」
回家後忙碌了這麼久，等童淮能躺下來睡覺時，已經將近凌晨四點了。
他眼皮泛著濃重的酸澀，緊緊黏在一起，怎麼都睜不開，即使這樣還能虛弱地抱怨一句「床不夠軟」。

上一秒還在說話，下一秒就睡著了。

薛庭搖搖頭，傾身把趴在床邊的童淮往裡面移動。

睡著的小孩非常聽話，任由他擺弄，軟綿綿沒骨頭一樣，動作重一點眉毛鼻子就皺起來，比醒著時還嬌氣。

薛庭為他蓋上被子，坐在床邊，垂著眼皮盯著他看了一陣子。

鳩占鵲巢的小捲毛四仰八叉的睡著，睡相一言難盡，睡容倒是和他的臉一樣，單純無害，也毫無防備。

薛庭腦袋裡突然閃過他那截細窄的腰，還有微微繃緊時凸顯的蝴蝶骨，寬鬆的褲腰下面凹下的腰窩。

童淮是個漂亮的男孩子。

哪裡都很漂亮。

但他的確是個男孩，臉部線條比女孩要更鋒利一點，喉結初顯，胸膛平坦。

……所以他在在意什麼？

對方可是個男生。

薛庭闔了闔眼，掐著眉心緩緩吐出口氣，覺得自己好像不太正常。

他起身關了屋裡的燈，卻沒上床睡覺，輕手輕腳坐到書桌前，擰開檯燈，調整亮度。

夜色極濃極深，寧靜的近城郊像被抽空了一切聲響，萬籟俱寂。

任何一點聲音出現在這樣的夜裡，都如驚雷滾滾般震響。

薛庭慢慢抽出一本競賽書，怕寫字的聲音太大，只默然看著，在心裡演算解題步驟，不得已時，才按出圓珠筆，在草稿紙上草草寫幾筆。

順滑的筆尖在紙上一劃而過，聲音幾不可聞。

窗外漸漸露出熹微的晨光。

童淮緊擰的眉心舒展著，呼吸清淺，睡得無知無覺。

他遇到倒楣事時，總會在夢裡再千奇百怪地過一遍，折騰得自己精神衰弱。

比如被陳梧汙衊那次，夢到親爹不要他了，被小混混搶劫那次，夢到自己又是被捅，又是躺在鐵釘床上。

這一晚卻睡得格外香甜。

像是有什麼守護神，驅走了本該到來的噩夢。

醒來時已經十一點多了。

童淮茫然睜開眼，一時忘了自己在哪裡，習慣性地想往被窩裡蹭一蹭，右腿一動，小腿連著腳踝就傳來一陣劇痛。

他痛懵了，呆呆地低下頭，盯著被緊緊包裹的小腿，昨晚的記憶才慢慢湧回腦海，捋了一下亂糟糟的頭髮，低低罵了聲「靠」。

房裡沒人，枕邊放著套乾淨嶄新的T恤和長褲，似乎比他當睡衣的這套小一些。

童淮小心地坐起來，又慢吞吞地換上薛庭的衣服，發現剛好合適。

腳腕連帶著小腿動一下都疼，手機又沒電，童淮眼巴巴地坐在床邊，心裡呼喚著薛庭。

像是聽到了他的聲音，下一秒房門「咔噠」一聲被推開，薛庭提著一雙新拖鞋走了進來。

童淮急著上廁所，趕緊張開雙臂，虛弱地叫他：「薛哥，我走不動。」

薛庭：「……」

薛庭放下拖鞋，像昨晚那樣，把童淮又打橫抱了起來。

童淮渾身不適應，感覺這樣毫無男子氣概，但身在敵手不敢反抗，委委屈屈地跟他商量：「能不能不要這麼抱？」

「能，」薛庭語氣冰涼，「掛在腰上或者自己走，選一個。」

童淮：「謝謝，您這樣抱著我充滿了男子氣概。」

說完還伸手用力抱住薛庭的脖子，生怕他下一秒不耐煩，真把他扔下去讓他自己走。

薛庭眼底的笑意一閃即逝，把童淮抱進浴室。

然後他悠閒地抱著手，倚在門邊，看童淮艱難地扶著牆慢騰騰地挪到馬桶邊，然後抿著唇瞪過來，一雙眼水汪汪的，耳根通紅。

他終於沒忍住，偏頭笑出聲，懶散地揚了揚手，不欺負他了，闔上門離開。

等童淮洗漱完，等在外面的薛庭又抱著他下樓。

薛老爺爺的腿本來就有老毛病，老年人骨頭也脆弱，恢復得慢，到現在腿腳依舊不利索，拿著噴水壺，顫巍巍地從屋外走進來，見童淮被薛庭搬下來，連忙放下手裡的東西走過去。

一時間，兩個傷患都從彼此眼中看出了對對方的同情與憐愛，惺惺相惜。

薛老爺爺坐到沙發上，拍拍身邊，示意薛庭把人放到這裡。

薛庭把童淮放下，半瞇著眼，盯著這兩位不省心的傷患：「您別帶著他亂跑。」

童淮和薛老爺爺同時咂嘴。

薛老爺爺已經聽薛庭說過昨晚的事，戴上老花眼鏡，憂心地打量著童淮：「小童啊，還有沒有哪裡不舒服？痛不痛？」

童淮小時候更嬌氣，一點小傷小病都靜不下來，絞盡腦汁要讓童敬遠關注，最好是讓他立刻放下工作跑來陪他。

等到了十四五歲，他反而不喜歡再讓童敬遠因為他而耽誤工作，嘮嘮叨叨的碎碎念和抱怨不少，磕磕碰碰的傷和生病卻狠狠瞞住。

只要沒出大問題，就不用告訴童敬遠。

介於他小時候那大驚小怪的個性，童敬遠一直覺得兒子有什麼問題肯定都會跟自己說，沒說就是沒事，因此非常放心。

所以聽到童老爺爺的問話，童淮習慣性地不讓長輩擔心，笑咪咪地彎起眼：「就小腿受傷了，不疼了，一點都不疼，您別擔心。」

「胡說，哪有受傷卻不疼的。」

薛老爺爺不買帳，故意沉下臉，枯瘦的手掌輕輕拉過童淮的手，看到他手上也有擦傷，嘆了口氣：「在爺爺面前就不要硬撐啦，你這小孩。」

童淮遲緩地眨了眨眼，覺得眼眶莫名有點熱熱的。

薛老爺爺滿腔慈愛，可惜在製冷機孫子身上得不到用武之地，看著面前乖乖的小孩，越看越喜歡，越看越心疼，再想想孫子的行為，想了片刻，突然開口：「小童，你家裡也沒有人，腿受傷也沒法照顧自己，不然……最近住來這裡？」

「啊？」童淮呆了。

他剛剛還在思考要不要最近去俞問家，以及他去俞問家後，該怎麼和薛庭交待。

老爺爺開口後，也堅定了決心：「來這裡也有人能照應，嗯？庭庭不愛說話，家裡有他跟沒有一樣，多一個你也能多點聲音。」

震愕過後，童淮的第一反應是拒絕，可面對老人家誠懇的臉龐，又不知該怎麼拒絕。

而且薛庭會答應？

他在心裡組織著委婉拒絕的話，忽然聽到不遠處傳來冷淡的聲音：「多你一個也不多。」

童淮抬眼，撞上了薛庭的視線。

站在廚房門邊的薛庭神色如常，眼神如深水無波，看不出多餘的情緒，只靜靜地盯著他，彷彿等不到他的回應，就不會收回目光。

雖然他沒再說其他的，但童淮就是覺得，薛庭希望他留下來。

到嘴的話轉了個彎，他的嘴唇動了動：「那……打擾了。」

老爺爺咧嘴一笑，薛庭平淡地「嗯」了聲，回廚房繼續忙碌。

說出口的話潑出去的水，童淮張了張嘴，簡直懷疑薛庭是個魅惑人心的妖怪。

不然怎麼兩人一對視，他就不假思索地答應了呢？

沒等太久，兩位米蟲等到了今日午餐。薛庭將菜盤端上桌，用圍裙擦了擦手，摘下圍裙，從牆角提起一袋貓糧：「你們先吃。」

童淮想起那三隻小貓養在他這裡，趕緊舉手：「我也想去。」

薛庭「嗚」了聲，瞥了他一眼，還是把他半托半抱著帶進了隔壁空著的小房間。

屋裡的雜物都被清除了，牆邊立著一個精緻的手工貓窩，看著比市場上賣的好看，裡面鋪著一層軟毯，是薛老爺爺的手筆。

三隻小貓排成一排趴在窗邊，翻著肚皮晒太陽，聽到動靜，喵喵叫著跑過來。

童淮僵硬地提起右腿，抓住薛庭當拐杖，也不管幾隻小貓咪聽不聽得懂，對牠們道：「小花找到了，等牠好了，就帶牠回來和你們重聚，別擔心啊。」

說完又小聲補充：「到時候你們就該去割蛋蛋了。」

「……」薛庭看他，「你可以不用告訴牠們這個。」

「牠們也有知情權嘛。」

說著，童淮趁薛庭彎腰倒貓糧，也跟著彎下腰，逐個摸了摸小貓溫暖毛茸茸的皮毛。

小貓們湊到裝貓糧的碗邊，「咯吱咯吱」吃起貓糧。

薛庭瞥了眼揉揉這個、捏捏那個，一臉不亦樂乎的童淮，惡劣地揚了揚眉，突然直起身。

童淮猝不及防，「啊」地叫出聲，差點摔倒，條件反射地抱緊了薛庭，薄怒道：「你就不能通知一下再起身嗎？」

薛庭勾起唇角，順勢攬住他的腰，忽略他的質問，岔開話題：「爺爺該等急了，走了。」

童淮的腿還疼著，沒什麼胃口，不過在別人家裡吃飯，他不好意思剩太多，半碗飯細嚼慢咽，直到老爺爺去睡午覺才吃完，看薛庭把碗碟收下去，他想起一件事，心裡顫抖：「薛哥，我的牛奶呢？」

薛庭想起他昨晚半死不活時還想著牛奶，滿臉無言，從冰箱旁把牛奶拿過來，遞給他一盒：「你這麼喜歡喝牛奶？」

「能長高，」童淮的表情嚴肅，朝著頭頂比劃了一下，「你看我，是不是比暑假高一點了？我前天量了一下，一七八了！」

四捨五入，就是一八零了！

真正的一八零戰術性沉默了一下，盯著他頭頂一縷翹起來的、作弊充作身高的捲髮，敷衍地「哦」了聲：「高了。」

童淮狐疑：「我怎麼覺得你的語氣那麼不真誠？」

薛庭思考片刻，決定順從本心，愉快地一巴掌把他翹起來的捲髮按下去：「現在你一七六了。」

童淮：「……」

幹。

和童敬遠一樣討厭。

既然決定了恢復自由行動的能力前，都暫時借住在薛庭家，就得把一些必備的東西帶過來。

而且天氣在轉涼。

週末的作業再不做，童淮就完蛋了。

出門之前，薛庭給許星洲打電話，把事情大概說了一下，今晚的晚自習請假。

隨即把腳踏車架出來，抱童淮坐上後座。

童淮腿疼，蜷著身體往薛庭身上靠，這次沒被揮開。

他靠得心安理得，拿出吃飯前拿去充電的手機，開機後直接戳開微信。

網絡不太好，卡了幾秒才刷新出訊息，林祕書早上就回覆了。

林祕書：『好。』

林祕書：『小淮，這人有前科，打架鬥毆砍人搶劫什麼都幹過，你沒受傷吧??』

林祕書：『睡醒了告訴我眞實情況！』

童淮思索了下，指尖戳戳螢幕。

不捲很直：『林叔你看我像是會受傷的樣子嗎？我同學現在還站不起來呢，我想幫他出氣。』

林祕書：『眞沒受傷？是上次那個同學？』

不捲很直：『是，他打架很厲害的，一個人頂上去，幸好警察及時來了。』

人不在面前，童淮編得有模有樣，林祕書也跟童敬遠犯了同樣的錯誤，以為童淮還是那個輕感冒都要哭喊著叫爸爸快回家的小孩，放下心來，沒有再進一步調查。

只要他再進一步調查，童淮的謊言就會被拆穿。

童淮緊張地盯著螢幕，對方顯示「正在輸入中」片刻，跳出來一句話：**『好，這事簡單，你那個同學下半輩子都不會再碰到他。對了，他叫什麼？』**

童淮知道這一關差不多過去了，打字道：『**薛庭。**』

薛庭啊。

林祕書心想，那都不用我們出手啊。

他徹底放下心，回了個「OK」。

順利解決林祕書，童淮鬆了口氣。

這一刻他又很慶幸，幸好童敬遠近年來生意擴展到國外，總是出差去忙，沒在這裡盯著，否則絕對穿幫。

等童敬遠下次回來，估計臨嵐都大雪滿城了。

把手機放回口袋裡，童淮往前趴了趴，抱著薛庭的腰，下巴抵在他背上：「薛哥，我們先去看看小花吧？」

他的聲音含糊不清，聽起來軟綿綿的，下頜輕輕摩娑著薛庭的後背，隔著一層薄薄的衣料，每說一個字，觸感都無比清晰。

後背麻麻癢癢，薛庭單手握著腳踏車，另一隻手不輕不重地拍開他：「不要撒嬌。」

童淮躲開他的手，撇撇嘴：「你這麼兇，你女朋友知道嗎？」

薛庭沒回答，因為他沒有女朋友。

到了寵物醫院，童淮歪歪斜斜地被薛庭扶下來，拍了拍坐騎小四，語重心長：「婷婷，你要努力了，不把小四換掉，以後你對象會坐在寶馬里哭的。」

薛庭聽到前面兩字就懶得理他，鎖好腳踏車，拎著他往裡面走。

小花不愧是望臻區流浪貓一霸，生命力出奇的旺盛，昨晚被送來時還氣息奄奄，做完小手術又吃藥，被精心照料了一夜，今天就恢復了一點活力，看到誰都是一副不好招惹的大爺臉。牠的左眼差點瞎了，好在童淮去得及時。

現在那雙漂亮的翡翠綠豎瞳已經能夠半睜開，完好無損地倒映出兩個來看望牠的人的影子。

向來看到誰都炸毛的三花貓卸下了滿身防備，虛弱地眨了眨眼，細細地叫了一聲。

童淮看著一反常態的小貓咪，蠢蠢欲動：「薛庭，你說我現在摸牠，牠還有力氣抓我嗎？」

什麼毛病。薛庭睨他：「別作死。」

「不，」童淮義正辭嚴，「我就喜歡我摸牠牠又反抗不了的樣子。」

薛庭：「……」

那我也挺喜歡我摸你你又反抗不了的樣子。

童淮認識了小花好幾個月，終於大膽地伸出了罪惡的手。

出乎意料的，曾經滿臉「你要敢碰我你就死定了」的小花沒有反抗。

牠似乎知道面前的少年為了救牠而受傷，順從地低下頭，用毛絨絨的腦袋輕輕拱了拱童淮的手指。

童淮稍微一愣，下一刻，亮晶晶的笑意從眼底迸發出來，蔓延到嘴角，驚喜地轉頭叫他：「薛庭，你看！」

薛庭的視線掠過他帶笑的眉梢眼角。

因為是從心底升到眼底、再蔓延到唇彎的笑意，童淮的笑容裡沒有摻雜任何一點虛偽、雜質與陰霾。

像在沒有邊際的黑暗中，突然騰空亮起的一朵煙火。

是閃閃發光的。

他沒有看小花，目光直直落在童淮臉上，身側的手握緊又鬆開。

安靜半晌，他「嗯」了一聲：「看到了。」

第十一章

小花精神不濟，需要等養傷結束，再觀察一段時間，才能接回去。

童淮坐在旁邊，看小花睡著後，扶著薛庭站起來：「走吧。」

週末老房子附近總是聚集著一群調皮孩子，吵吵鬧鬧，破舊的樓道裡倒很安靜。

從盛夏到初秋，薛庭送童淮回來過很多次，還是第一次走進這個樓道，進入童淮的家。

這是童淮媽媽長大的地方，對他和童敬遠來說有特殊含義。

除了俞問，童淮也是第一次帶其他人走進來。

出乎意料得沒感到排斥。

斑駁陳舊的防盜門「嘎吱」一聲，徐徐打開，露出了老屋的全貌。

蒙上時光濾鏡的牆壁，彷彿上個世紀風格的傢俱，牆壁上還糊著報紙，整個空間又小又舊，但井井有條。

薛庭感到驚訝，揚起長眉：「我還以為你待的地方會是狗窩。」

童淮毫不心虛：「我勤快。」

——我勤快的陳阿姨三五天來一次！

說完，他拒絕了薛庭的陪同，自己一蹦一挪地扶著桌椅進去主臥，收拾需要的東西。

薛庭沒什麼意見，一手插在口袋裡，環顧四周。

這種狹小破舊的環境，與渾身精緻的童淮格格不入。

不是說童淮的穿著打扮有多華麗，而是他身上有種若有若無的、彷彿是被精心養大的精緻、敞亮、明淨又通透。

那是從每一寸皮肉骨骼、到眉眼唇角、到舉手投足的行動中，都散溢出來的氣質。

實際上，童淮所說的經歷，與他本人顯露出的神采也不相容。

沒有哪個經歷過黑暗的人，能有他那種清澈無暇的眼神。

薛庭原本有一絲狐疑，對童淮敘述的悲慘經歷抱有半信半疑的態度，可環視了一番周圍環境，又說不準了。

顯然，童淮很喜歡這間屋子，也很熟悉這裡的環境。

世界上應該不會有哪個傻子，有錢但腦子壞了，在暑假跑到小餐廳裡端盤擦桌，還不住在更舒適的地方，一直住在這種地方。

薛庭思考完，淡淡哂笑。

他最近好像總是忍不住關注童淮，情緒也經常受到他的影響。

他收回目光，走到窗臺邊，想到這裡應該是童淮幾次目送自己離開的地方，掀開窗簾，發現陽臺上擺放著一盆小小的月季。

童淮的課本幾乎都留在教室，需要帶走的不多，在衣櫃裡一通亂翻，胡亂扯了幾件衣服，跟著作業和課本全部塞進書包，扶著牆跳出主臥，看見薛庭站在窗邊，在看童敬遠心頭的小花花，一拍額頭：「差點忘了，幫我拿一下。」

「你養的？」薛庭不覺得以童淮的個性會養花，走過來順手拿起書包，把花遞過去。

「不是……唉，也算是吧，」童淮雙手捧過，想了想，解釋，「是我媽媽很喜歡的花。」

以往薛庭很會拿捏分寸感，不會深入這種敏感話題，這次卻鬼使神差地接話：「你媽媽……」

童淮漂亮的眼睛微微彎了起來，神情意外的溫柔：「我媽媽很漂亮，很溫柔，是這個世界上最好的媽媽和妻子。」

薛庭靜靜地看著他。

小捲毛很喜歡自己的媽媽。

他小時間最討厭的作文題目是《我的媽媽》。

心底最柔軟的地方像是被輕輕戳了一下，又酸又軟。

薛庭「嗯」了聲，揉了揉童淮柔軟的小捲毛：「回去吧。」

他垂下眼，語氣也輕柔下來：「要抱嗎？」

樓下那麼多熊孩子，這一段時間都見過，彼此臉熟，公主抱太丟臉了。

童淮感動後拒絕了他：「之後抱你的女朋友去吧。」

薛庭微微瞇起眼，輕輕磨了磨牙。

之前那種隱隱約約的怪異感不是錯覺。

這小孩似乎特別在意他未來的女朋友。

扶著倔強的童淮下樓後，薛庭想起家裡沒有菜了，先騎車去了合合樂，下車時按住童淮：「等我十分鐘，別亂跑。」

童淮也蹦不動了，腳疼腿疼全身疼，有氣無力地揮揮手。

把童淮一個人放在外面，怎麼想都不太安心。

薛庭動作很快，十分鐘不到就回來了，還帶了個霜淇淋，當作給童淮乖乖聽話的獎勵。

過紅綠燈時，薛庭空閒下來，不太習慣身後沒有嘮叨聲，回頭瞥了眼。

童淮一手抱著花，垂著眼，眼睫毛濃密蓋下來，認認真真地在舔霜淇淋，半截紅色舌頭露出來，嘴唇溼潤紅亮。

薛庭的目光在童淮的嘴唇上停留了幾秒，移開眼，神色平淡，看不出在想什麼。

腳踏車穿過望臻區的大街小巷，穿過沸沸揚揚的人群，香草霜淇淋的味道縈繞不散。

出來這麼久，極遠處的天邊已經爬上了醉紅的雲霞，染紅半片天空，西區上空纏綿往復的電線上停著歸鳥，又因路過的車喇叭聲驚飛。

與另一邊高效能快節奏的大都市相反，整個西區的時光彷彿慢了很多，傍晚清爽如一杯剛榨好的西瓜汁。

童淮眼底倒映著殘霞，心情一下就好了。

他搖晃著完好無損的那條腿，傾身靠到薛庭背上，嗅到對方衣服上淡淡清爽的洗衣液味道，笑咪咪地說：「薛哥，謝謝。」

這條路不是回薛庭家最近的那條，卻是能觀賞到西區最漂亮的夕陽的那條。

薛庭當作沒聽到，沒理他。

繞了一條長長的遠路，爬上回家那道緩坡時已暮色四合，熟悉的院門前站著三個陌生人，似乎剛從裡面出來。

老爺爺站在院門邊，幾人不知對他說了什麼，又深深地鞠躬，態度恭敬又謙卑。

童淮雙眼圓睜，扯扯薛庭的衣角，小聲問：「那邊幾個人是誰啊？」

薛庭隨意瞥了眼那裡：「爺爺以前的學生。」

「學生？」童淮愕然，「爺爺以前是老師？」

國高中老師嗎？

童淮想象中淒慘的老頭形象轟然碎裂。

老爺爺原來是個深藏不露的知識分子！

「現在也是，」薛庭奇怪地看了他一眼，「只是他腿還沒好，我不讓他出門。」

說話間，腳踏車也停在了院門前。

三人顯然都認識薛庭，和善地打招呼，又好奇地看了眼童淮，沒有多問，轉身離開。

見到兩個小的，薛老爺爺方才還很嚴肅的臉色變得慈眉善目：「回來啦。」

童淮肅然起敬。

天色已暗，也到了晚餐時間。

薛庭非常居家地圍上圍裙，提著買的菜進廚房。

兩個白吃白喝的人等在飯桌前，無聊地下象棋。

童淮撒嬌讓老爺爺讓了一個車和炮，可惜他沉不住氣，容易冒進，沒什麼耐心排兵布陣，雖然古靈精怪的小手段多，還是接連輸了好幾局。

薛老爺爺平時和薛庭下棋，經常三局兩輸，好久沒連勝了，一老一少對局地有滋有味。

童淮的心態好，輸了也不鑽牛角尖。

薛老爺爺越來越喜歡這小孩了。

吃完晚餐，薛庭在廚房洗碗，童淮陪著老爺爺看電視。

電視上播放著老爺爺最近很喜歡的《亮劍》，童淮默默看著螢幕，滿腦袋都是迷因和梗圖，感到非常抱歉。

薛庭洗完碗，又餵完貓回來，看看時間，走到電視機旁，修長的手指搭在上面，帶有警告意味地輕輕敲了敲。

薛老爺爺臉色微變。

下一刻，薛庭從容地拔了電視電源。

童淮：「？」

薛庭在老爺爺的瞪視中不慌不忙地開口：「前天怎麼答應我的？」

「就看了一個小時！」薛老爺爺的語氣軟了下來，「再看十分鐘，就看十分鐘啊乖孫，這一集馬上就結束了。」

薛庭冷冷道：「不行。」

薛老爺爺割地賠款：「明天的早飯我來做好不好？五分鐘也好啊，庭庭？」

薛庭一錘定音：「說不行就不行。」

童淮在旁邊努力憋著笑，彷彿看到了小時候和爺爺奶奶以及童敬遠打滾耍賴，就是想多看片刻電視的自己。

到了薛庭這裡，角色居然互換了。

薛老爺爺軟化不了孫子的鐵石心腸，生氣地回去房間。

薛庭過來扶起童淮，聳了聳肩：「眼睛不好，還愛靠很近看很久電視，不管不行。」

童淮一言不發，默默伸出大拇指。

週末的作業童淮只寫了一點點，要在明早前寫完。

越到這種時候越不想寫作業。

回到二樓，兩人先後洗澡，童淮換上自己帶過來的小恐龍睡衣，從書包裡翻出考卷和題本，有氣無力地嚎叫：「我受傷了，我不想寫作業。」

薛庭擦著頭髮走進房間，聞聲毫不留情地開口：「難道你受傷的是腦袋？」

童淮：「……」

你這嘴可真不討人喜歡。

薛庭靠近童淮的椅背，單手擦著頭髮，一手撐在桌上，傾身看來：「哪道題不會？」

他剛洗完澡，身上氣息清爽，體溫很熱，說話時的氣息微涼，拂過耳際，童淮顫抖了下。

童淮整個人被薛庭圈在自己的範圍內，籠罩在他的氣息裡，耳垂發燙，支支吾吾地推開他的腦袋，莫名心慌：「還沒開始寫，你擦頭髮去吧，我遇到不會的再叫你。」

「嗯。」

淡然的聲音回應後，身後貼近的氣息隨之遠離。

那種莫名的心慌漸漸散去，童淮繃緊的身體放鬆下來，搓了搓臉，覺得自己莫名其妙，不再多想，翻開題本開始寫。

薛庭坐在床上，懶洋洋地擦了擦頭髮，目光遊移片刻，又重新落回書桌前側影單薄的少年身上。

穿著小恐龍睡衣的童淮看著更……可愛了。

屋裡霎時安靜下來，只有筆尖在紙面劃過的輕微「簌簌」聲。

片刻，「簌簌」聲戛然而止，停頓片刻，猶豫不決地寫了幾筆，又再次安靜下來，徹底不動了。

薛庭懶得把頭髮擦乾，起身走近，一隻手搭在椅背上，掃了眼讓童淮卡住的題，沒從一旁的筆筒裡拿筆，順勢抽走童淮手中的那支，圈出童淮在草稿紙上寫的公式，隨即流利地寫出運算過程：「這樣明白嗎？」

他神色散漫，頭髮沒擦乾，還有些溼，低下頭時，微溼的髮尾擦過童淮的臉側。

童淮覺得癢，往旁邊讓開，真心實意：「明白了，你好厲害。」

說著，瞄了眼被他攥在手心裡不放的筆，琢磨了下，從筆筒裡又抽出一支。

薛庭不冷不熱地掃了眼存貨滿滿的筆筒。

略感礙眼。

他轉過身，倚坐在書桌上，拿起手機看訊息。

薛頌初告訴他那人已經解決，李一修在分享無聊的笑話，以前的班級群組裡跳出訊息，有人標他問他過得怎麼樣。好友動態更新了許多動態，薛頌薄發了和商業伙伴吃飯的照片，余卉在更新養花必備知識。

彷彿很熱鬧。

他卻沒有參與進這個熱鬧的心思。

再一刷新，一分鐘前童淮抽空嚎叫了句不想寫作業。

薛庭的嘴角悄然彎起。

沙沙的寫字聲又停了。

薛庭滿心愉悅，掃了眼題目，從童淮手裡抽走筆，在草稿紙上寫下演算過程。

童淮疑惑地看了眼又被搶走的筆，再次從筆筒裡抽出新的。

薛庭指尖一頓，不爽地咂嘴。

搶筆活動反覆了五六次，筆筒終於空了。

童淮一臉欲言又止，終於還是沒忍住，驚疑不定地問：「薛哥，你是不是捨不得我用你的筆啊？」

薛庭：「……」

薛庭面色一冷，把那幾支收繳上來的筆「嘩啦」扔回桌上，冰冷地吐出兩個字：「繼續。」

童淮莫名其妙被兇，委屈地撇撇嘴，低下頭繼續寫作業。

不懂他薛哥這幾天怎麼了，前天就莫名其妙給他臉色看。

怎麼跟女生來月經一樣？

寫完了數學和英文，童淮頭昏腦脹，拿起手機，準備活網一下，光明正大偷懶。

薛庭靠在床頭，拿著一本書在看，瞥他一眼，沒出聲。

時間已過七點，三中的晚自習開始了。

「高二三班又有了個微信群」裡滿熱鬧的，不少人標童淮。

陳源：『眞稀奇啊，薛哥居然翹了晚自習？』

趙苟：『薛哥的同桌小童同學@不捲很直也翹了。』

田鑫：『小童同學翹課不可怕，可怕的是薛哥居然翹課，難道學校今晚要被炸了？』

齊明勇：『很有可能。』

童淮翻了個白眼，勉為其難維護一下薛庭的聲譽，飛快打字。

不捲很直：『我們倆請假了。』

趙苟：『？』

陳源：『？』

林談雅：『你們……倆？』

不捲很直：『？』

趙苟：『……你們倆現在待在一起？在幹嘛？』

遇到虐貓狂這件事在班群裡說不太好，童淮回了趙苟上一句，沒理下一句，順手傳了句「睡了」，手機翻過去蓋在桌上。

拿起筆寫了幾個字，他的動作突然停住。

童淮腦中迴響起剛才的一問一答，臉色逐漸古怪起來。

『你們倆現在待在一起？』

『是啊。』

『在幹嘛？』

『睡了。』

……

靠。

童淮顫抖一下，立刻拿起手機，手忙腳亂地點進群裡。

出乎意料的是群裡沒有像他想像的那樣被騷話瘋狂刷屏，充滿調侃的言詞。

因為在他腦抽傳了那句話後，薛庭也發言了。

XT：『**我也睡了。**』

班群裡死一般的寂靜。

童淮的私訊在瘋狂跳動。

童淮：「……」

童淮：「…………」

童淮吞吞吐吐地轉向薛庭：「你……」

「幫你收尾。」薛庭放下手機，冷靜回應。

……你收尾個屁啊!!

你不僅捅了馬蜂窩，還把我關在房間裡，然後把馬蜂窩丟進來了好嗎！

憶及三班同學對八卦那一傳十十傳百、三人成虎以訛傳訛的個性，童淮心頭浮現出淡淡的不祥的預感，點開趙荀的微信。

趙荀：『他們怎麼不說話了，你們這就睡了嗎？』

不捲很直：『只要你長了眼睛就能看到我的微信名字是什麼。』

趙荀：『呀，你想什麼呢，我是震驚你們這麼早就睡了。』

不捲很直：『……』

童淮又點開陳源的微信。

陳源：『趙荀跟我說你們睡了？』

下一個。

田鑫：『我聽陳源說，你們不僅睡了，還……？』

再下一個。

俞問：『我聽田鑫說你跟薛庭睡了??我靠你他媽在哪老子帶刀來了！』

隔壁班也發來問候：**『童哥，怎麼回事，我聽俞哥說薛庭那個什麼你……他要和薛庭生死決鬥??』**

童淮：「……」

幹，真是夠了。

這群狗崽子。

童淮麻木地截圖班群裡的聊天記錄群發出去，然後放下手機，決定遠離這個混亂的網路世界。還是作業的世界單純。

週末的作業不算少，時針「滴滴答答」，逐漸指向凌晨一點。

雖然過程不太順利，不過童淮最後還是在薛庭的輔助下寫完了作業。

他以前經常通宵打遊戲，暑假過後，基本沒熬夜了，現在眼皮沉重，開始犯睏。

薛庭放下書，幫他擦完藥，微涼的指尖在他額頭上點了下：「睡吧，明早叫你。」

童淮腦袋裡一團漿糊，「哦」了聲，手腳並用地爬上床，自覺地躺到最裡面。

不知道是不是因為他太睏，薛庭的床似乎變軟了許多。

燈「啪」地一聲關上，屋裡暗下來。

童淮朦朦朧朧地等了片刻，差點睡著，發覺不對，又睜開眼。

薛庭沒有上床睡覺，他擰開了小檯燈，坐在此前被霸占的書桌邊，手裡的書又翻了一頁。

童淮揉了揉眼，聲音因為睡意軟軟的：「你還不睡呀？」

薛庭平時上床睡覺的時間是一點半到兩點，現在對他來說還早。

他偏了偏頭，垂下眉眼，台燈光照在他清冷俊美的側頰上，五官輪廓顯得很深邃，骨子裡的冷淡被夜色與燈光剔去，整個人連帶著語氣，似乎都溫和了幾分：「你先睡吧。」

童淮睡意愈濃，「嗚」了聲，倒回去闔上眼，模模糊糊地想：

『哦，原來他也是人。』

即使有天賦，所有的從容不迫、舉重若輕，背後也必然浸透了汗水。

屋內又沉寂下來，只有童淮逐漸綿長和緩的呼吸聲與輕微的翻頁聲。

時針慢慢走向兩點。

薛庭其實沒看進去多少，像是在特地等待這個時間。時間一到，他漫不經心地闔上書，托著腮歪著頭，觀察童淮的睡容。

台燈光只籠罩了書桌範圍，床上光線暗淡，模糊勾勒出精緻起伏的俊秀輪廓。

他下意識地轉了轉筆，隨即關上小檯燈，輕輕躺到床上。

青春期的男生都在長高，童淮其實確實長高了。

單人床不大，即使薛庭有意要拉開距離，童淮的體溫依舊近在咫尺。

他的腦袋偶爾磨蹭一下枕頭、手在被子底下移動時帶起「沙沙」輕響、無意識的夢囈、還有呼吸的聲音，每個細微的動作，都被寂靜的夜色與近在咫尺的距離無限放大，鑽入腦中，鋪開成一幕幕清晰的畫面。

睡覺也這麼不安分。

薛庭有些輕微的神經衰弱，本來就很難入睡，此刻更是毫無睡意，睜眼沒有表情地望著天花板。

睡夢中的童淮突然嘀咕了句什麼後翻身，半邊身體擠進了薛庭懷裡，腦袋蹭到他頸窩前，傷腿擱在他腿上，反客為主，相當囂張。

身體嚴絲合縫地貼到一起，不知道是不是因為童淮天天喝奶，連帶他身上也彷彿有一絲清甜好聞的奶香。

薛庭渾身一僵，正要直接把人推開，唇邊忽然掃過暖暖的鼻息，童淮往他臉頰邊蹭了蹭，委委屈屈地說夢話：「不想寫作業……」

他無奈地嘆了口氣，慢慢放鬆下來，輕輕推了推童淮，沒推開。

太糟糕了。

他長這麼大，還從未這麼被動過。

撒嬌的童淮就很難拒絕了。

沒想到睡著了更難搞。

這小捲毛到底是個什麼品種的小妖怪？

捲毛妖怪舒舒服服地睡了一夜，還夢到被捨棄在家的史迪奇，在夢裡抱緊不放手。

翌日，童淮迷迷糊糊地睜開眼，枕頭邊已經空了，沒留下溫度。

薛庭早就起床了。

他幾點睡床的？那麼早？

童淮打了個長長的哈欠，揉了揉眼角，還犯睏，耷拉著頭髮伸手去拿桌上的衣服，翻到一半，猛然想起一件事。

今天週一，他忘記把校服帶來了！

這段時間似乎有官員要來檢查，章主任摩拳擦掌，提前整頓校風，從上週起就天天站在學校門口盯著，不穿校服的人一律禁止進入。

換作以前，童淮還能矯健地翻牆，現在瘸了一條腿，實在沒辦法。

他正想著讓薛庭帶他回家拿校服，薛庭就推門而入，瞥了他手裡的衣服，明白他目前的困境，走到衣櫃邊，把自己的另一套校服扔過去。

童淮覺得這也行，比較方便，脫下睡衣，換上校服。

穿上了，他才發覺不對，皺起眉扯了扯袖子和褲管：「你衣服太大了。」

薛庭比他高，校服也大了一碼，把童淮襯得格外小隻。

薛庭眼裡有不太明顯的笑意閃過，故意冷下臉，揚了揚手機：「六點二十了，再去你家換校服會遲到。」

遲到了更慘，要被老章押在警衛室裡默寫校規。

童淮立刻不嘮叨了，伸手要薛庭扶他下樓前，腦中隱約掠過什麼。

但那念頭一閃即逝，跑得太快，他沒抓住。

薛庭果然很早起床，餐桌上擺著一盒小籠包、燒麥和豆漿，熱氣騰騰，不知道什麼時候去買的。

童淮早起食欲不振，叼了個燒賣，揹起書包：「走吧。」

薛庭睨他一眼，塞了杯熱豆漿到他手裡。

等出門後，坐上腳踏車，晨風迎面撲來，童淮才感到冷。

臨嵐真的降溫了。

他幾口解決了那個燒麥，雙手抱著豆漿，邊暖手邊喝了兩口，戳了戳薛庭的腰：「婷婷，你冷不冷啊？」

薛庭沉默片刻：「每次你這麼叫我，我心裡都挺溫暖的。」

「……可以冒昧問一下為什麼溫暖嗎？」

薛庭側了側頭，狀似和顏悅色地問：「聽說過怒火嗎？」

童淮默默縮起脖子，看了眼薛庭裸露在外的手，想著：這幾天還好，過段時間再降溫的話騎腳踏車很冷吧？

為什麼薛庭不坐公車呢？

等等。

對啊。

為什麼他不回家換了校服，然後坐公車去學校？

童淮後知後覺地反應過來，呆呆地回頭看了眼早被拋到後邊的老屋和即將越過他們的公車，愣了片刻，偷偷開心起來。

沒想到薛庭也有犯傻的時候。

看在薛庭又幫了他一次的面子上，就不提醒他了。

薛庭也朝公車看了眼，平靜地收回視線。

抵達學校時，時間還不算太晚。

校園裡鬧哄哄的，充斥著追逐打鬧的人聲。周邊人來人往，童淮要臉，死活不肯讓薛庭揹或抱。

從玩密室逃脫那次之後，薛庭就深刻了解到這是一位愛面子的祖宗，抓著他的書包，當他的拐杖，讓他撐著一瘸一拐外加蹦跳，艱難地移動到了致遠樓下。

升到高二，三班也搬到了二樓。

第一道預備鐘聲剛剛打響，學生們紛紛湧回教室，走廊上冷冷清清的，每個班都坐滿了人，集體背古文的、讀英文單詞的，書聲琅琅，時高時低。

薛庭看了眼時間，又看向休息好了準備繼續蹦上樓的童淮。

名為耐心的弦「啪」一下，徹底崩斷。

「拿著。」

「啊？」

童淮迷茫地接過薛庭塞來的書包，還沒反應過來，薛庭略一彎腰，俐落地一把將他打橫抱起，步履穩健，飛快走上樓道。

這他媽比揹起來還嚇人！

童淮萬分震驚，驚恐地抓住他的手臂：「我靠，你幹什麼！」

薛庭迅速走上樓梯，抵達二樓，將童淮放下，指了指不遠處的教室門：「蹦。」

童淮：「……」

童淮還沒從剛才的驚恐中回過神，聽話地蹦了兩步，到了門邊，緩緩比出個大拇指：「哥，你是真的屌。」

薛庭置若罔聞，面無表情地推開教室門：「報告。」

早自習是國文，教室裡坐滿了人，許星洲也在五分鐘前來到了教室，正讓大家集體背《蜀道難》。

童淮撐著薛庭蹦進教室，帶給所有人刺激。

不了解情況的人：我們班這兩位風雲人物昨晚是去打架了？

趙苟等人：睡覺……睡覺……睡覺……

許星洲推了推眼鏡，及時開口，打斷了以上兩撥人的猜測：「我們班小童同學見義勇為，腿受傷了，不方便行動，最近大家照顧一下。」

童淮繃著臉，路過陳源的座位，瞥見他賤賤的神色，順手拿起本冊子拍他的腦袋。

等兩人坐下後，陳源趁著許星洲到門邊第一組那裡巡邏，悄悄轉過頭來表達關心：「怎麼回事啊，昨晚也不回我微信。」

「你說的是人話嗎？」童淮換了個舒服的坐姿，見趙苟也跟著轉過頭來，瞪了眼這個謠言散布者。

豈料趙苟眼神幽怨，滿臉的苦大仇深。

童淮疑惑：「呦，老狗，我怎麼不知道你這麼心疼我？」

「誰心疼你了，」趙苟反手將一張表單拍在桌上，「我心疼自己！就等著你來包攬接力賽和三千公尺，結果呢？今年我們班運動會沒希望了！」

童淮：「……」

童淮沉默片刻：「那我還挺慶幸我腿受傷了。」

趙苟淒淒慘慘地嘆了口氣：「你說我們理組班，男生這麼多，怎麼就沒幾個有運動神經呢？還沒女生報名積極，見到我就想各種理由跑，沒有一點班級榮譽感。」

童淮：「作為一個二婚重組班，別抱太大期望。」

趙苟：「……」

陳源摩挲著下頷，沉默不語，盯著童淮看了許久，突然開口：「童哥，我有個疑問，迫切地需要您的解答。」

「說。」

「你的校服，」陳源指了指他捲起來的袖子，「怎麼突然大了一碼？」

童淮看著運動會項目報名表單，沒怎麼在意，隨口回道：「哦，薛庭的。」

陳源：「……」

「怎麼了？」童淮抬眼，被他古怪的眼神盯得發毛，「我校服在家裡，來不及去拿，穿他的有什麼問題嗎？」

「……沒問題。」

陳源瞥了眼閒散地靠在椅背上的薛庭，沉默片刻，轉了回去。

童淮滿臉莫名其妙，懷疑他大清早就喝假酒了。

過了半分鐘，口袋裡的手機振動。

童淮對巡邏過來的許星洲露出一個無辜的笑容，等許星洲揚眉，點了點他的腦袋轉身離開，立刻拿出手機，低頭一看。

陳源：『《八卦一下高二某班那對整天秀恩愛的X君和T君——你會發現，他們連姓氏縮寫都那麼般配》。』

童淮：「……」

從頭到尾每個字，包括標點都讓人想吐槽的標題。

薛庭面前放著一本書，托著下頷看書，似乎對童淮鬼鬼祟祟的異狀毫無察覺。

童淮偷偷覷了他一眼，心虛地把手機往裡面移動一下，點進鏈結，選擇只看原PO。

三中學校論壇常年在首頁的貼文幾乎都是期末問答、二手轉賣資料、遠端課程宣傳、非主流青春疼痛、國中生對三中的好奇與景仰以及畢業生回頭的唏噓……一般只有期末問答的留言人數多一些，能達到幾千則留言，其他貼文除非有什麼驚為天人的內容，否則很快就會沉下去。

而童淮點開的這篇貼文，發布於昨晚十點半，回覆人數已經有了驚人的四百，並且還在飛快增長。

『提醒一下：大家不要解碼。代號喜糖CP，解碼的話會刪除留言，所有照片都有馬賽克，快快樂樂嗑CP，不給正主惹麻煩。#小乖

前情：X君是上學期期末轉學來的，學習成績超級好，T君是本校知名人物，人稱天使面孔魔鬼心，混混老大看到繞道走。

從X君記錯T君的名字開始，命運の齒輪開始緩緩轉動~』

B1：『上學期T君每天都想把X君按在地上揍，這學期突然轉變態度，詳情我也不清楚，讓人震驚的是，開學第一天，T君看一個女同學想坐到X君身邊，囂張地把X君的書包直接拿走，對他說：搬個家吧？

然後兩人就同桌了。

搗胸口。』

B3：『T君的成績不太好，晚自習經常跑出去打遊戲，然而那個晚自習，他回來找X君了。我在樓下等同學，看到X君騎腳踏車載著T君回家。老天爺，這是什麼少女漫畫場景。#喝酒』

B7：『兩人一起去看演唱會，還被現場粉絲拍了下來，微博有影片，指路@小呀小鹿君。X君絕寵！』

B17：『（圖片）X君去集訓時，可憐巴巴孤零零乖乖守在教室裡等X君回來的T君。』

B45：『T君努力了一個月，段考考得不錯，被老師質疑作弊。據現場圍觀人員說，X君挺身而出，擋在T君面前，要求重考。

X君下課就到辦公室外等著T君，T君出來第一眼看向的是X君。』

B109：『有喜糖同好私訊，補充一下：段考當天是T君生日，中午考完試休息，X君下樓來可能是想叫T君去吃午餐，看到T君趴在桌上睡覺，就沒叫他。

然後過了十幾分鐘，X君帶了兩個肉鬆麵包，請門口的女生放到T君桌上。

如果這都不算愛！#犀利』

B303：『沒想到一覺醒來這麼多回覆，OTZ嚇到了，我只是個默默無聞的記錄者，本文沒有一絲人工加工成分，大家可以放心觀看。』

B313：『寫這個是因為昨晚發生了一件事，心潮澎湃沒忍住。（圖片）班裡人的名字都抹掉了，重點請看T君和X君的對話。

睡了！

狼虎之言啊！』

B334：『快上早自習了，他們還沒來，那就發一張兩人坐在一起的照片吧。（圖片）#小乖』

B378：『收到一位女生的私訊，我爆炸了。

話不多說，直接看圖片。

這是在學校啊，你們就不能收斂點嗎!!（圖片）

漫！天！喜！糖！』

童淮還來不及震驚段考那天的麵包居然是薛庭送來的，滑下來看到這張照片，差點咬到自己的舌頭。

配圖是早上薛庭抱他上來的照片，大概是在臨近樓道的某個教室裡抓拍的，非常模糊，但熟悉他們的人一眼能看出來。

童淮直了十七年的世界觀在搖搖欲墜。

然後他勉勉強強把自己瀕臨破碎的三觀一塊塊撿起來，重新拼好，艱難地咽了口唾沫。

我的媽啊。

這篇文，絕對、絕對不能讓薛庭看到！

他剛下定決心，聚精會神不知道在看什麼的薛庭突然側頭，在教室此起彼伏的課文背誦聲中，把桌上的手機推到童淮面前，語氣似乎有一絲愉悅：「看到一個有趣的東西。」

童淮低頭一看：「……」

八卦論壇你好。

八卦論壇再見。

許星洲來了又走，童淮足足憋了三分鐘：「不好意思，我好像瞎了，聽到你說這是個有趣的東西。」

「是寫得挺有趣的。」

童淮呆滯道：「你不生氣？」

「氣什麼？」薛庭風輕雲淡地道，「不都是事實嗎。」

「……」

還真是無可辯駁的事實。

「想知道寫這個的人是誰嗎？」

童淮想了下，知道那麼多細節，肯定不是其他班的人：「我們班的。」

……但是班裡誰會這麼無聊啊。

薛庭閒適地靠回椅背上，回憶起文裡幾張照片，目光徐徐掃過所有人，隨即停下：「找到了。」

「誰啊？」

薛庭手中的筆虛虛指了一個人。

童淮順著看去，愕然地脫口而出：「不可能！」

薛庭指的是林談雅。

三班的學藝股長林談雅，教科書級別的乖乖女，性格安靜，成績優異，跟人對視說話都會臉紅，聲音細細的很溫柔，讓人不敢大聲對她說話——還不是弱女子，上能彈古箏，下能擲鐵餅，上學期運動會上一擲驚起千層浪，隔壁職校都聞風而來，扒在三中院牆外偷看。

堪稱全能女神。

校裡校外、年級上下，不知多少男生向她表白過。

升上高中後，童淮第一個佩服的人是許星洲，第二個就是林談雅。

對於這位學藝股長，他心裡存著一種微妙的敬畏感。

童淮沉默了幾秒，果斷道：「你找錯人了。」

薛庭揚起眉梢。

童淮意志堅定：「我不信！」

薛庭瞇起眼。

正說著，早自習下課了。

課間就五分鐘，許星洲嫌冷，懶得回辦公室，捧著教師必備保溫杯，裝模作樣地喝了口茶，心裡暗道果然還是灌可樂更好點，放棄裝逼，讓各小組組長和學藝股長收一下週末作業。

林談雅走向這一組，笑容如往日那般溫柔得無可挑剔，收習題本時，目光若有若無地在童淮身上轉了一圈。

薛庭平淡地注視著林談雅的背影，少頃，突然開口：「賭不賭？」

童淮警惕：「賭注是什麼？」

「嗯，」薛庭思忖片刻，隨意道，「今晚你不能喝牛奶。」

童淮：「……」

好惡毒。

但是我們尊敬的學藝股長，怎麼可能會發這種文。

童淮懷揣著對同班一年同學的盲目信任，豪氣地拍桌：「賭！」

獵物上鉤，薛庭嘴角牽出不甚明顯的笑意，轉過身來。

他右手肘抵著桌面，托腮望著童淮，左手搭在椅背上，整個人的狀態相當放鬆，氣定神閒：「我猜三分鐘後就會更新，是關於你的。」

童淮的右眼皮不祥地跳了下。

三分鐘後，果然更新了——

『B453：剛剛發現T君穿著X君的校服。#小乖』

童淮：「……」

薛庭看他的表情就知道結果，似笑非笑。

想到林談雅剛才過來時，還溫柔地對自己笑了一下，童淮默默蜷縮成一小團，抱緊自己，瑟發抖：「……感覺背後有點冷。」

「要求證嗎？」

童淮的嘴角抽了抽——總不能找林談雅，問她「學藝股長妳好，關於學校論壇裡那個神奇的東西，不知道妳有什麼想法」？

認識這麼久，童淮都沒敢對學藝股長大聲說過話。

薛庭心情愉悅：「所以？」

童淮垂頭喪氣，願賭服輸，嘟囔：「不喝就不喝。」

前兩節課結束，下課時間比較長，要去升旗典禮。

童淮的腳受傷了，許星洲幫他申請不用下去，教室裡的人陸續走了，他無聊地趴在桌上補眠。

半睡半醒沒多久，走廊湧來一陣轟隆隆的腳步聲，人聲追打聲漸漸沸騰。下一刻，三班的複讀機們推門而入，嘰嘰喳喳地不休息。

童淮被吵醒，朦朧地睜開眼，小小地打了個哈欠，聽到趙茍在逐個逮人：「這個跳遠這麼簡單，不跳不是三班的人！」

「來來來，參加這個跳高，期末成績節節高。」

「共同參與這個接力！考高分不再吃力！」

本來要來慰問童淮的人給他全部嚇跑了，童淮被吵得耳邊嗡嗡作響，抓起一本書砸過去：「你怎麼不去講相聲。」

「誰讓你不保護好自己的雙腿，這對我來說很簡單嗎？」

趙茍俐落地接好書，看到是薛庭的，趕緊輕輕放回桌上，坐到陳源座位，剛想說點什麼，被老師叫去說話所以晚了一點的薛庭回來了。

童淮懶懶地趴回桌上，戳了戳薛庭的肩膀，問趙苟：「你怎麼不叫他？」

趙苟臉色嚴肅：「開什麼玩笑，薛哥可是我們班的大熊貓，一看就不善武力，你敢在動物園運動會上派出大熊貓當先鋒？」

天花亂墜地胡說八道完，他看薛庭的臉色無波無瀾，靠到童淮耳邊，壓低聲音，誠實地說：「老子不敢。」

童淮：「……」

沒有用。

童淮咂嘴，坐直身體，看向薛大熊貓：「庭哥，他瞧不起你，證明一下自己的實力？」

薛庭在這方面一點也不積極，興致缺缺地從抽屜裡拿出一張物理考卷，語氣不冷不熱：「我沒實力。」

「別嘛，」童淮知道這人在裝蒜，拉著他胳膊嘮叨，「庭哥你強無敵，有你我們班保證第一，就報兩項吧？我腿受傷前最大的願望，就是帶領我們班走向第一，現在只有你能繼承我的願望，就當是為出師未捷身先死的我……」

「不錯，」聽到這裡，薛庭讚賞點頭，「會引用了，明天把《赤壁賦》背一遍。」

童淮：「……」

幫忙不成，反引火上身，童淮放棄抵抗，蜷回去嘀嘀咕咕。

這隻沒有集體精神的大熊貓。

他還以為自己的聲音很小，實則一字不落全被薛庭聽到了。

薛庭盯著他看了幾秒：「生氣了？」

童淮故意別過頭：「沒有。」

薛庭淡淡「嗯」了聲，突然起身，從準備走的趙苟手裡抽走報名表單，按到桌上，原子筆在指間一轉，流利地在接力和三千公尺上寫下了自己的名字。

童淮聽到動靜，回頭看到這一幕，愣住了。

眼前一暗，是薛庭伸手過來，溫涼的手按著他的額頭，輕輕揉了揉他的頭髮。

他下意識閉上一隻眼，另一隻眼一眨不眨盯著薛庭，「嗚」了聲。

薛庭沒管開心到癲狂的趙苟，傾身靠近他，嗓音低沉和緩：「滿意了？」

他漆黑的眸底倒映著童淮的影子。

童淮腦袋裡像是炸開了片經久不散的煙火，半晌才反應過來，耳根發熱，支支吾吾道：「……滿意了。」

薛庭又「嗯」了聲，坐回座位，像往常一樣，撫平考卷，繼續寫題目。

窗外稀薄的陽光不像盛夏那麼熱烈，淺金色的陽光斑駁地投照在他的側臉上，愈加顯得神色淡漠，不好接近。

不再被薛庭的氣息所籠罩，童淮終於喘了口氣，無意識地伸手，摸了摸被碰過的額頭。

薛庭手掌的觸感與溫度，彷彿滲透進了肌膚，隨著血液流向四肢百骸。

他臉紅得莫名其妙。

童淮沒生氣，只是像平時一樣彆扭一下，薛庭應該很清楚才對。

他像是被人施了封口術，好幾次想說話，都開不了口，彌漫在角落裡的氣氛凝滯著，在悄然升溫。

直到上課鐘聲打響。

童淮彷彿從某種困境中一下掙脫出來，緊繃的肩線鬆了鬆，小聲開口：「我開玩笑的，你要是不想參加，我讓趙苟劃掉你的名字……」

「不是你的願望嗎？」薛庭打斷他的話，頭也不抬，「幫你繼承。」

不遠處的座位上，林談雅端莊地收回目光，趁著正式鐘聲還沒響，飛快拿出手機。

B576：『X君明明一臉不耐煩，卻還是答應了T君去參加運動會。

好！寵！啊！』

運動會安排在下週五週六，週五不上晚自習。

聽到整整一天都沒事的、純潔無瑕的週六被占用，班裡頓時一片呼天搶地。

許星洲深諳這群小屁孩的個性，典型的越理越來勁，充耳不聞，慢悠悠地繼續說下去：「體育股長訂一下班服，精神一點，進場儀式時好看。」

三言兩語通知完，開始上課。

童淮神遊天外，沒注意聽，腦袋裡反覆迴響著薛庭的那句「幫你繼承」。

心裡就跟被誰塞進了一塊硬糖，硌在那裡，讓他耿耿於懷。

發呆了一節課，下課鐘聲一響，童淮忍不住又拿出手機，打開那個文，準備看看其他人的留言。

大家都會感覺很奇怪吧？

然而本校學生是一脈相承的八卦。

林談雅的留言被論壇管理員偷偷加到精選，一下紅起來了，隨即有人截圖去QQ空間和微博，引來一大群看熱鬧的人打卡。

『我也想要個資優生坐在旁邊帶飛我!!』

『看了眼隔壁的人……算了，不說了:)』

『謝謝謝謝，嗑到了。』

『我好想寫他們兩的同人誌，嗑到了。』

『你不怕寫了T君找你麻煩嗎？』

『求T君找我麻煩，好喜歡T君。』

『他們好甜，原PO好人，請大膽地繼續分享X君和T君的恩愛日常！』

神他媽恩愛日常。

這群無聊的人，被作業和考試逼瘋了嗎？

童淮忿忿地放下手機，戳了戳薛庭的腰：「婷婷，不然你去讓學藝股長刪文？」

薛庭回答得乾淨俐落：「不熟。」

童淮諄諄善誘：「別這麼膽小嘛，為了我們的清白名譽……」

「你去？」

「……清白名譽其實也沒有多重要。」

薛庭深深地看了童淮一眼。

你的原則呢？

上午的課結束，薛庭直接走了，班裡的同學也終於有機會過來噓寒問暖。

角落的位置成為熱門景點，人來人往絡繹不絕，問候打卡。

童淮沒想到薛庭這麼沒義氣，糾結地思考自己的午餐怎麼解決。

驕傲的童哥，當然不可能低聲下氣求人辦事。

他被圍了片刻，讓大家散去吃飯，眼疾手快地拽住趙苟，琢磨怎麼使喚他。

趙苟得到童淮助力，拉上了薛庭參加運動會，不等他開口，狗腿得不行：「童哥餓了沒？我去幫你帶飯，我搶菜技術一流！」

陳源坐在旁邊的桌上，等著他一起去吃飯，聞言下意識朝窗外看了眼，果不其然看到了預想中的一幕。

他冷嗤一聲，一巴掌拍在趙苟後背上，笑得又賊又賤：「用得著你來？」

大家都知道童淮跟隔壁班混混老大俞問關係好，俞問時不時過來，還會帶點零食分給大家，所以俞問在三班相當受歡迎。

還圍在附近的幾人興沖沖地順著陳源的視線轉過頭。

就看到薛庭提著餐盒走了進來。

眾人：「……」

薛庭回到座位坐下，把餐盒推到童淮面前，撩起眼皮，淡淡掃了圈圍觀群眾：「不去吃飯？」

和薛庭的母親余卉料想的其實一樣，薛庭轉學來臨嵐三中將近半年，除了陰差陽錯熟起來的童淮，沒跟任何人親近。

他不兇也不嚇人，甚至皮相很吸引人，但那生人勿近的氣場已經懶得再掩飾，距離感明顯，跟高嶺之花一樣，大家都怕他，不敢靠近。

圍觀人群縮起脖子，一窩蜂作鳥獸散。

童淮知道自己之前誤會薛庭了，低頭垂目地道謝。

薛庭一下課就去學餐，拿回童淮喜歡的菜，回來得也快，天氣轉涼，飯菜卻還熱騰騰的。

教室裡幾十張桌椅空空蕩蕩，黑板上的化學方程式還沒擦乾淨，剩下半截尾巴。不知道是誰忘了關窗戶，窗簾被風掀起，浪花般起伏不止，偶然露出窗外一角灼灼的紅楓。

冷氣「嗡嗡」輕響著，室內保持著二十七度。

童淮掰開一次性筷子，吃了口紅燒馬鈴薯雞塊，突然想起什麼，戳了戳薛庭：「庭哥。」

薛庭無動於衷地瞥向他。

「等會兒能幫我帶一盒牛奶嗎？」童淮又很小聲地嘀咕，「晚上不能喝，耽誤我茁壯成長。」

「……」薛庭真是服氣，「不耽誤你茁壯成長，晚上喝你的吧。」

童淮又開心了，覺得薛庭真是個好人，連吃了幾口飯。

學餐的飯菜沒有薛庭做的好吃，他吃飯的習慣不好，吃了一半就吃不下了，想著這是薛庭特地帶來的，又挑挑揀揀勉強多吃了幾口，剩下大半由薛庭解決。

吃完飯，薛庭下去扔餐盒，童淮打開窗戶，散一下角落裡的飯菜香味。

飽了就睏，他打了個哈欠，趴在桌上準備午睡。

教室門「吱呀」一聲被推開，童淮還以為薛庭回來了，高興地抬起頭，卻見俞問提著餐盒走了進來。

「去校外給你打包，結果老闆忘了我這一單，等了半天，」俞問腳步帶風，走過來狐疑地打量童淮，「淮寶，你吃過了？」

「這你都能看出來？」童淮疑惑，「我忘了跟你說，薛庭幫我帶飯了。」

聽他這麼一說，俞問反而沉默下來，敞開的校服鬆鬆垮垮地滑下來，靠坐在陳源的桌上不出聲。

「怎麼了？」

俞問沉默片刻，悶悶地說：「淮寶，你有沒有發現，自從你跟薛庭變熟以後，都沒來找我玩過了。」

童淮一愣。

「你搬去老屋那邊，下課跟薛庭一起走，吃飯跟他一起吃，看演唱會也是和他一起，」俞問蹙著眉，「就連你腿受傷了，都是昨晚才告訴我，又不讓我去找你。」

薛庭沒有出現前，他們才是形影不離的。

童淮懵了好半晌，想想確實如此，滿心愧疚：「對不起，我沒故意忽略你……」

「我知道，我不是說這個，」俞問撓了撓頭，遲疑著問，「就是，你不覺得，你和薛庭走得太近了嗎？」

而且俞問不服氣。

他們國小五年級就認識，他把童淮當親弟弟護到現在。

結果橫空出現一個薛庭，把他弟搶走了。

很不爽。

而且有時撞見薛庭和童淮待在一起，薛庭若有若無地護著童淮的舉動，總讓他心底冒出莫名的不舒服。

就好像……好像是一頭惡龍，在守著自己的財寶。

那點說不清道不明的獨占欲被沉甸甸地壓在眼底，偶爾輕描淡寫地一瞥，也令人心驚。

直覺告訴俞問，薛庭和童淮，跟他和童淮好像不太一樣。

到底是哪裡不一樣，又說不清楚。

所以越想越氣，越想越鬱悶，越想越看不順眼薛庭。

「總之，」俞問兀自思索了一下，肯定地說，「你小心點防著他。」

「啊？」

俞問摸了摸下巴，也不懂自己怎麼鬼使神差地吐出這麼句話。

防薛庭？防什麼？

薛庭看著不是什麼壞人，童淮也不是女孩子，不會被占便宜啊。

兩人面面相覷，教室的門突然被風吹開，門後有道人影，靠在牆邊，下頷微抬，望著遠處陣陣飄香的桂花樹。

是薛庭。

靠，什麼時間回來的。

俞問顫抖了下。

也不知道剛剛的話被薛庭聽見了多少。

剛在人家背後說了壞話，轉頭就撞見對方，這也太尷尬了。

俞問心虛得不行，三十六計走為上策：「我先回去了，隔壁還有幾個嗷嗷待哺的人等著我投餵，淮寶，等等見啊！」

童淮也懵了，瞪著落荒而逃的俞問，心想你大爺的。

薛庭隨意對俞問頷了頷首，神色如常，回到座位坐下，抽出張化學考卷。

童淮在心裡狂毆俞問，乾巴巴地開口：「薛哥，您什麼時候回來的？」

「想知道？」薛庭瞥他。

「……不太想。」

從「你小心點防著他」回來的。

薛庭心裡補充了句，平淡地「嗯」了聲，揉了揉捲髮：「那就別知道了。」

他沒想對童淮做什麼，俞問緊張兮兮的幹什麼？

童淮「哦」了聲，當鴕鳥就是這麼快樂。

不過他還是為俞問小小地澄清了一下：「俞問間歇性發瘋，國中時他看到一個叔叔給我糖，都要衝上去揍人家，說那是變態……」

薛庭難得生出一點好奇，本著實事求是的精神問：「有你國中的照片嗎？」

「啊？」童淮聽話地翻了翻手機相冊，找到國中的照片，往他面前一遞，「給。」

童淮國中時的模樣映入眼底。

照片大概拍攝在童淮十三四歲時，小少年穿著背帶褲，戴著帽子，露出的眉眼精緻，白皙得像一片輕飄飄的雪花，彎腰衝著鏡頭敬禮，柔軟的髮絲從帽子間隙裡擠出來，垂落到挺秀的鼻梁上。

非常引人注目。

薛庭一陣沉默：「……」

恐怕不是俞問發瘋，而是變態真想拐小孩回家。

至於這次，是俞問那根敏感的神經在發瘋嗎？

薛庭說不清自己是什麼心情，看了看面前的小捲毛，又低頭看一看照片上的小小捲毛。

稍稍一頓之後，他不知道做了些什麼，把手機扔回去，然後將窗簾拉開，遮住陽光，平靜地拿起筆。

童淮趴到桌上，眼睛半闔著，濃睫毛在眼下投落一片陰影：「你看我照片幹什麼？」

「隨便看看。」

薛庭不動聲色地按開手機螢幕，打開微信。

備註「小捲毛」的好友給他傳了張照片。

他狀似漫不經心地盯著看了片刻，按下了儲存。

童湝還在嘀咕：「那俞問……」

薛庭思忖一瞬，斬釘截鐵：「他發瘋。」

——未完待續

高寶書版集團
gobooks.com.tw

BL087
裝窮 上

作　　者　青端
封面繪圖　Gene
編　　輯　李雅媛
美術編輯　班班
排　　版　彭立瑋
企　　劃　陳靖宜

發 行 人　朱凱蕾
出　　版　三日月書版股份有限公司
　　　　　Mikazuki Publishing Co., Ltd.
地　　址　臺北市內湖區洲子街88號3樓
網　　址　www.gobooks.com.tw
電　　話　(02) 27992788
電　　郵　readers@gobooks.com.tw（讀者服務部）
傳　　真　出版部　(02) 27990909　行銷部 (02) 27993088
郵政劃撥　50404557
戶　　名　英屬維京群島商高寶國際有限公司台灣分公司
發　　行　英屬維京群島商高寶國際有限公司台灣分公司 / Printed in Taiwan
　　　　　Global Group Holdings, Ltd.
法律顧問　永然聯合法律事務所
初版日期　2025年6月

原著書名：《裝窮》由北京晉江原創網絡科技有限公司授權出版。

國家圖書館出版品預行編目(CIP)資料

裝窮 / 青端著. -- 初版. -- 臺北市 : 三日月書版股份有限公司出版 : 英屬維京群島高寶國際有限公司臺灣分公司發行, 2025.06-
　面；　公分. --

ISBN 978-626-7391-68-6(上冊 : 平裝). --
ISBN 978-626-7391-69-3(下冊 : 平裝). --
ISBN 978-626-7391-70-9(全套 : 平裝)

857.7　　114005544